भारत में विज्ञान और तकनीकी प्रगति

भारत में विज्ञान और तकनीकी प्रगति

ए. रहमान

अनुवाद

डॉ. रघुराज गुप्त

राजकमल प्रकाशन

ISBN : 978-81-267-0635-8

मूल्य : ₹895

पहला संस्करण : 2003

This book is printed on **Print on Demand** Technology : 2026

प्रकाशक : राजकमल प्रकाशन प्रा.लि.
1-बी, नेताजी सुभाष मार्ग, दरियागंज
नई दिल्ली-110 002

शाखाएँ : अशोक राजपथ, साइंस कॉलेज के सामने, पटना-800 006
पहली मंजिल, दरबारी बिल्डिंग, महात्मा गांधी मार्ग, प्रयागराज-211 001
1, अनमोल सोराबजी संतुक लेन, धोबी तलाव, मरीन लाइंस, मुम्बई-400 002

वेबसाइट : www.rajkamalprakashan.com
ई-मेल : info@rajkamalprakashan.com

BHARAT MEIN VIGYAN AUR TAKNEEKI PRAGATI

by A. Rahman

प्रस्तावना

15 अगस्त 1947 को भारत अंग्रेजी राज की दासता से मुक्त हुआ। स्वतन्त्र भारत की पहली सरकार में विज्ञान एवं प्राकृतिक संसाधनों का मन्त्रालय बना। इससे यह स्पष्ट था कि भारत के प्रथम प्रधानमन्त्री जवाहरलाल नेहरू विज्ञान और प्राकृतिक संसाधनों के उपयोग को कितना महत्त्व देते थे। दुनिया में पहली बार ऐसा हुआ जब विज्ञान का विकास के लिए उपयोग करने की कल्पना की गई और भारत ने विकास में विज्ञान की भूमिका को सर्वाधिक महत्त्व दिया।

1958 में भारतीय संसद ने वैज्ञानिक नीति पर एक संकल्प पारित किया जिसके अन्तर्गत विज्ञान एवं टेक्नोलॉजी की सम्भावनाओं और वैज्ञानिकों की क्षमता का देश के विकास में उपयोग के लिए कदम उठाया गया। एक दशक से अधिक समय के बाद सरकार ने भविष्य के लिए पुनः अपनी नीति निर्धारित की। शायद विश्व के इतिहास में ऐसी कोई मिसाल नहीं है।

वैज्ञानिक नीति का संकल्प विज्ञान एवं टेक्नोलॉजी के प्रति आस्था और प्रतिबद्धता का प्रस्ताव था जिसका उद्देश्य शान्ति, देश के विकास और जनसाधारण की सुविधाओं को विकसित करना और उन्हें सांस्कृतिक विकास के अवसर प्रदान करना था, उनकी सृजनात्मक क्षमताओं की वृद्धि करना था। इसमें यह भी बताया गया था कि इन लक्ष्यों को प्राप्त करने के लिए देश को क्या कदम उठाने चाहिए ? प्रथम राष्ट्रीय सरकार ने विज्ञान एवं टेक्नोलॉजी के कार्यान्वयन के लिए जो नीतियाँ निर्धारित कीं उनके लक्ष्य थे :

1. शैक्षणिक सुविधाओं का विस्तार जिससे अपेक्षित वैज्ञानिक और तकनीकी जनशक्ति तैयार हो और विश्वविद्यालयों में श्रेष्ठ ज्ञानार्जन के साधन जुटाना;
2. शोध और विकास की संस्थाओं का सृजन जो देश की समस्याओं का समाधान खोजें और साथ ही उद्योगों के विकास के लिए तकनीकी आधार प्रदान करना;
3. उपलब्ध वैज्ञानिक और तकनीकी ज्ञान की वृद्धि करना और वैज्ञानिकों और टेक्नोलॉजिस्टों से सम्बद्ध निर्णयों में उनको शामिल करना;
4. वैज्ञानिक स्वभाव को प्रोत्साहित करना ताकि जनता का बौद्धिक पिछड़ापन दूर हो और वह नए विकास के महत्त्व को समझ सकें और देश के जीवन में नई पुनर्जागरूकता ला सकें।

इन नीतियों ने आजादी के पिछले 54 सालों में देश को, जो कभी सिर्फ यूरोप को कच्चा माल देता था, विश्व की तीसरी सबसे बड़ी वैज्ञानिक और तकनीकी शक्ति के रूप में रूपांतरित किया है। भारत आणविक, अन्तरिक्ष, सागरीय और अटलांटिक क्लब में प्रवेश कर गया। आज उसके पास उच्चतम क्षमता है।

यह विकास उल्लेखनीय भी है और बहुत द्रुतगामी भी। भारत इन पर सन्तोष कर सकता है। फिर भी इन उपलब्धियों से पूर्णतः सन्तुष्ट न होकर वह विकास के प्रति अपनी आलोचना को भी जारी रखे हुए है। 1976 में तत्कालीन प्रधानमन्त्री श्रीमती इन्दिरा गाँधी ने वैज्ञानिकों के सामने यह प्रश्न रखा कि भारत में विज्ञान एवं टेक्नोलॉजी के विकास से किसे लाभ हुआ और उन्होंने कहा कि वैज्ञानिकों को अपनी सृजनात्मक शक्ति उन पददलित लोगों की जरूरतों को पूरा करने में लगा देनी चाहिए जिन्हें अभी तक विकास का लाभ नहीं मिला है और जो प्रायः ग्रामीण क्षेत्रों में रहते हैं। इसके अलावा उन्होंने यह भी कहा कि हमें यूरोप के अनुभवों से लाभ उठाना चाहिए और उसकी गलतियों से बचना चाहिए जो पर्यावरण और नगरीकरण और उससे सम्बन्धित समस्याओं से सम्बद्ध हैं।

स्वतन्त्रता प्राप्ति के समय से ही इस देश की परम्परा रही है कि देश का प्रधानमन्त्री हर साल भारतीय विज्ञान परिषद् की सभा में, जो जनवरी के प्रथम सप्ताह में आयोजित होती है, वैज्ञानिकों से मिलता है। इस तरह वैज्ञानिकों और टेक्नोलॉजिस्टों के लिए नया साल अपने पिछले कार्यों के मूल्यांकन और भविष्य के लिए नियोजन से शुरू होता है। इतना ही नहीं प्रधानमन्त्री वैज्ञानिकों से यह अनुरोध करता है कि वह विशिष्ट समस्याओं का अध्ययन करें, विकास का मूल्यांकन करें, आवश्यकताओं का जायजा लें और उनका समाधान ढूँढ़ें। यह काम उन जिम्मेदारियों के अलावा है जो वह विज्ञान और प्रौद्योगिक परिषद्, आणविक शक्ति, अन्तरिक्ष शोध के अध्यक्ष की हैसियत से करता है।

भारत का राजनीतिक नेतृत्व विज्ञान एवं टेक्नोलॉजी से क्यों इतना वास्ता रखता है ? उसे विज्ञान एवं टेक्नोलॉजी में क्यों इतनी आस्था है? क्या यह चीज नई है या भारतीय परम्परा का हिस्सा?

कुछ समय से पाश्चात्य विद्वान ऐसा बताते रहे हैं कि विज्ञान एवं टेक्नोलॉजी पाश्चात्य वस्तु है। इस दृष्टिकोण के अन्तर्गत यह ग्रीस में शुरू हुई और कुछ समय बाद जिसे अन्धकार युग कहा जाता है, वह पुनः यूरोप में प्रकट हुई और तब से जो उन्नति हुई वह मानव इतिहास में अद्वितीय है। उनके अनुसार, इस उन्नति से बाकी विश्व को लाभ हुआ है। वह आगे बताते हैं कि इस समय यूरोप इस ज्ञान को उन देशों में प्रसारित कर रहा है जिनमें इसे जज्ब करने की क्षमता है। आज हमें जो ऐतिहासिक साक्ष्य उपलब्ध हैं, यह उसके विरुद्ध हैं। इतिहास पर एक सरसरी नज़र दौड़ाने से यह स्पष्ट हो जाता है कि विज्ञान एवं टेक्नोलॉजी भारतीय संस्कृति के अंश रहे हैं और इसकी सभ्यता का आधार रहे हैं। अपने इतिहास के हर काल में भारतीयों ने विज्ञान एवं

टेक्नोलॉजी में उल्लेखनीय योगदान दिया। यह ज्ञान पूर्णतः उपलब्ध था और विश्व के भिन्न भागों में और भिन्न संस्कृतियों में फैला। पूर्व में चीन और इंडोनेशिया, पश्चिमी एशिया, केन्द्रीय एशिया और यूरोप ने भारत से जो कुछ ग्रहण किया, उससे पर्याप्त लाभ उठाया। अन्धकार युग में और 12वीं से 18वीं सदी के सात सौ वर्षों की अवधि में भारत में संस्कृत, अरबी और फारसी में विज्ञान एवं टेक्नोलॉजी पर दस हजार ग्रन्थ लिखे गए। यह फेहरिस्त अन्तिम नहीं है। इसके अलावा इन भाषाओं और अन्य भारतीय भाषाओं में अनेक ग्रन्थ थे। इसलिए अब जो कुछ किया जा रहा है वह नया नहीं है, विज्ञान एवं टेक्नोलॉजी भारतीय संस्कृति और परम्परा का अंश रही है। जो अब किया जा रहा है वह उसी परम्परा का पुनरुद्धार है जिसे औपनिवेशिक राज में भंग कर दिया गया था।

विषय-सूची

1

ऐतिहासिक परिदृश्य

भारत एक विशाल देश है, एक तरह से महाद्वीप ही है। उसकी सीमाओं की व्यापक भौगोलिक विशेषताएँ हैं—हिमालय की ऊँचे हिमाच्छादित पर्वतमालाओं से लेकर राजस्थान का रेगिस्तान, गंगा-जमुना का मैदान, दक्षिणी पठार से लेकर दक्षिण तक फैले हरे-भरे ऊष्णकटिबंध का प्रदेश। जिस तरह इसका भौगोलिक क्षेत्र विविधतापूर्ण है उसी प्रकार इसके वासी विभिन्न नाक-नक्श वाले विभिन्न वेशभूषाओं और रीति-रिवाजों को मानने वाले विकास के विभिन्न स्तरों पर हैं और उनकी विविध सांस्कृतिक परम्पराएँ हैं जो इतिहास में गहरी छुपी हैं। जैसे-जैसे हम पूर्वोत्तर प्रदेश, मध्य भारत, पश्चिम और दक्षिणी भारत से कृषि में अति उन्नत मैदानों और पर्वतीय इलाकों की तरफ बढ़ते हैं हमारा विभिन्न फसलों और विभिन्न जलवायु की अवस्थाओं से तथा अत्यन्त नगरीकृत बड़े शहरों की औद्योगिक जनता से सामना होता है।

इस दृश्यपटल में हमें विकास के अनेक रंग दिखाई देते हैं—दक्ष कारीगर जो घास, वन उत्पादों से, कपास और खनिजों से नाना-प्रकार की वस्तुएँ बनाते हैं जो अत्यन्त उन्नत विज्ञान एवं टेक्नोलॉजी से ही सम्भव है।

वर्तमान भारत का कुल क्षेत्रफल 32,90,000 वर्ग किलोमीटर है। यह दुनिया का दूसरा सबसे अधिक जनसंख्या वाला देश है। इसमें 30 राज्य हैं जिनमें से कुछ तो यूरोप के देशों से भी बड़े हैं। यहाँ की जनता की अनेक बोलियाँ हैं। अंग्रेजी के अलावा 14 भाषाओं को संविधान में मान्यता दी गई है। भाषा और बोलियों की संख्या तो हैरत में डालने वाली है। वर्तमान राज्य मुख्यतः भाषा के आधार पर बने हैं। हिन्दी जो कि पाँच राज्यों की सरकारी भाषा है, इसके अलावा अंग्रेजी, सिन्धी और उर्दू अनेक राज्यों में बोली जाती हैं।

स्वतन्त्रता के बाद से भारत का जो आर्थिक विकास हुआ है उसे निम्न तालिका से आँका जा सकता है :

विभिन्न योजनाओं में हुई आर्थिक प्रगति

भारत की सकल और प्रति व्यक्ति आय में औसत वार्षिक वृद्धि (प्रतिशत में)

योजना	कुल आय	प्रति व्यक्ति आय
1951-52 से 1955-56 तक	3.6	1.7
1956-57 से 1960-61 तक	4.0	1.9
1961-62 से 1965-66 तक	2.2	0.0
1966-67 से 1968-69 तक	4.0	1.8
1969-79 से 1973-74 तक	3.3	1.1
1974-75 से 1978-79 तक	5.3	2.9
1981-82 से 1984-85 तक	4.9	2.7
1985-86 से 1989-90 तक	5.8	3.6
1990-91 से 1991-92 तक	2.5	0.4
1992-93 से 1996-97 तक	6.8	4.9
1981-82 से 1997-98 तक	5.4	3.3

प्राचीन भारत

जब मनुष्य प्राक्इतिहास के धुँधलके से निकला तब सभ्यता के तीन केन्द्र थे–मिस्र, पश्चिमी एशिया और भारत। सिन्धु घाटी की सभ्यता, जिसकी लिपि अभी पढ़ी नहीं जा सकी है, एक उन्नत संस्कृति का चित्र प्रस्तुत करती है।

पुरातत्त्व के साक्ष्यों से यह सिद्ध हुआ है कि प्रथम औद्योगिक, या यह कहना अधिक उपयुक्त होगा, कि तकनीकी क्रान्ति ईसा से लगभग 3000-4000 ई. पूर्व के बीच हुई थी। इस काल के प्रमुख तकनीकी आविष्कार जो हजार वर्षों या उससे अधिक में फैले, वह थे–आग का प्रयोग और नियन्त्रण, बाढ़ नियन्त्रण और कृषि के लिए सिंचाई की तकनीकों का विकास, पशुपालन, धातुओं को पिघलाकर उनका प्रयोग, हल और पहिए की ईजाद, कुम्हार का चाक, पहिएवाली गाड़ियाँ और सम्भवतः सूत कताई का चरखा।

इतिहास की इस अवस्था में भारत ही सभ्य देश था। तकनीक और सामाजिक संगठन में काफी आगे बढ़ा हुआ था। भारत के विभिन्न भागों में हुई पुरातात्त्विक खुदाइयों में प्राप्त इस काल के नगरों से यह प्रकट होता है कि वह व्यापार के समृद्ध केन्द्र थे। उनकी इमारतें और बर्तन बनाने की कला उपयोगी थी। अधिकांश वास्तुशिल्प भट्ठे की ईंटों द्वारा निर्मित था और इसी तरह मिट्टी के बर्तन बनाने की कला, नगर नियोजन और स्थापत्य काफी उन्नत अवस्था में थे। निर्माण कार्य पर कठोर नियन्त्रण

था और नगरों में सफाई का कड़ा अनुपालन। जब राजनीतिक सत्ता कमजोर पड़ी, तब यह नियम उपेक्षित हो गए।

रोशनीदार खुली सड़कें और पानी निकासी की विकसित व्यवस्था जिस पर तकनीकी दृष्टि से विशेष ध्यान दिया गया था, उससे नगर का ज्यामितिक नियोजन और स्वास्थ्य एवं सफाई का सरोकार स्पष्ट है। इससे दैनिक जीवन को सुधारने के लिए अपेक्षित ज्ञान के प्रयोग की वैज्ञानिक समझ और तकनीकी क्षमता जाहिर होती है। यह बातें निर्माण सामग्री के उच्च ज्ञान, निर्माण टेक्नोलॉजी और ज्यामिति के बिना सम्भव न होतीं। प्रयुक्त ईंटों के आकार से उनका मानकीकरण और उन्हें पकाने की तकनीक का ज्ञान प्रकट होता है। सफाई के लिए अपनाए गए तरीके भी चिकित्सा शास्त्र और रोगरक्षा की जानकारी की पुष्टि करते हैं।

गुजरात के कच्छ क्षेत्र में लोथल (दो हजार ई.पू.) बन्दरगाह के निर्माण से हमें नावों के आकार, उन्हें लंगर डालने और गोदी में खड़ा करने की समस्याओं के समाधान और वहाँ से किए जा रहे समुद्री व्यापार के विस्तार का अन्दाज मिलता है। उस समय ताँबे पिघलाने की जानकारी थी और अधिकांश औजार ताँबे के ही बनते थे। लगता है उसकी कमी न थी। नगर के ईंटों से बने एक बड़े गड्ढे में बड़ी मात्रा में ताँबे का भंडार यह दर्शाता है कि नगर में ही ढलाई का काम होता था। वहाँ कोई भट्ठी नहीं मिली है। धातुओं के निर्माण की कला का ज्ञान था इसकी पुष्टि काँसे की वस्तुओं से होती है। इनमें टिन का अनुपात निश्चित नहीं है। प्रायः वह अधिक ही था, कभी-कभी 26 प्रतिशत तक, और इस तरह अधिक मजबूत न होने के कारण काँसा आसानी से टूट सकता था। सीसे का भी ज्ञान था और उसका इस्तेमाल बर्तनों और उसके अलावा पशुओं की आकृतियाँ बनाने में होता था।

बर्तन बनाने की कला पर्याप्त उन्नत थी। बर्तनों को पॉलीक्रूम या मैंग्नीजयुक्त हेमाटाइट से बने रंग से रँगा जाता था। बर्तनों और मुद्राओं पर बने कलात्मक डिजाइनों से संकेत मिलता है कि उन्हें जलथल के पशुओं, चिड़ियों और पेड़-पौधों की जानकारी थी। वह हाथी, गैंडे, शेर, बिसन और अनेक घरेलू जानवरों के चित्र अंकित करते थे। प्रत्यक्ष साक्ष्य के अभाव में यह बताना कठिन है कि उन्हें इन पशुओं के बारे में कितनी जानकारी थी। तीन से पाँच हजार साल पहले के भारत की जो तस्वीर उभर कर आती है वह सामान्य और संकेतात्मक ही है और अत्यन्त विकसित सभ्यता का द्योतक है जिसने विज्ञान और टेक्नोलॉजी के क्षेत्र में उच्च उपलब्धियाँ प्राप्त कीं। वस्तुतः घरों और नालियों से सम्बन्धित कानूनों के अनुपालन से पता चलता है कि उस समय उपलब्ध ज्ञान का सामाजिक जीवन और व्यक्तिगत व्यवहार को संगठित करने में प्रयोग होता था। ऐतिहासिक काल आने पर जबकि लिखित अभिलेख उपलब्ध होते हैं, हम विज्ञान और टेक्नोलॉजी के क्षेत्र में परम्परा की निरन्तरता देखते हैं। इस काल की उपलब्धि इससे पहले की तरह उल्लेखनीय है। यद्यपि तब के पुरातत्त्वीय अवशेषों को अभी तक समझा नहीं जा सका है।

हमें नहीं मालूम कि कैसे और कहाँ सबसे पहले लोहा इस्तेमाल किया गया और सम्भव है कि 600 ई.पू. भारतीय लोहा गलाना जानते थे और उसे युद्ध के हथियारों और बाद में कृषि और शिल्पियों के औजारों में बहुत कारगर ढंग से इस्तेमाल कर रहे थे। इससे उनकी इंजीनियरी में दक्षता और उससे सम्बद्ध प्रक्रियाओं की जानकारी के बारे में सहज ही कल्पना की जा सकती है। दिल्ली का लौह स्तम्भ जिसका वजन छह टन से भी अधिक है, शुद्ध जंगरहित लोहे को पीटकर बनाया गया है। यह एकमात्र अद्वितीय रचना नहीं है क्योंकि उसी समय के अभिलेखों से यह पता चलता है कि कोणार्क (उड़ीसा) के मन्दिरों में लोहे की शहतीरों का प्रयोग हुआ है।

गणित के प्रचीनतम ग्रन्थ शुल्व-सूत्र थे जिनमें मुख्यतः ज्यामिति का प्रयोग है। इनका बलि-वेदियों में प्रयोग होता था। वह समकोण, त्रिभुजों जिनकी भुजाओं को पूर्णांकों में दर्शाया जा सकता है, (पाइथागोरस त्रिभुज) का नियमित उपयोग करते थे। प्रसिद्ध गणितज्ञ जिनके नाम चले आ रहे हैं, वह पाँचवीं शताब्दी और उसके बाद हुए। ये हैं : आर्यभट्ट (सन् 499), वराहमिहिर (सन् 505), ब्रह्मगुप्त (17वीं शताब्दी), महावीर (9वीं शताब्दी) और भास्कर (12वीं शताब्दी)। आर्यभट्ट ने वर्गमूल, घनमूल, त्रिभुज के क्षेत्रफल, पिरामिड का आयतन, वृत्त के क्षेत्रफल तथा अन्य राशियों का विवरण दिया है। महावीर ने बीजगणित का विकास किया जिसे बाद में भास्कर ने आगे बढ़ाया। ब्रह्मगुप्त ने चक्रीय चतुर्भुज के क्षेत्रफल और विकर्णों की लम्बाई जानने, शून्य के प्रयोग के नियम और द्विघात समीकरणों के हल करने के सूत्र दिए। उसे ऋणात्मक संख्याओं के प्रयोग का ज्ञान था। भास्कर ने बीजगणित को और आगे बढ़ाया और बीजगणित नामक सारसंग्रह की रचना की। खगोल विज्ञान का लेखा-जोखा, ज्योतिष वेदांग और पंच-सिद्धान्तों में दिया गया है। यह पाँच सिद्धान्त थे–पैतामह, वशिष्ट, पौलिष, रोमक और सूर्य। रोमक (रोमन) जो ग्रीक भी हो सकता है। और सूर्य सिद्धान्त। वराहमिहिर में कुछ पुराने ग्रन्थों का उल्लेख है जो लुप्त हो गए हैं। उनमें सिर्फ अन्तिम सूर्य सिद्धान्त ही उपलब्ध है। भारतीय खगोल विज्ञान की परम्परा और परवर्ती योगदान देनेवालों–आर्यभट्ट, वराहमिहिर, ब्रह्मगुप्त, भास्कर–और अन्य वैज्ञानिक कृतियों पर इसका प्रमुख प्रभाव पड़ा।

भारतीय चिकित्सा विज्ञान अथर्ववेद से शुरू होता है। इस काल के दो उल्लेखनीय चिकित्सक एवं शल्यकर्मी चरक और सुश्रुत थे। चरक की हमारी जानकारी दृदभाल (9वीं शताब्दी) और वर्तमान चरक संहिता और उसकी 11वीं शताब्दी की चक्रपणिदाता टीका पर आधारित है। यद्यपि साक्ष्यों से संकेत मिलता है कि चौथी शताब्दी में चरक, सुश्रुत पाठ्य पुस्तकें मान्य थीं। चरक मूलतः चिकित्सा और सुश्रुत शल्यक्रिया विशेषज्ञ थे। उनकी कृतियाँ प्रत्यक्ष सावधानीयुक्त,अनुभवगम्य अवलोकन और सम्भवतः मानव शरीर के विच्छेदन पर आधारित थीं। चरक सुश्रुत और सिद्धान्त ग्रन्थों का अरबी भाषा में अनुवाद हुआ और उसका पश्चिमी एशिया के वैज्ञानिक परम्परा पर व्यापक असर पड़ा।

यह संक्षिप्त सर्वेक्षण हमें अवलोकन पर आधारित वैज्ञानिकों और साथ ही अमूर्त चिन्तन के विकास की रूपरेखा देता है। इसके अलावा टेक्नोलॉजी का पर्याप्त विकास हुआ। यह काल हमें यह भी बताता है कि विज्ञान प्राप्त करने के लिए कौन-सी पद्धति विकसित की गई और ज्ञान के सत्यापन के कठोर नियम बनाए गए। भास्कर ने निम्न क्रम दिए हैं :

सूत्रम्
उदाहरण
स्थापनम्
करणम् (हल)
प्रत्ययम् (प्रमाण या सबूत)

इस विकास क्रम ने भारतीय ज्ञान को एक विशिष्ट चरित्र प्रदान किया है।

मध्यकालीन भारत

भारत सदा ही इतिहास के चौराहे पर रहा है और अनेक सांस्कृतिक प्रभावों का दाता और ग्रहीता भी। इसने अन्य संस्कृतियों को लेने और जज़्ब करने की क्षमता दिखाई है। हमें भारतीय धर्म, संस्कृति, दर्शन, विज्ञान और टेक्नोलॉजी को समझने के लिए एशिया के ऐतिहासिक विकास का भी अध्ययन करना होगा। वैदिक दर्शन और संस्कृति के अलावा जो दक्षिण पूर्व एशिया में फैली, बौद्ध धर्म चीन और अन्य दक्षिण पूर्वी एशिया के देशों और केन्द्रीय एवं पश्चिमी एशिया में गया। धर्म के साथ दर्शन, विज्ञान और टेक्नोलॉजी का भी प्रसार हुआ।

हमारे पास भारतीय ग्रन्थों के चीनी, अरबी और अन्य भाषा में अनुवादों का विस्तृत लेखा-जोखा उपलब्ध है। जब बगदाद अरबी ज्ञान का एक केन्द्र बना तब वहाँ बड़ी संख्या में संस्कृत से अरबी भाषा में ग्रन्थों का अनुवाद हुआ। ये ग्रन्थ मुख्यतः चिकित्साशास्त्र, गणित, टेक्नोलॉजी, दर्शन पर थे। इन पर इस्लामी ज्ञान और चिन्तन का भी गहरा असर था। बाद में जब अरब फारस (ईरान) और मध्य एशिया से लोग भारत आए और यहाँ बसे, तो वे अपने साथ उन्नत विज्ञान एवं टेक्नोलॉजी लाए और भारतीय परम्परा से उनका आदान-प्रदान हुआ और इस तरह उन्होंने उल्लेखनीय योगदान किए। इस अन्तर्क्रिया को हम विज्ञान एवं टेक्नोलॉजी की पांडुलिपियों के समृद्ध भंडार में देख सकते हैं जो आज विश्व के पुस्तकालयों में सुरक्षित है। विज्ञान एवं टेक्नोलॉजी के विशिष्ट ग्रन्थों के अलावा ऐसे सम्राटों के इतिहासवृत्त, संस्मरण, डायरियाँ और अभिलेख हैं जिनमें विज्ञान एवं टेक्नोलॉजी का अच्छा विवरण मिलता है। इनमें जैसे **सीरत-फिरोजशाही,** बादशाह फिरोजशाह की जीवनी (14वीं सदी), **तुजुकी बाबरी** बादशाह बाबर के संस्मरण (16वीं सदी), **आइने-अकबरी-**अकबर बादशाह का इतिवृत्त (17 वीं सदी) और जयपुर के राजा सवाई जयसिंह द्वितीय (18वीं सदी) और खगोलशास्त्रीय रचनाएँ, मशीनों, पक्षियों और पशुओं के चित्र और विवरण प्रामाणिक ही नहीं प्रत्युत अत्यन्त सुन्दर और बेजोड़ हैं।

खगोल विज्ञान

खगोल विज्ञान का प्रमुख उद्देश्य पंचांग बनाना, ऋतुओं, धार्मिक एवं अन्य उत्सवों की तिथियाँ निश्चित करना, विवाह और अन्य कार्यों के लिए जन्मपत्रियाँ बनाना तथा प्रशासनिक जरूरतों को पूरा करने और नौकायन में प्रयोग तथा समय निश्चित करना था। जन्मपत्री बनाने का कार्य खगोल वैज्ञानिक और ज्योतिषी को सामाजिक प्रतिष्ठा देता था और उसका अध्ययन सामाजिक दृष्टि से भी अधिक उपयोगी था।

उस समय की प्रमुख वेधशालाएँ उज्जैन, वाराणसी, मथुरा, जयपुर और दिल्ली थीं। इनमें से पहली दो पुरानी थीं। दिल्ली स्थित वेधशाला हुमायूँ (16वीं सदी) के समय में शेरमंडल में थी और अवलोकन चौकियाँ फिरोज तुगलक (14वीं सदी) के समय में बनाई गईं और अन्ततः जयपुर के राजा सवाई जयसिंह तथा मोहम्मदशाह के समय (18वीं सदी) में थीं। एक वेधशाला दौलताबाद में थी जिसे फिरोजशाह बेहमनी ने हकीम अली मोहसिन और सैयद मोहम्मद काज़मी ने बनाया। शाहजहाँ (17वीं सदी) का भी मुल्ला महमूद के लिए जौनपुर में एक वेधशाला बनाने का विचार था पर अर्थाभाव में वह कार्यान्वित न हो सका।

वेधशालाओं में अवलोकन का मुख्य उपकरण वेधयन्त्र (एस्ट्रोलैब) था। 17वीं सदी में यह अपनी पराकाष्ठा पर पहुँचा। उस समय के चालीस वेध उपकरण आज भी मौजूद हैं। उस समय लाहौर उद्योग का प्रधान केन्द्र था। वेधयन्त्र बनाने वाले परिवारों के विवरण हमें हुमायूँ और औरंगजेब तक (16वीं से 17वीं सदी के अन्त तक) मिलते हैं। वेधयन्त्र के अलावा जो उपकरण प्रयुक्त होते थे वह थे चौकोर और विभिन्न प्रकार के छल्लेवाले गोलक।

सौर और चन्द्र दोनों के पंचांग प्रचलित थे जो लेखक की भाषा और मूल निवास पर निर्भर करता था। पृथ्वी की आकृति के विषय में सामान्य विश्वास था कि या तो वह चपटी है या ठोस गोलाकार। यह घूमती है इसकी चर्चा थी पर इसकी स्वीकृति न थी और सामान्यतः भूकेन्द्रित सिद्धान्त माना जाता था। ऋतुओं की बदलने की घटना को प्रायः सूर्य की परिक्रमा के आधार पर समझाया जाता था। टॉलमी की ही व्यवस्था तब प्रचलित थी।

इस काल में लिखे अधिकांश ग्रन्थ मुख्यतः पुराने ग्रन्थों की टीकाएँ थीं–तुसी, अलकाशी और अन्य खगोलशास्त्रियों के संस्कृत ग्रन्थों के अनुवाद थे। संस्कृत ग्रन्थों में भी मकरन्द की सारणियाँ (1428 ई.) और उसके कुछ बाद की **तिथियाँ पिपत्र** या गणेश का **गृहलाघव** (1528) और नीलकंठ का **तज़िक** (तज़िक सम्भवतः यह तज़दीक से बना है)। तीन खगोलशास्त्रीय सारणियाँ तैयार की गई। फरीदउद्दीन, मसूद बिन हाफिज, इब्राहिम देहलवी (मृत्यु 1629) द्वारा **ज़िज-ए-शाह जहानी** (1628-29), शाहजहाँ के राजकाल में एक अन्य ग्रन्थ मलजीत द्वारा **परसीप्रकाश** संकलित किया गया। इसमें मुख्यतः तिथियों को परिवर्तित करना बताया गया है। एक सदी बाद राजा सवाई जयसिंह द्वितीय ने **जिज़-ए-जदीद मोहम्मदशाही** लिखा जो अपने काल का सबसे

उल्लेखनीय ग्रन्थ है।

सुन्दरतम और श्रेष्ठ वेधशालाएँ जयपुर के राजा सवाई जयसिंह द्वितीय ने दिल्ली और जयपुर में बनवाईं। उनका निर्माण 1718 से शुरू होकर 1734 में पूरा हुआ। उज्जैन, मथुरा, वाराणसी में बनी वेधशालाएँ अब मौजूद नहीं हैं। ईंट चूने से बने इन उपकरणों की मुख्य विशेषता यह है कि इनसे धातु से बने उपकरणों की तुलना में मापने की क्रिया अधिक सही रहेगी। जिज़-ए-जदीद मुहम्मदशाही में दी गई सारणियों का परिचय जयसिंह के वैज्ञानिक स्वभाव को दर्शाता है। जब उससे पंचांग में सुधार करने को कहा गया तब उसने इस दिशा में अब तक हुए कार्य की सूचनाएँ एकत्र कीं। इसके लिए उसने यूरोप, पश्चिमी एशिया, चीन में अपने दूत भेजे और वहाँ के खगोलशास्त्रियों को जिनमें यूरोपीय भी थे, अपने दरबार में आमन्त्रित किया। उसने अपनी वेधशालाओं के उपकरणों को भी सुधारा और विद्यमान उपकरणों की कमियाँ भी गिनाईं और अवलोकन के लिए अनेक वेधशालाएँ भी बनवाईं।

गणित

इस काल के प्रारम्भ में दो उल्लेखनीय गणितज्ञ थे जिन्होंने महत्त्वपूर्ण योगदान किए :

11वीं सदी में श्रीधर (जन्म 991) जिसने **गणितसार** लिखा और भास्कर 12वीं सदी जिनकी रचना थी **लीलावती, बीजगणित** और **सिद्धान्त शिरोमणि। गणितसार** में गुणाभाग, वर्गमूल, घन, भिन्न, शून्य और प्राकृतिक संख्याएँ, साझेदारी (पार्टनरशिप) क्षेत्रमिति, काल्पनिक गणना का विवरण है। भास्कर की **लीलावती** में अंकन, पूर्णांकों की क्रियाएँ, भिन्न, वाणिज्यिक नियम, ब्याज, क्रम परिवर्तन और संचय के साथ बीजगणित है। **बीजगणित** में दृष्ट संख्याओं, ऋणात्मक राशियों, अज्ञात राशियों को रंगों में तथा सरल और द्विघात समीकरणों में दिया है। **सिद्धान्त शिरोमणि** और **गोलाध्याय** में वृत्तों का विवेचन है।

इस काल के गणित में रियादी, हिसाब (अंकगणित) और हिंदसा (ज्यामिति) हैयत (खगोल विज्ञान) और मौसिक़ी (संगीत) भी शामिल हो गया। इस समय के जिन गणितज्ञों के ग्रन्थों का प्रायः उपयोग किया गया है वे थे बहाउद्दीन अमुली (16वीं-17वीं सदी), नसीरुद्दीन अल-तुसी (13वीं सदी), अर्रक (11वीं सदी) और अलकाशी (15वीं सदी)। अमुली का **खुलासतुल हिसाब** इस पूरे युग में अत्यधिक लोकप्रिय रहा। संस्कृत में नारायण पंडित के **गणितपाली कौमुदी** (1356) और नयन सखा का **उक्रंठ ग्रन्थ** (1731) उल्लेखनीय है।

अंकगणित में सामान्यतः घनात्मक, पूर्णांक, भिन्न, त्रैराशिक, क्षेत्रमिति, वजन का मापना और दूरी का आकलन था।

बीजगणित में सम्भवतः इसी दिशा में विकास हुआ जिन पर अलख्वारिज़्मी, भास्कर और अमुली ने काम किया था। असमतउल्ला सहारनपुरी (17वीं सदी) ने द्विघात समीकरण में योगदान दिया। इस क्षेत्र में मुख्य कार्य कुछ उपयोगी सूत्र और कुछ

समस्याओं के हल निकालने में किया गया जो पहले से चले आ रहे थे।

ज्यामिति में यूक्लिड के अनुवाद का सर्वाधिक प्रयोग हो रहा था और उस पर अनेक टीकाएँ लिखी गईं। इनमें से विशेषकर दो टीकाएँ—मीर मोहम्मद हाशिम (17वीं सदी), शरह-ए-यूक्लिदस मौलवी मोहम्मद की बरकत (18वीं सदी) की टीका सबसे महत्त्वपूर्ण थी और उन्होंने समानान्तर परिकल्पना के सिद्धान्त में उल्लेखनीय योगदान दिया।

एक अन्य परिवर्तन जिसने गणित के विकास में अनुवादों और टीकाओं के माध्यम से महत्त्वपूर्ण योगदान दिया था वह थे ताजमहल के निर्माता उस्ताद अहमद अल-मीमार लाहौरी और उनके बेटे अताउल्ला रशीदी और लुतफुल्ला मुहनदिस के दो बेटे इमामुद्दीन रियादी और खैरउल्ला। ऐसा कहा जाता है कि रियादी ने अनेक विषयों पर, विशेषकर गणित और खगोलविज्ञान पर 25 पुस्तकें लिखीं।

चिकित्साशास्त्र

चिकित्साशास्त्र में अनेक विषयों का समावेश था, जैसे आहार विज्ञान जिसे आज खाद्य टेक्नोलॉजी कहा जाता है। मुख्य बल रोगों के निदान और चिकित्सा पर दिया गया। निदान में विशेष ध्यान कारणों और लक्षणों (असबाब-ओ-अलमत) पर था जो रोगी की सामान्य अवस्था को देखकर किया जाता था। यह नब्ज़ देखकर और पेशाब की जाँच से होता था। पेशाब की जाँच मात्रा और रासायनिक प्रक्रिया पर आधारित न थी, फिर भी वह पर्याप्त विकसित थी। चिकित्सक सही निदान के लिए लम्बे अनुभव पर निर्भर करते थे। 17वीं सदी में मोहम्मद मोमिन हुसैनी तुन्काबनी ने **थुपतुल-मोमीमिन** पुस्तक फारसी में लिखी जो भारत में बहुत प्रयोग में लाई जाती थी। इसमें विस्तार से दवा के भिन्न प्रभावों के बारे में चिकित्सकों के भिन्न मतों के कारणों की विवेचना है।

कुछ रोगों जैसे ज्वर, शरीर के अंगों उदाहरण के लिए आँखों, पेट के रोगों पर विशिष्ट ग्रन्थ लिखे गए। इससे यह संकेत मिलता है कि लम्बे अवलोकन और अनुभव के आधार पर अर्जित ज्ञान पर यह आधारित थी। जरीनदस्त द्वारा लिखित **भुस्ल अयून** (1087-88) में आँखों और उसके रोगों पर लिखा है। जो बाहर दिखाई देते हैं और जो नहीं भी दीखते। और उसमें रोगों के पूर्ण निवारण के उपाय भी सुझाए गए हैं।

सिकन्दरशाह लोदी के लिए दिल्ली में लिखी गई **मदनुस शैफा सिकन्दरशाही** (1512-13) संस्कृत ग्रन्थों पर आधरित है। यह बुहवा बिन ख्वास खान द्वारा लिखी गई। इसमें संस्कृत शब्दों का प्रचुर प्रयोग हुआ है।

सही खुराक पर पर्याप्त जोर दिया जाता था। इस तरह इस पर कई ग्रन्थ लिखे गए। इनसे स्पष्ट होता है कि इस पर कितना अधिक ध्यान दिया जाता था। इस प्रसंग में खाद्य वस्तुओं को शोधन कर मुरब्बा, चटनी, शर्बत का भी जिक्र किया जा सकता है जिसमें अचार बनाना और शकर की चासनी में फलों का संरक्षण किया जाता था।

दवाओं को बनाने के सिलसिले में वनौषधियों और उनके गुणों, उनके काढ़े, उनके अर्क आदि के बारे में पर्याप्त अनुभवजन्य ज्ञान हुआ और उनका मानव शरीर पर क्या

प्रभाव पड़ता है इसका भी। उन्हें तैयार करने की प्रक्रिया से रासायनिक क्रियाओं का विकास हुआ जैसे निसारण, आसवन, वाष्पन और सुखाना आदि। उसके लिए जरूरी उपकरण बनाए गए। तेल और सुगन्ध भी चिकित्सा का अंग थे। उनके निर्माण, प्रयोग और लाभ का भी चिकित्साशास्त्र के ग्रन्थों में उल्लेख है। सामान्य स्वच्छता भी चिकित्सा का अंग थी और इस सम्बन्ध में मोहम्मद रजा (1660-70-85) की **रियाज-ए-आलमगीरी** में बहुत-सी हिदायतें दी गई थीं।

संस्कृत ग्रन्थों में तिसाता की **चिकित्सा कलिका** (14वीं सदी) और भाव मिश्र का **भावप्रकाश** (18वीं सदी) और ओलिम्बराज का **वैद्यजीवन** (17वीं सदी) भी उल्लेखनीय हैं। इस विषय पर एक बहुत ही रोचक पुस्तक सुरपाल की **वृक्षायुर्वेद** (15वीं या 16वीं सदी) है जिसमें पेड़-पौधों के रोगों का विवरण है।

चिकित्साशास्त्र के ज्ञान और व्यवहार से सुदृढ़ परम्परा उजागर होती है। यह मूलतः एक हुनर था जिसे दीर्घ अनुभव और सूक्ष्म अवलोकन क्षमता से हासिल किया जाता था। या हर चिकित्सक को स्वयं उसे शुरू से लेना पड़ता था। अन्य पेशों की भाँति चिकित्सा भी प्रसिद्ध चिकित्सकों पर केन्द्रित थी। हालाँकि कुछ अस्पतालों का भी उल्लेख मिलता है। फिर भी चिकित्सा, दवाओं का बनाना और अध्यापन व्यक्तियों पर ही केन्द्रित था।

रसायनशास्त्र

इस काल में चार ज्ञात तत्त्व थे : अग्नि, पृथ्वी, वायु और जल। जिनके चार गुण थे– गर्म, सूखा, नम और ठंडा होना। उस समय पदार्थों की रासायनिक रचना या उनकी रासायनिक प्रकृति का कोई स्पष्ट विचार न था। किमियागिरियों की पारस पत्थर और अमृत की कल्पनाएँ नीमहकीमों और धूर्तों को इस क्षेत्र में ले आईं। चिकित्सा के लिए दवा बनाने के लिए अनेक रसायनों का प्रयोग होता था, जैसे पारा, संखिया और विभिन्न जड़ी-बूटियों के अर्क और काढ़े।

औद्योगिक वस्तु निर्माण में भी अनेक प्रक्रियाएँ अपनाई गईं जो अनुभवजन्य व्यावहारिक कौशल पर आधारित थीं। उस समय ज्ञात प्रक्रियाएँ थीं : (1) रँगना और रंगों का बनाना, (2) शकर बनाना, (3) कागज बनाना, (4) साधारण नमक और अन्य लवण यथा शोरे का निर्माण, (5) इत्र फुलेल, केवड़ा गुलाब जल, (6) तारपीन का तेल आदि बनाना। इसी प्रकार खनिज तेजाब भी ज्ञात था और प्रयोग में लाया जाता था। आतिशबाजी और हथियार भी बनते थे। इनके बनाने में गुणवत्ता का ध्यान रखा जाता था। यहाँ पर चिकने टाइल्स और चीनी मिट्टी के बर्तन बनाने की कला भी उल्लेखनीय है।

तकनीकी कुशलता और रासायनिक ज्ञान उच्च स्तर का था, किन्तु वह अनुभवजन्य स्तर तक और कुछ ही क्रियाओं तक सीमित था जिन्हें अच्छे नतीजे हासिल करने के लिए कड़ाई से पालन करना पड़ता था।

धातु विज्ञान

जो धातुएँ व्यापक रूप में प्रयोग में लाई जाती थीं, वे थीं–ताँबा, लोहा, राँगा, सोना, चाँदी और सीसा। बर्तनों, हथियारों, मूर्तियों और आभूषण बनाने में शुद्ध या मिश्रित रूप में ये व्यापक रूप से प्रयोग में आते थे। काँसे और पीतल का भी पर्याप्त प्रयोग था और लोहा, इस्पात और सीसे के मिश्रण का भी, जिसे बिदरी कहते थे। इस काल में धातुओं का प्रयोग मुख्यतः आभूषणों के अलंकरण में होता था। तोपें और बन्दूकें पीतल, काँसे और लौह, इस्पात की बनती थीं। 14वीं सदी के बाद से उनका अक्सर इस्तेमाल हुआ। धातुओं का उत्खनन और ढालने का काम सरल रीति से होता था और वह विभिन्न क्षेत्रों के स्थानीय तरीकों पर आधारित थीं।

ताँबे के बर्तनों पर राँगे की कलई बहुत प्रचलित थी। लगता है यह लगभग 13वीं सदी में चालू हुई। अबुलफ़ज़ल ने अकबर के राज परिवार में ताँबे के बर्तनों पर कलई का जिक्र किया है। सीसे की मिश्र धातु, बिदरी (8:2:1) ज्यादातर सजावट की चीजों में इस्तेमाल होती थी। सफेद और रंगीन इनेमल भी विकसित हुआ और उनका इस्तेमाल हुआ। जहाँ तक विभिन्न धातुओं का सम्बन्ध है उसमें जस्ता उल्लेखनीय है। काफी बाद तक यूरोप में इसकी जानकारी न थी। **आइने-अकबरी** में अबुलफजल ने खासतौर से लिखा है कि भारतीय इसे जानते थे जबकि यूरोपवासी नहीं।

तोपखाना

16वीं सदी में तोपखाना ही औद्योगिक टेक्नोलॉजी की परम उपलब्धि थी। तोपों का निर्माण मुख्य उद्योग था। हाथ की बन्दूकों पर अधिकाधिक यान्त्रिक कौशल तथा कारीगरी और सुन्दरता इस युग में प्राप्त हुई। 17वीं सदी में भारतीय बन्दूकों में फ्लिंट लाक लगाया गया। चपटे लोहे को लपेटकर नली बनाई जाती थी और उसका एक सिरा एक-दूसरे पर मोड़कर लपेटा जाता था, गर्म कर बेल्ड किया जाता था और फिर अन्दर से उसमें छेद कर दिया जाता था, यह तकनीक यूरोप के ही समान थी।

मुगलकाल में तोपों के बनाने में दो प्रवृत्तियाँ परिलक्षित हुईं। इनमें से एक थी बड़ी तोपें बनाने का उन्नत तरीका जो 15वीं सदी के मध्य में उतमान-तुर्की द्वारा प्रेरित तरीकों से मिलता-जुलता था। 16वीं सदी के अन्त तक भारत में दुनिया की सबसे बड़ी तोपें ढाली जा रही थीं और इसकी परम उपलब्धि अहमदनगर में ढाली गई। काँसे की मालिक मैदान तोप थी। तोपखाने का एक दूसरा पक्ष बाण या रॉकेट का इस्तेमाल करना था।

रॉकेट प्रेक्षपास्त्र अत्यन्त प्रभावशाली थे और यह लोहे के खोल में बाँस लगाकर तैयार किया जाता था और इनके अन्दर ज्वलनशील पदार्थ रखा जाता था। शीराज़ी ने इसका जो विवरण दिया है उससे तोप के पेंच और उसको ढालने और उसकी सफाई की मशीन में उच्च तकनीकी कौशल दर्शाया गया है।

नौचालन

17वीं सदी में नौचालन में भी खासे परिवर्तन हुए। जहाजों में इस्तेमाल होने वाले औजारों में वेधयन्त्र आया जिससे समय और अक्षांश का निश्चय किया जाता था। इसके अलावा भारतीय नागरिकों ने पानी पर तैरने वाली चुम्बकीय सुई, जो कम्पास की तरह थी, का भी प्रयोग 13वीं सदी में शुरू कर दिया था।

जहाज और नौका बनाने की कला बहुत उच्च कोटि की थी और यूरोप, पुर्तगाल और ब्रिटेन के बहुत से पानी वाले जहाज भारत में बने थे। जहाजों के निर्माण की अत्यधिक माँग के फलस्वरूप भारत के पश्चिमी तट पर काफी जंगल कटे।

कृषि

खेती के लिए नई फसलें अपनाने की क्षमता का अनुमान इस बात से किया जा सकता है कि मुगल काल में तम्बाकू, मक्का की व्यापक खेती तेजी से शुरू हुई। इस काल में कृषि की एक उन्नत तकनीक शुरू हुई वह थी छिद्रारोपण, जिसका प्रयोग मुख्यतः कपास की खेती में किया जाता था। जहाँ तक कृषि यन्त्रों का सम्बन्ध है, धातु के बने रहट पानी उठाने का मुख्य साधन था। इस काल में बागबानी में भी अनेक नए तरीके अपनाए गए। यह सिर्फ नए फलों और सब्जियों के उगाने तक ही सीमित न थे, बल्कि इनमें मुख्य नवप्रवर्तन था–कलम लगाना और फलों की पैदावार और गुणवत्ता सुधारना। शाहजहाँ के शासनकाल में कलम लगाने की रीति बहुत फैली। परिणामतः सन्तरे, आम, आड़ू की किस्म में बहुत सुधार हुआ। अनेक नए पौधे लगाए गए जिन्हें पुर्तगाली, लैटिन अमेरिका से लाए थे जैसे अनन्नास। इनका कुछ जिक्र जहाँगीर के संस्मरणों में है। सिंचाई और अनाज पीसने के लिए पनचक्की के प्रयोग के भी सबूत मिले हैं।

वस्त्र उद्योग

इस काल में वस्त्र उद्योग में उल्लेखनीय परिवर्तन हुए। चरखे में हत्था (क्रैंक) लग गया। कलात्मक बुनाई की तकनीक अपनाई गई। लागत कम करने के लिए साँचे से छपाई की जाने लगी। कपास को ओटने के लिए लकड़ी की चरखी और धुनने के लिए कमान महत्त्वपूर्ण उपकरण बने। 13वीं-14वीं सदी में उनका प्रयोग शुरू हुआ। बाद में यह चरखी जिसका स्थानीय नाम बेलना था, जनशक्ति से चलाई जाने लगी। मुगलकाल में भारतीय चरखों में चरखे (क्रैंक) लगे।

17वीं सदी में सिल्क और सूती कपड़े और उत्कृष्ट किस्म की जरी में आकृतियाँ बुनी जाती थीं। 11वीं सदी में बहुरंगी नमूने की रँगाई और रंगों और पैटर्न को पक्का बनाने के लिए रंगबन्धकों का प्रयोग शुरू हुआ। बहर-ए-आज़म भारतीय कोष में उल्लेख है कि कपड़े पर छपाई के लिए लकड़ी के साँचे इस्तेमाल किए जाते थे।

वास्तुकला

सम्पूर्ण भारत में मध्यकाल वास्तुकला की चरमोन्नति-काल था। उस समय की इमारतें शानदार और अत्यन्त सुन्दर हैं। ऐसा लगता है कि इसे प्राप्त करने के लिए निर्माण सामग्री, डिजाइन और निर्माण प्रक्रिया में पर्याप्त प्रयोग हुए। इनके निर्माण का विस्तृत लेखा-जोखा उपलब्ध है। किसने ताजमहल का नाम नहीं सुना होगा और वह बड़ी शानदार और सुन्दरतम इमारत है। इसका शिल्पी उस्ताद अहमद अल मीमार लाहौरी महान गणितज्ञ था और उसने गणित और ज्यामिति पर कई किताबें लिखीं।

इस काल में हम देखते हैं कि बंगाल से सिन्ध और कश्मीर से कन्याकुमारी तक निर्माण सामग्री के रूप में पत्थर और ईंटों, चूने के प्लास्टर या ऊपर पत्थर जड़ने में विशेष उन्नति हुई। विभिन्न कार्यों और उद्‌देश्यों के लिए बनी इमारतों में अनेक शैलियों और डिजाइनों का सम्मिश्रण हुआ, जैसे रक्षा से लेकर अलंकरण के उद्‌देश्य से मस्जिदों, मन्दिरों, किलों, मकबरे में। इमारतों के साथ ही साथ हमें उनसे जुड़े पार्कों, बगीचों में पानी पहुँचाने के लिए फव्वारे लगाए गए जिसका उद्‌देश्य आनन्द और सौन्दर्य को बढ़ाना था।

जल विज्ञान इस समय पर्याप्त उन्नत था। यह मुख्यतः महलों और किलों में और खासतौर से घेराबन्दी होने पर और साथ ही आराम और तफ़रीह के लिए पानी पहुँचाने के लिए था। इसके लिए बड़े कौशल से पेचीदे तरीके अपनाए गए जिससे नहाने के लिए गरम और ठंडा पानी का प्रबन्ध हो और गर्मियों के मौसम में महलों को ठंडा रखा जा सके और वहाँ फव्वारे चलाए जा सकें।

नदियों पर पुल बनाने के प्रयास भी किए गए। यद्यपि वे अधिक सफल न हुए। निर्माण में प्रयुक्त भारी पाए बाधा सिद्ध हुए। इनके कारण नदियों में रेत का बहुत जमाव हो जाता था। परिणामतः नदियों का प्रवाह बदल जाता था। इस समस्या को सुलझाने के लिए अपेक्षित प्रयास नहीं किए गए। इसका कारण यह भी था कि यातायात बहुत ज्यादा न था और नदियाँ स्वयं रक्षा की दृष्टि से प्राकृतिक रोक (बाड़) का काम करती थीं जिन्हें आसानी से पार न किया जा सके।

इससे स्पष्ट है कि टेक्नोलॉजी, संस्कृति और सौन्दर्यशास्त्र का मध्यकाल में साथ-साथ विकास हुआ।

2

ब्रिटिश शासन में विज्ञान एवं टेक्नोलॉजी

पारम्परिक संस्कृत और अरबी फारसी ज्ञान के स्थान पर अंग्रेजों ने समसामयिक विज्ञान एवं टेक्नोलॉजी का प्रवेश कराया। उन्होंने अंग्रेजी भाषा का भी प्रवेश कराया जो इस देश की भाषा न थी। उच्च शिक्षा का प्रसार, औपनिवेशिक शक्ति के आर्थिक उद्‌देश्यों और स्वार्थी उद्‌देश्यों से प्रभावित था।

ब्रिटिशकाल में हुए विकास से यह स्पष्ट है कि उसका प्रमुख उद्‌देश्य सरकार की जरूरतों को पूरा करना था। यदि उससे देश का कोई लाभ हुआ तो वह अनचाहे अनजाने में ही हो गया। सरकार ने चिकित्सा, इंजीनियरी, सर्वेक्षण को, सैनिक संगठन की जरूरतों को पूरा करने के लिए स्थापित किया जिससे उनका राजस्व बढ़े। कुछ स्थितियों में सुधार भी हो या उससे साम्राज्य सत्ता की जरूरतें पूरी हों। त्रिकोणमिति, स्थलाकृति, जलस्थिति और भूगर्भीय सर्वेक्षण का उद्‌देश्य मुख्यतः सैनिक, प्रशासनिक और आर्थिक नियन्त्रणों को मजबूत करना था। इसके अलावा जानबूझकर ऐसी नीति बनाई गई कि भारतीयों को जिम्मेदार पदों से दूर रखा जाए और उनके और यूरोपियों के वेतनमानों में भी भारी अन्तर रखा गया।

अंग्रेजी शासन में उच्च पदों से भारतीयों को बाहर रखा गया और इस तरह वह सरकारी वैज्ञानिक संस्थानों और उनसे सम्बन्धित महत्त्वपूर्ण निर्णयों, प्रक्रियाओं से भी वंचित रहे। इनके बावजूद विज्ञान एवं टेक्नोलॉजी की एक प्रभावी अवस्थापना वजूद में आई।

भारत में यूरोपीय विज्ञान एवं टेक्नोलॉजी का प्रारम्भिक विकास

भारत में वैज्ञानिक शोध और उसकी नई पद्धतियों के प्रति सार्वजनिक अभिरुचि कलकत्ता में एशियाटिक सोसायटी की जनवरी, 1784 में स्थापना से हुई। सर्वोच्च न्यायालय के न्यायधीश सर विलियम जोन्स इसके प्रथम अध्यक्ष थे। इस सोसायटी के प्रयत्नों के फलस्वरूप 1866 में कलकत्ता में भारतीय संग्रहालय की स्थापना हुई।

19वीं सदी के मध्य से एशियाटिक सोसायटी ने भौतिकी, रसायन, भूगर्भ विज्ञान और चिकित्सा विज्ञान पर प्रबन्ध प्रकाशित किए और इस प्रकार भारत ने विज्ञान के

विकास और उन्नति में महत्त्वपूर्ण भूमिका अदा की। सोसायटी ने सर्वप्रथम संस्कृत, अरबी और फारसी में लिखे विज्ञान एवं टेक्नोलॉजी और दर्शनशास्त्र के ग्रन्थ प्रकाशित किए। बाद में यह कार्य बन्द कर दिया गया। इसका कारण शायद यह रहा कि शासक देश की विज्ञान एवं टेक्नोलॉजी परम्परा को तोड़ना चाहते थे और ऐसे संकेत दे रहे थे कि यह यूरोपीय परम्परा का ही अंग थी।

1881 में कृषि की उन्नति के लिए एग्रीकल्चर सोसायटी ऑफ इंडिया स्थापित हुई। बाद में उसका नाम बदलकर एग्रीकल्चरल और हार्टीकल्चरल सोसायटी और अन्ततः रायल एग्री-हार्टीकल्चरल सोसायटी रखा गया। 1833 में मद्रास लिटरेरी सोसायटी प्रारम्भ की गई। इसने मद्रास जनरल लिटरेचर एंड साइंस नाम से एक पत्रिका निकाली। 1876 में डॉ. महेन्द्रनाथ सरकार ने इंडियन एसोसिएशन फॉर कल्टीवेशन ऑफ साइंस की स्थापना की जिसने प्रयोगशाला की सुविधाएँ भी प्रदान कीं और वह देश में वैज्ञानिक शोध का प्रमुख केन्द्र बन गई। यहाँ बम्बई की नेचुरल हिस्ट्री सोसायटी का जिक्र भी जरूरी है जो 1883 में स्थापित हुई और इंडियन मैथमेटिकल सोसायटी जो 1907 में मुख्यतः वी. रंगास्वामी अय्यर के प्रयासों से शुरू हुई। तब उसका नाम अनैलिटिकल क्लब था और उसका मुख्यालय फरगुसन कॉलेज पूना में था। शीघ्र ही मैथमेटिकल सोसायटी ने अपना नाम बदलकर इंडियन मैथमेटिकल क्लब रखा और 1911 में पुनः उसका पुराना ही नाम अपनाया गया। यह सोसायटी एक त्रैमासिक पत्रिका प्रकाशित करती थी। 1908 में सर आशुतोष मुखर्जी की अध्यक्षता में कलकत्ता में मैथमेटिकल सोसायटी की स्थापना हुई जिसका उद्देश्य गणित की सभी शाखाओं पर मौलिक गवेषणा करना और एक पत्रिका प्रकाशित करना था।

लखनऊ के प्रोफेसर पी.एस. मैकमोहन और मद्रास के प्रोफेसर साइमन के प्रयासों से 1914 में इंडियन साइंस कांग्रेस एसोसिएशन की स्थापना हुई। इसका पहला सत्र सर आशुतोष मुखर्जी जो उस समय कलकत्ता विश्वविद्यालय के कुलपति थे, की अध्यक्षता में हुआ। इन सोसायटियों की स्थापना ने वैज्ञानिक चेतना को जगाने और वैज्ञानिकों को जोड़ने में महत्त्वपूर्ण काम किया और सरकार पर दबाव बनाया कि वह वैज्ञानिक प्रयासों में अधिकाधिक सहायता करें।

विज्ञान एवं टेक्नोलॉजी के विकास में सरकारी अभिकरण

सरकारी क्षेत्र में मुख्य वैज्ञानिक कार्यकलाप चिकित्सा और सेना और सिविल अफसरों की इंजीनियरी कोर के अफसरों द्वारा शुरू किए गए जिनकी विज्ञान में अभिरुचि थी और अपने अवकाश के समय में वह इसमें अपना योगदान करना चाहते थे। इन लोगों को यूरोपीय संस्थाओं और प्रयोगशालाओं में प्रशिक्षण मिला था और इन्होंने अपने जीवन का अधिकांश समय भारत में बिताया और विज्ञान के विभिन्न क्षेत्रों में मौलिक कार्य किया और उस पर अपनी छाप छोड़ी। उन्होंने विज्ञान एवं टेक्नोलॉजी पर पर्याप्त साहित्य प्रकाशित किया और इस तरह यथेष्ट वैज्ञानिक उपकरण, रसायन, शोध सामग्री

एकत्र कर देश में अनेक महत्त्वपूर्ण वैज्ञानिक संस्थाएँ स्थापित कीं। इससे भी अधिक उन्होंने एक समर्पित वैज्ञानिक अनुसन्धान की परम्परा कायम की, जिसे उनके नीचे काम कर रहे भारतीयों ने बाद में आगे बढ़ाया।

सर्वेक्षण और वैज्ञानिक शोध

1818 से भूगर्भशास्त्रियों को सर्वेक्षण कार्य में लगाया गया। प्रोफेसर टामस ओल्डहम के आने पर जो इससे पहले डबलिन में जियोलॉजी के प्रोफेसर थे, 1851 में 'जियोलोजिकल सर्वे ऑफ इंडिया' का गठन किया गया। 18वीं सदी के अन्त में भूगर्भीय अध्ययनों की शुरुआत हुई। बेंजिमन हीन जो सोसायटी ऑफ यूनाइटेड ब्रदर्स का सदस्य था और समूकुट्टा नर्सरी का सुपरिन्टेंडेंट था उसने खनिज विज्ञान और धातु विज्ञान पर शोध किया। एच. फाल्कनर और पी.टी. कॉटले ने शिवालिक क्षेत्र में अनेक जीवाश्मों (निखतकों) की खोज की। उन दोनों को इसके लिए 1837 में लन्दन की ज्योलोजिकल सोसायटी ने वालेस्टन पदक प्रदान किया।

सन् 1800 में भारतीय त्रिकोणमिति सर्वेक्षण संस्था स्थापित हुई जो बाद में 1818 में विशाल भारतीय त्रिकोणमिति सर्वेक्षण ऑफ इंडिया में बदल गई। 1817 में स्थलाकृति और मालगुजारी के लिए ट्रापोग्रेफिकल एवं रेवन्यू सर्विस को मिलाकर सर्वेयर जनरल ऑफ इंडिया के नीचे ला दिया गया और सर्वेक्षण प्रशिक्षण के लिए मद्रास में एक स्कूल शुरू किया गया जिसे बाद में त्रिकोणमिति सर्वे के साथ मिलाकर 1878 में सर्वे ऑफ इंडिया का रूप दिया गया।

1788 में वानस्पतिक उद्यान के लिए बाटनिकल गार्डेन बनाया गया। जहाँ क्रमबद्ध वनस्पतिशास्त्रीय अध्ययन सम्भव हुए। डॉ. विलियम राक्सबेरी ने सर जार्ज किंग के निर्देशन में बाटनिकल सर्वे ऑफ इंडिया की स्थापना की। यह सर्वेक्षण दो इकाइयों से शुरू हुआ। इनमें से एक इंडियन म्यूजियम का औद्योगिक विभाग था और दूसरा इंडियन बाटनिकल गार्डेन का वानस्पतिक उद्यान।

भारत में प्राणिशास्त्र पर 1841 में एडवर्ड विलिथ, जो एशियाटिक सोसायटी संग्रहालय के अध्यक्ष थे, ने शोध शुरू किया। उनके उत्तराधिकारी जान एंडरसन 1866 में भारतीय संग्रहालय के पहले अध्यक्ष बने। प्राणिशास्त्रीय और पुरातत्त्वीय संग्रहालय उनके अधीन हुआ। जान एंडरसन, जे. मेसन, ए.डब्ल्यू. बलकुक और एन. एननडेल जिन्होंने बाद में दो पत्रिकाएँ रिकार्ड्स एवं मेमायर्स ऑफ इंडियन म्यूजियम भी शुरू की, ने प्राणिशास्त्रीय शोध कार्य शुरू किया। इन्होंने देश में प्राणिशास्त्रीय गवेषणा को आगे बढ़ाया। 1916 में इंडियन म्यूजियम, प्राणिशास्त्र और मानवशास्त्र संभागों को जियोलोजिकल सर्वे ऑफ इंडिया में बदल दिया गया।

औद्योगिक गवेषणा

यहाँ यह दृष्टव्य है कि विज्ञान एवं टेक्नोलॉजी के उन क्षेत्रों में पहले विकास किया गया

जिनसे ब्रिटिश औद्योगिक स्वार्थ सिद्ध होते थे। देश के औद्योगिक शोध और यहाँ की औद्योगिक आवश्यकताओं पर ध्यान नहीं दिया गया। इसका मुख्य कारण यह था कि अंग्रेज अपने उद्योगों के लिए भारत को कच्चे माल देने और इंग्लैंड में बने पक्के माल का बाजार बनाना चाहते थे। पहले विश्वयुद्ध की आवश्यकताओं और राष्ट्रीय आन्दोलन के दबाव के फलस्वरूप 1918 में हालैंड कमीशन नियुक्त हुआ जिसे उपलब्ध औद्योगिक अनुसन्धान सुविधाओं की विद्यमान स्थिति का जायज़ा लेना था और उनमें क्या सुधार हो, इसकी सिफारिशें करनी थीं। बावजूद इसके 1935 तक इस दिशा में बहुत कम काम हुआ। और तभी भारत सरकार ने एक इंडस्ट्रियल एंड रिसर्च ब्यूरो स्थापित किया जिसका उद्देश्य था शुरुआत करना और शोध संस्थान संगठन की बुनियाद रखना जो देश की आवश्यकताओं के अनुरूप हो। औद्योगिक शोध के समन्वय और विकास के लिए और उसके लिए क्या कदम उठाए जाएँ, एक इंडस्ट्रियल रिसर्च काउंसिल की स्थापना की गई। ब्यूरो की एक शाखा गवर्नमेंट टेस्ट हाउस अलीपुर में खोली गई। पुनः द्वितीय विश्वयुद्ध की आवश्यकताओं और शत्रु से घिरी हुई इंग्लैंड सरकार की जरूरतों की पूर्ति के लिए औद्योगिक इकाइयाँ स्थापित करनी पड़ीं। इसके लिए उन्हें शोध के लिए बोर्ड ऑफ साइंटिफिक एंड इंडस्ट्रियल रिसर्च गठित करना पड़ा जिसका कार्य सरकार को मुख्यतः युद्ध से सम्बन्धित भारतीय उद्योगों को शोध एवं विकास पर सलाह देना था।

बोर्ड ऑफ साइंटिफिक एंड इंडस्ट्रियल रिसर्च ने इस बात पर बल दिया कि शोध के लिए उपयुक्त आधार पर केन्द्रीय संगठन प्रस्तावित किया जाए जो देश में हो रहे शोध कार्यों के बीच प्रभावी समन्वय कर सके और राष्ट्रीय विकास में शोध को व्यवहार में लाने के लिए प्रोत्साहित कर सके। 1942 में देश में औद्योगिक विकास को बढ़ावा देने के लिए सरकार ने एक इंडस्ट्रियल रिसर्च फंड बनाया और इसके उपयोग के लिए काउंसिल ऑफ साइंटिफिक इंडस्ट्रियल रिसर्च संस्था बनाई। 1942 में ही राष्ट्रीय भौतिक प्रयोगशाला और रासायनिक प्रयोगशाला बनाने के प्रस्ताव स्वीकार कर लिए गए थे और उसके बाद खाद्य टेक्नोलॉजी, भवन निर्माण, सड़क, चमड़ा, इलेक्ट्रो रसायन और अन्य प्रयोगशालाओं की योजना भी बनी। स्वतन्त्रता प्राप्ति के बाद इन क्षेत्रों में शोध संस्थान कायम किए गए। प्रसंगवश यह इंग्लैंड में विद्यमान डिपार्टमेंट ऑफ साइंटिफिक रिसर्च की तर्ज पर बनाए गए।

चिकित्सा अनुसन्धान

पाश्चात्य देशों में अज्ञात रोगों का व्यापक विस्तार और उनके इलाज की लागत, सेवा और प्रशासन पर उनके दुष्प्रभावों ने हैजा, प्लेग, मलेरिया, बेरी-बेरी, कालाअजार इत्यादि बीमारियों पर शोध करने पर सरकार को मजबूर किया।

1892 में पी.एच. हैंकिन के नेतृत्व में आगरा में बैक्टीरियोलॉजीकल लेबोरेटरी बनाई गई। 1896 में बम्बई में फैले प्लेग ने इस समस्या से निपटने के लिए डब्ल्यू.एम. हैफ्कीन को नियुक्त किया, जो बाद में ब्रिटेन, भारत, रूस, जर्मनी में इस रोग के कारणों का

पता लगाने के लिए बने कमीशन के सदस्य बने। 1897 में हैफ्कीन ने एक प्लेग निवारक टीका बनाया और इसके लिए बम्बई में एक छोटी-सी प्लेग रिसर्च लेबोरेटरी स्थापित की। 1926 में इसका नाम हैफ्कीन इंस्टीट्यूट रखा गया। 1900 में कसौली में पास्तुर इंस्टीट्यूट बनाया गया और तीन साल बाद काफलिम्फ बनाने और सामान्य जीवाणु कार्य के लिए गिंडी में किंग इंस्टीट्यूट बनाया। 1907 में कुनूर में एक दूसरा इंस्टीट्यूट खोला गया। 1910 में सर लियोनर्ड रोगर्स ने कलकत्ता में स्कूल ऑफ ट्रापिकल मेडिसिन स्कूल खोलने का सुझाव दिया।

इस तरह चिकित्सा में अनुसन्धान के लिए संस्थाओं की शृंखला स्थापित हुई जिसमें सुविधाओं के साथ वैज्ञानिक कार्यकताओं की टोली तैयार की गई। 1911 में सर हारकोर्ट बटलर जो वायसराय की एक्जीक्यूटिव कौंसिल के शिक्षा, स्वास्थ्य और भूमि के सदस्य थे और सर पार्डील्यूकिस, डायरेक्टर जनरल इंडियन मेडिकल सर्विस के प्रयासों से एक इंडियन मेडिकल रिसर्च फंड एसोसिएशन बनी। इस एसोसिएशन का मुख्य उद्‌देश्य गवेषणा में सहायता देना, ज्ञान का विस्तार और प्रयोग को प्रोत्साहित करना था जिससे कि संक्रामक रोगों से बचा जा सके।

कृषि अनुसन्धान

कृषि सम्बन्धी शोध कार्य एग्रीकल्चरल रिसर्च स्टेशन एंड एक्सपेरीमेंटल फार्म जिसे बाद में इम्पीरियल इंस्टीट्यूट ऑफ एग्रीकल्चरल रिसर्च पूसा का नाम दिया गया, शिकागोवासी अमेरिकी दानकर्ता हैनरी फिप्स की मदद से शुरू किया गया। बाद में इसे कृषि अनुसन्धान और शिक्षा के लिए भी धन दिया गया। अनेक प्रान्तों में पृथक कृषि विभाग खोले गए और पूना, कानपुर, नागपुर, लायलपुर (पाकिस्तान में), कोयम्बटूर और सबौर में कृषि कॉलेज खोले गए।

1921 तक कृषि केन्द्रीय विषय था। उसे अब प्रान्तों को दे दिया गया। 1926 में भारतीय ग्रामीण अर्थव्यवस्था में कृषि की स्थिति की जाँच करने और कृषि एवं पशुपालन अनुसन्धान और शिक्षा की उन्नति के लिए क्या कदम उठाए जाएँ, इसके लिए एक रायल कमीशन नियुक्त किया गया। इसकी सिफारिशों के फलस्वरूप 1929 में इम्पीरियल काउंसिल ऑफ एग्रीकल्चरल रिसर्च कायम की गई जिसका उद्‌देश्य भारत में कृषि शोध एवं शिक्षा को प्रोत्साहन, मार्गदर्शन और उसका समन्वय था। इस काउंसिल को भारत स्थित कृषि संस्थाओं और विदेशों के साथ सम्पर्क सूत्र का भी कार्य करना था।

इंडियन काउंसिल ऑफ एग्रीकल्चरल रिसर्च के अलावा अनेक केन्द्रीय जिन्स समितियाँ बनाई गईं जिनका विशिष्ट फसलों के अनुसन्धान से सम्बन्ध था। जैसे कपास (1921), पटसन (1936), गन्ना (1944), तम्बाकू (1945), नारियल (1945), तिलहन (1947) अर्ध-स्वायत्त संस्थाओं के रूप में स्थापित की गई और उन्हें भारत सरकार अनुदान या विभिन्न अधिनियमों के अन्तर्गत लगाए गए करों द्वारा वित्तपोषित किया गया।

1889 में पुणे में एक जीवाणु प्रयोगशाला स्थापित की गई और बाद में 1899 में इसे मुक्तेश्वर स्थानांतरित कर दिया गया। 1913 में इसकी एक शाखा आइजेट नगर (बरेली) में खोली गई और उसका नाम बदलकर इम्पीरियल वेटरिनरी इंस्टीट्यूट रखा गया। आजकल यह इंडियन वेटरिनरी रिसर्च इंस्टीट्यूट के नाम से जाना जाता है।

निजी संस्थाओं में शोध कार्य

निजी संस्थाओं द्वारा शोध कार्य उल्लेखनीय न था। कुछ संस्थाएँ वैज्ञानिकों और जन नेताओं के नाम पर बनाई गईं। इनमें उल्लेखनीय हैं 1911 में बंगलौर में स्थापित इंडियन इंस्टीट्यूट ऑफ साइंस, कलकत्ता का बोस इंस्टीट्यूट (1917), इंडियन एकेडमी ऑफ साइंस, बंगलौर (1934), बंगलौर का रमन इंस्टीट्यूट भी इसका एक भाग है। शीलाधर इंस्टीट्यूट ऑफ सॉयल साइंसेज, इलाहाबाद (1936), टाटा इंस्टीट्यूट ऑफ फंडामेंटल रिसर्च, मुम्बई (1945), श्रीराम इंस्टीट्यूट फॉर इंडस्ट्रियल रिसर्च, दिल्ली (1947)। इनमें से कुछ संस्थाओं ने जैसे कि टाटा द्वारा बंगलौर में स्थापित इंडियन इंस्टीट्यूट ऑफ साइंस ने तब महत्त्वपूर्ण भूमिका अदा की जब भारत में शोध सुविधाएँ बहुत कम थीं। स्वतन्त्रता के बाद ही वस्तुतः यहाँ विकास की रफ्तार बढ़ी। ये संस्थाएँ अब अपने विषयों में उच्च अध्ययन एवं शोध के केन्द्र हैं। इनमें से कुछ को विश्वविद्यालय का भी दर्जा मिल गया है।

अंग्रेजी राज में विज्ञान एवं टेक्नोलॉजी के विकास से सम्बन्धित संक्षेप में दो पहलुओं का जिक्र करना उचित होगा। पहला, विज्ञान एवं टेक्नोलॉजी की उन्नति की नीति और उसका कृषि, स्वास्थ्य एवं उद्योग में उपयोग के पीछे मूल प्रेरणा राजनीतिक थी और इसमें अनेक समर्पित ब्रिटिश वैज्ञानिकों ने महत्त्वपूर्ण योगदान दिया था। इन वैज्ञानिकों ने भारत में ज्ञान के क्षेत्र में योगदान के लिए असीम सम्भावनाएँ देखीं। इन अवसरों को देखकर उन्होंने विज्ञान के क्षेत्र में महत्त्वपूर्ण अवदान किया। पेड़-पौधों और पशुओं के सर्वेक्षणों द्वारा मुख्यतः ऊष्ण कटिबन्धीय रोगों के क्षेत्र में, रेलों, सड़कों, नहरों, पुलों के निर्माण द्वारा इंजीनियरिंग के क्षेत्र में और इंजीनियरिंग रसायन और प्राकृतिक उत्पादों, खाद्यान्न उत्पादन, कृषि और व्यापारिक पेड़-पौधों के उत्पादन के क्षेत्र में उल्लेखनीय काम किया।

उन्होंने अनेक वैज्ञानिक एवं व्यावसायिक सोसायटियों की स्थापना की। उनके विचार, पद्धति और वस्तुनिष्ठा, तथ्यों के प्रति सम्मान ने जनता में एक नई जागरूकता पैदा की और उन्हें विज्ञान एवं टेक्नोलॉजी के महत्त्व और उसके प्रयोग द्वारा विकास की सम्भावनाओं का अहसास कराया। और अपने उदाहरण से उन्होंने समर्पित कार्य की परम्परा भी छोड़ी।

अंग्रेजी राज में विज्ञान एवं टेक्नोलॉजी का विकास इस बात की दिलचस्प मिसाल है। एक बार विज्ञान एवं टेक्नोलॉजी की अवस्थापना सृजित हो जाने पर वह विद्यमान परिस्थितियों और अवसरों पर अपना प्रभाव डालती है कि इस तरह एक स्वतः प्रेरित

वैज्ञानिक एवं टेक्नोलॉजी परम्परा को प्रोत्साहित करती है। इस काल में इसे दो मुख्य कारकों ने आगे बढ़ाया। पहला था युद्ध से पैदा हुई वस्तुओं और सामान की माँग जो बिना शोध के सम्भव न थी। इस तरह दो युद्धों ने शोध को संगठित करने और उद्योग स्थापना के काम को बहुत बढ़ावा दिया। वैज्ञानिक समुदाय और स्वतन्त्रता आन्दोलन ने भी सरकार पर बराबर दबाव डाला कि वह विज्ञान एवं टेक्नोलॉजी की शोध एवं शिक्षा सुविधाएँ जुटाए और उद्योगों की स्थापना में सहायक हो। इस सबका नतीजा हुआ कि जब भारत स्वतन्त्र हुआ तब बहुत से अन्य उपनिवेशों की तुलना में, उसके पास विज्ञान एवं टेक्नोलॉजी का अच्छा आधार था। यहाँ से वह स्वतन्त्रता के बाद आगे बढ़ सकता था। उसमें उसे राजनीतिक नेतृत्व ने आवश्यक प्रोत्साहन भी दिया और स्वतन्त्रता के बाद यह सम्भव भी हुआ।

3
वैज्ञानिक और तकनीकी शिक्षा

स्वतन्त्रता के बाद का युग

स्वतन्त्रता प्राप्ति के समय ही भारत को इस बात का अहसास था कि वह एक राष्ट्र के रूप में उन लक्ष्यों को प्राप्त कर सकेगा जिसके लिए आजादी की लड़ाई लड़ी गई। जनता की आवश्यकताओं को पूरा करना और उन्हें बेहतर जिन्दगी देना, बिना शिक्षा के सम्भव नहीं है। निरक्षरता को दूर करना और शिक्षा की सुविधाएँ जुटाना उसका लक्ष्य था। स्वतन्त्रता प्राप्ति के तुरन्त बाद सरकार द्वारा अनेक आयोग गठित किए गए जिनका उद्‌देश्य शिक्षा का पुनर्गठन और विकास था। 1948-49 में विश्वविद्यालय शिक्षा आयोग, जिसके अध्यक्ष सार्जेन्ट थे, 1952-53 में माध्यमिक शिक्षा आयोग, 1964-66 के शिक्षा आयोग ने उच्च एवं माध्यमिक शिक्षा के मार्गदर्शक सिद्धान्त प्रस्तुत किए।

युद्धोत्तर शैक्षणिक विकास पर सार्जेन्ट की अध्यक्षता में दी गई केन्द्रीय सलाहकार समिति की सिफारिशों ने शिक्षा विस्तार की मोटी रूपरेखा प्रस्तुत की। बाद में डॉ. एस. राधाकृष्णन ने जो बाद में भारतीय गणराज्य के उपराष्ट्रपति और राष्ट्रपति बने, स्वतन्त्र भारत में विश्वविद्यालय शिक्षा की रूपरेखा प्रस्तुत की। इनकी प्रमुख सिफारिश थी विश्वविद्यालय अनुदान आयोग की स्थापना। जिसका उद्‌देश्य था मुख्यतः विश्वविद्यालयों के शोध कार्यक्रमों को प्रोत्साहन और उनके भावी विकास का मार्गदर्शन। माध्यमिक शिक्षा आयोग की मुख्य सिफारिशें डिग्री पाठ्‌यक्रम की संरचना से सम्बद्ध थीं। 1964-66 के शिक्षा आयोग, जिसके अध्यक्ष थे प्रसिद्ध वैज्ञानिक डॉ. डी.एस. कोठारी, ने स्वतन्त्रता के बाद हुए परिवर्तनों का सर्वेक्षण किया, नई आवश्यकताओं को पहचाना और उनको पूरा करने के लिए अपेक्षित सुझाव दिए, जिसमें शिक्षा पर कितना व्यय हो, यह भी इंगित किया गया। विज्ञान, विशेषकर गणित की उन्नति के लिए विशिष्ट सिफारिशें कीं।

आज़ादी के बाद विश्वविद्यालयों की संख्या में असाधारण वृद्धि हुई। 1947 में देश में सिर्फ 19 विश्वविद्यालय थे। 1960 में उनकी संख्या 45, 1970 में 83 और 1999 में 207 हो गई। इसके अलावा 13 संस्थाएँ विश्वविद्यालय के समकक्ष मानी गईं और 9 संस्थाओं को राष्ट्रीय महत्त्व का घोषित किया गया। इस समय 21 कृषि विश्वविद्यालय हैं। इन्हें अमेरिका के लैंडग्रोट पैटर्न पर बनाया गया है। समय बीतने के साथ उनका

रूप कुछ बदल गया है। प्रत्येक राज्य में कम-से-कम एक कृषि विश्वविद्यालय बनाने की आशा की जाती है।

शैक्षणिक सुविधाओं के इस व्यापक विस्तार के कारण वैज्ञानिक शिक्षा, विज्ञान एवं शिक्षा पर व्यय बहुत बढ़ गया है। शिक्षा का विषय राज्य एवं केन्द्रीय सरकार दोनों के ही अन्तर्गत है। राज्य विश्वविद्यालय के व्यय को वहन करने के लिए कुछ अंश देते हैं, बाकी व्यय विश्वविद्यालय अनुदान आयोग से पूरा होता है। कुछ कार्यों, जैसे उच्च अध्ययन केन्द्रों का रखरखाव, ग्रीष्मकालीन स्कूल, सम्मेलन और विचार गोष्ठियों का पूरा खर्च विश्वविद्यालय अनुदान आयोग वहन करता है।

वैज्ञानिक और तकनीकी जनशक्ति

विज्ञान विषयों में विद्यार्थियों की संख्या में उल्लेखनीय वृद्धि हुई जिसका अनुमान परिशिष्ट में दी गई सारिणी-एक और दो से लगाया जा सकता है। जैसे-जैसे विज्ञान एवं टेक्नोलॉजी कर्मियों की जनशक्ति बढ़ी है उसने शिक्षण संस्थाओं के बढ़ने में मदद की है और अध्ययन और रिसर्च के नए क्षेत्र खोले हैं तथा शोध और विकास की संस्थाओं को एक विशिष्ट स्तर पर पहुँचाया है जो उन्हें और आगे स्वतः बढ़ने में मदद करें।

विश्वविद्यालय शिक्षा में सुधार

विश्वविद्यालय अनुदान आयोग से वित्तीय सहायता मिलने के फलस्वरूप विश्वविद्यालय ग्रीष्मकालीन स्कूल संगठित करने में समर्थ हुए और इस तरह उसने अपने अध्यापकों की क्षमता को बढ़ाने और उन्हें अपने ज्ञान के क्षेत्र में अधुनातन विकास एवं नए पाठ्यक्रम और पढ़ाने के तरीकों से परिचित कराने में समर्थ बनाए। समय-समय पर पाठ्यक्रम और विभिन्न विषयों के गहन अध्ययन के पुनरीक्षण के लिए समितियाँ गठित की गईं। इन समितियों के प्रतिवेदन समय-समय पर प्रकाशित होते हैं। विभिन्न शोध और उच्च अध्ययन के केन्द्रों पर जाने के लिए अध्यापकों को यात्रा अनुदान दिया जाता है जिससे कि वह अपने विषयों के अध्ययन और उनमें हो रही अद्यतन उपलब्धियों से परिचित हो सकें। इससे और अन्य शोध अभिकरणों से प्राप्त सहायता द्वारा विश्वविद्यालय उच्च शोध केन्द्र बनने में सफल हुए हैं। उससे विज्ञान एवं टेक्नोलॉजी के अग्रणी क्षेत्रों में बड़ी संख्या में प्रशिक्षित शोध वैज्ञानिकों की एक जमात तैयार हो गई है।

अनुसन्धान योजनाएँ

विश्वविद्यालयों में विज्ञान एवं टेक्नोलॉजी की विभिन्न शाखाओं पर पर्याप्त वैज्ञानिक अनुसन्धान हो रहा है और औद्योगिक अनुसन्धान परिषद्, विश्वविद्यालय अनुदान आयोग, इंडियन नेशनल सांइस अकादमी, परमाणु ऊर्जा आयोग, कृषि अनुसन्धान परिषद् भारतीय आयुर्विज्ञान अनुसन्धान परिषद् और अन्य अभिकरणों और संस्थाएँ विशिष्ट उद्देश्यों के लिए सार्थक परियोजनाओं में सहायता देती हैं। बड़े पैमाने पर वरिष्ठ और

कनिष्ठ फेलोशिप दी जाती हैं। जिससे विशिष्ट परियोजनाओं पर विद्यार्थी दो वर्ष तक काम करते हैं। इस तरह इन राष्ट्रीय अभिकरणों और कभी-कभी अन्तर्राष्ट्रीय अभिकरणों की सहायता से विश्वविद्यालयों में उच्च शोध कार्य पर्याप्त विकसित हो गया है।

व्यावसायिक शिक्षा

इंजीनियरी : पिछले पाँच दशकों में तकनीकी शिक्षा के सभी क्षेत्रों में उल्लेखनीय प्रगति हुई है। डिप्लोमा स्तर की सुविधाओं का पर्याप्त विस्तार हुआ है। डिप्लोमाधारी मँझले स्तर के विशेषज्ञ हैं जिन्हें पालीटेक्निकों में तीन वर्षों के प्रशिक्षण दिए जाते हैं। जहाँ तक गुणवत्ता में वृद्धि का सवाल है, अब स्नातकोत्तर स्तर पर इंजीनियरी और टेक्नोलॉजी में यह सुविधा उपलब्ध है। 1947 से पहले इनका प्रायः अभाव था। इस समय बड़ी संख्या में संस्थाएँ विभिन्न विषयों के पाठ्यक्रम उपलब्ध करा रही हैं।

इस दिशा में अगला कदम उच्च टेक्नोलॉजी इंस्टीट्यूट की स्थापना थी। एम.आई.टी. (संयुक्त राज्य अमेरिका) और ज्यूरिच के फेडरल टेक्नालॉजिकल इंस्टीट्यूट शैली पर पाँच टेक्नोलॉजी इंस्टीट्यूट कायम किए गए जहाँ उच्चतम श्रेणी के टेक्नोलॉजिस्ट और इंजीनियर प्रशिक्षित किए जाते हैं और विज्ञान और उच्चतम तकनीकी ज्ञान का प्रसार किया जाता है। विभिन्न विशिष्ट व्यावसायिक विषयों में प्रशिक्षण देने के अलावा व्यापक उदार शिक्षा की भी व्यवस्था है। इससे आशा बनती है कि वह परिपक्व विद्वानों को पैदा करेगी जो विभिन्न क्षेत्रों में नेतृत्व कर सकें। इस तरह वहाँ सिर्फ आधारभूत विज्ञानों और विभिन्न टेक्नोलॉजियों की सुविधाएँ ही नहीं, बल्कि मानविकी और समाज विज्ञानों के अध्ययन की सुविधाएँ भी उपलब्ध हैं। खड़गपुर (पश्चिमी बंगाल), कानपुर (उत्तर प्रदेश), मद्रास, मुम्बई और दिल्ली में पाँच आई.आई.टी. स्थापित हुए। इनमें स्नातक स्तर पर 6500 और स्नातकोत्तर पाठ्यक्रमों में 3200 तथा शोध कार्यों के लिए 2300 विद्यार्थियों को लेने की सुविधा है। यह सभी संस्थाएँ आवासीय हैं।

इंडियन इंस्टीट्यूट ऑफ साइंस, बंगलौर टाटा प्रतिष्ठान द्वारा 1911 में स्थापित किया गया था। सरकार ने यह निर्णय लिया कि यहाँ उच्च अध्ययन और शोध की सुविधाएँ उपलब्ध होंगी। तब से यहाँ इंजीनियरी एवं टेक्नोलॉजी की अनेक शाखाएँ खुली हैं। रुड़की विश्वविद्यालय जो मूलतः 19वीं सदी में स्थापित टामसन कॉलेज ऑफ इंजीनियरिंग का ही विकसित रूप है, एक समग्र विश्वविद्यालय के रूप में यह कार्य कर रहा है।

प्रबन्धन प्रशिक्षण : प्रतिष्ठानों के प्रबन्धन और निरीक्षण के लिए अपेक्षित जनशक्ति के विकास पर भी पर्याप्त बल दिया जा रहा है। एडमिनिस्ट्रेटिव स्टाफ कॉलेज ऑफ इंडिया, इंडियन इंस्टीट्यूट ऑफ मैनेजमेंट कलकत्ता, अहमदाबाद, बंगलौर और लखनऊ, नेशनल प्रोडक्टीविटी काउंसिल इत्यादि अभिकरण विभिन्न क्षेत्रों में प्रबन्धन प्रशिक्षण के लिए प्रायः पाठ्यक्रम, विचार गोष्ठियाँ और कार्यशालाओं का आयोजन करते हैं जिनमें विद्यार्थियों के साथ कार्यरत उच्च स्तर के कर्मचारियों, उद्योगपतियों और प्रबन्धकों को

प्रशिक्षण मिलता है। प्रबन्धन की आधुनिक वैज्ञानिक पद्धतियाँ जिनसे उत्पादकता बढ़ती है, लोकप्रिय हो रही हैं। उद्योग और संस्थाएँ इसका पूरा लाभ उठा रही हैं। प्रबन्धन संस्थाएँ विभिन्न स्तर के प्रशासकों के लिए अनेक प्रकार के अल्पकालीन और नियमित पाठ्यक्रम संचालित करती हैं।

सेवाकालीन प्रशिक्षण : औपचारिक विश्वविद्यालय शिक्षा के अलावा सेवाकालीन शिक्षा और प्रशिक्षण पर भी ध्यान दिया जा रहा है। अनेक टेक्नोलॉजीय विश्वविद्यालय और कॉलेज नवविकसित टेक्नोलॉजिकल क्षेत्रों में अल्पकालीन रिफ्रेशर और विशिष्ट कार्यक्रम आयोजित कर रहे हैं। इनमें अद्यतन जानकारियाँ उपलब्ध कराई जाती हैं जिससे कि व्यावसायरत व्यक्ति अधुनातन प्रवृत्तियों से तालमेल रख सके। यह विचार तेजी से अपनाया जा रहा है और नियोजक अधिकाधिक संख्या में अपने कर्मचारियों को ऐसे पाठ्यक्रमों में भेज रहे हैं।

कुछ व्यावसायिक स्वैच्छिक संस्थाएँ भी अपने सदस्यों के हित में शैक्षणिक प्रयास में योगदान देती हैं। उदाहरण के लिए, भारत का इंस्टीट्यूशंस ऑफ इंजीनियर्स और ऑपरेशनल रिसर्च सोसायटी और ऐसे अन्य संगठन अपने अल्प शैक्षणिक योग्यतावाले सदस्यों के लिए जो कुशल कारीगर हैं और अनेक तकनीकी काम में लगे हुए हैं, उनकी कार्यकुशलता को बढ़ाने और उन्हें आगे बढ़ने के अवसर देने के लिए यह सुविधाएँ जुटाते हैं। सरकार ने भी इसे मान्यता दी है। इस प्रकार सक्षम कार्यकर्ताओं को अपने काम में आगे बढ़ने का प्रोत्साहन और मौका मिलता है।

चिकित्सा विज्ञान : 1950-51 में 30 मेडिकल कॉलेज थे जिनमें पढ़ने वालों की कुल संख्या 2500 थी और 1977-78 में आधुनिक चिकित्सा विज्ञान के कॉलेज 106 थे और उनमें 12500 विद्यार्थी थे। इसके अलावा भारतीय चिकित्सा पद्धति के अध्ययन की सुविधाएँ भी थीं। 1979-80 में 90 आयुर्वेदिक और 15 यूनानी और एक सिद्ध संस्थाएँ थीं। इनमें पढ़ने वालों की संख्या 1,12,194 थी।

1947 में स्नातकोत्तर पाठ्यक्रम और शोध सुविधाएँ नगण्य थीं। सर्वांगीण विकास के साथ-साथ अब गुणात्मक पक्ष की भी उपेक्षा नहीं हुई है। उदाहरण के लिए पिछले 12 वर्षों में स्नातकोत्तर पाठ्यक्रम के भर्ती में तीन गुनी और शोध में दो गुनी वृद्धि हुई। शोध कार्यों को सरकार की सहायता प्राप्त है। और उसने राष्ट्रीय महत्त्व के कई केन्द्र भी स्थापित किए हैं। ये हैं : आल इंडिया इंस्टीट्यूट ऑफ मेडिकल साइंसेज नई दिल्ली, पोस्ट ग्रेजुएट इंस्टीट्यूट ऑफ मेडिकल साइंस नई दिल्ली, पोस्ट ग्रेजुएट इंस्टीट्यूट ऑफ मेडिकल साइंस चंड़ीगढ़, पोस्ट ग्रेजुएट आयुर्विज्ञान संस्थान लखनऊ, इंडियन काउंसिल ऑफ मेडिकल रिसर्च, विश्वविद्यालय अनुदान आयोग। राज्य सरकारों द्वारा भी अनेक विशिष्ट केन्द्रों को शोध और प्रशिक्षण कार्यों के लिए प्रोत्साहन दिया जाता है।

इस क्षेत्र में प्रमुख संस्था होने के नाते भारतीय आयुर्विज्ञान संस्थान परिषद् अनेक संस्थाओं में विशिष्ट प्रशिक्षण और शोध की सुविधाएँ उपलब्ध कराती है। उदाहरण के

लिए हैदराबाद स्थित राष्ट्रीय पोषण संस्थान शोध के अलावा प्रशिक्षण की सुविधा भी प्रदान करता है। यहाँ स्वास्थ्य एवं सामुदायिक विकास कार्यकर्ताओं को प्रशिक्षण दिया जाता है ताकि वह पोषण कार्यक्रमों में प्रभावी ढंग से कार्य कर सकें। इसी तरह दिल्ली स्थित राष्ट्रीय संक्रामक रोग संस्थान रोगों के कारणों, मलेरिया, कीट विज्ञान में उच्च प्रशिक्षण देता है। अनेक निजी और सरकारी संस्थाओं, जैसे ऑल इंडिया इंस्टीट्यूट ऑफ फिजिकल मेडिसिन एंड रिहेबिलिटेशन मुम्बई, कलकत्ता स्थित ऑल इंडिया इंस्टीट्यूट हाईजिन एवं पब्लिक हेल्थ और कालरा रिसर्च सेंटर, वायरस रिसर्च सेंटर इत्यादि संस्थाएँ भी इस प्रकार की शिक्षा, प्रशिक्षण और शोध कार्यक्रम चलाती हैं।

इन सभी कार्यों के लिए सरकार उन्हें उदार सहायता देती है। मेडिकल काउंसिल ऑफ इंडिया के अलावा तीन अन्य परिषदें भी हैं जो विभिन्न क्षेत्रों में शिक्षा पर नियन्त्रण रखती हैं। फार्मेसी काउंसिल ऑफ इंडिया शिक्षा के मानकों का पालन करती है और फार्मेसी पाठ्यक्रमों में प्रशिक्षण की सुविधाएँ जुटाती है। स्नातक स्तर की संस्थाओं के अलावा 1970 तक 34 ऐसी संस्थाएँ थीं जो डिप्लोमा स्तर की शिक्षा दे रही थीं और उनमें 1750 विद्यार्थी थे। डेंटल काउंसिल ऑफ इंडिया दंत विज्ञान की शिक्षा के क्षेत्र में ऐसे ही दायित्व का निर्वाह करती है। 1980 में भारत में 15 डेंटल कॉलेज थे जिनकी वार्षिक प्रवेश क्षमता 600 थी। इसी तरह इंडियन नर्सिंग काउंसिल नर्सों के प्रशिक्षण के विभिन्न पक्षों का संचालन करती है। अनेक संस्थाओं में नर्सों के प्रशिक्षण का प्रबन्ध है। 1980 में नर्सिंग में डिग्री और डिप्लोमा के स्कूलों और कॉलेजों की संख्या 614 थी।

भारत की बढ़ती जनसंख्या का मुख्य कारण मृत्यु दर में कमी है और विकास तथा जनता की आवश्यकताओं की पूर्ति पर इसके प्रभाव ने जनसंख्या नियन्त्रण की सुविधाओं को जुटाना जरूरी बना दिया है। परिणामतः परिवार नियोजन के क्षेत्र में प्रशिक्षण पर पर्याप्त बल दिया जा रहा है। इसके लिए पाँच केन्द्रीय संस्थान और 45 क्षेत्रीय प्रशिक्षण केन्द्र विभिन्न राज्यों में स्थापित किए गए हैं। 1970-71 में ही 265 व्यक्तियों को निरीक्षण कार्य के लिए, जैसे स्टेट फेमिली प्लानिंग ऑफिसर, जिला एक्सटेंशन एजूकेटर, क्षेत्रीय प्रशिक्षण संस्थानों के शिक्षक और केन्द्रीय परिवार नियोजन दल के कार्यकर्ताओं को प्रशिक्षित किया गया।

कृषि और पशुचिकित्सा विज्ञान : औपचारिक और अनौपचारिक कृषि शिक्षा के लिए देशव्यापी संगठन हैं। विभिन्न कृषि विश्वविद्यालयों में और अन्यत्र उच्च शिक्षा प्रदान की जाती है। अनेक तकनीकी अभिकरण भी केन्द्रीय और राज्य स्तर पर कृषि की सेवा कर रहे हैं।

1950-51 में सिर्फ 16 कॉलेजों में स्नातक स्तर पर कृषि-शिक्षा उपलब्ध थी और उनके विद्यार्थियों की संख्या 4744 थी। 1979-80 में सम्बद्ध विश्वविद्यालय एवं कॉलेज की संख्या 52 हो गई। इसके अलावा 20 और शिक्षण संस्थाएँ थीं जहाँ स्नातक स्तर की कृषि शिक्षा उपलब्ध थी और इनमें पढ़ने वालों की संख्या 39,962 थी। कॉलेजों

की संख्या बढ़ने से पिछले 30 सालों में प्रवेशार्थियों की संख्या आठ गुना बढ़ गई।

1947 से पहले स्नातकोत्तर स्तर पर कृषि शिक्षा की बहुत कम सुविधाएँ उपलब्ध थीं। दिल्ली स्थित इंडियन एग्रीकल्चर रिसर्च इंस्टीट्यूट ऐसा प्रमुख संगठन था जहाँ शोध और विकास का कार्य होता था। स्नातकोत्तर प्रशिक्षण और शोध पर बल दिए जाने के कारण 1958 में इसे विश्वविद्यालय का दर्जा दे दिया गया और तब तक कृषि का यही अकेला विश्वविद्यालय था। 1960 के बाद राज्य की विधान सभाओं के अधिनियमों के अन्तर्गत 21 कृषि विश्वविद्यालय स्थापित हुए। इनमें शिक्षा, अनुसन्धान और प्रसार का कार्य होता है। वित्त पोषण के लिए यह इंडियन काउंसिल ऑफ एग्रीकल्चरल रिसर्च, राज्य सरकारों और अन्य अभिकरणों पर निर्भर हैं। प्रयोगशालाओं और परीक्षण फार्मों द्वारा प्रसार कार्य कृषि विश्वविद्यालयों का मुख्य दायित्व है। खेती करने के नए तरीके, उन्नत किस्म के संकर बीज, फसल चक्र, बेहतर औजार और रासायनिक खादों आदि का प्रयोग किसानों के लिए इन विश्वविद्यालयों की मुख्य देन है। कृषि क्षेत्र ने जो पहले काफी पिछड़ा हुआ था, हरित क्रान्ति ला दी है।

कृषि शिक्षा का अनौपचारिक पक्ष जो प्रसार के कार्यक्रमों में निहित है और राज्य तथा केन्द्र अभिकरणों के द्वारा किए जा रहे हैं और जिसमें अनेक व्यावसायिक और औद्योगिक प्रतिष्ठान भी अपना योगदान दे रहे हैं जो उनके व्यापार का भी अंग है।

पाँचवे दशक तक पशु विज्ञान के लिए शिक्षा सुविधाएँ पर्याप्त विकसित न थीं। इसलिए उनके पठन-पाठन और प्रसार को पहली दो पंचवर्षीय योजनाओं में प्राथमिकता दी गई। अनुमान इस बात से लगाया जा रहा है कि पहली पंचवर्षीय योजना में इसके लिए सिर्फ 30 लाख रुपए का प्रावधान था जो दूसरी पंचवर्षीय योजना में बढ़कर 2 करोड़ 30 लाख रुपए हो गया। पशु विज्ञान प्रशिक्षण जिसमें स्नातकोत्तर और डाक्टरेट की शिक्षा का समावेश है। अब 22 वेटरिनरी कॉलेजों में उपलब्ध है। 1950 में पशुविज्ञान स्नातकों की संख्या मात्र 100 थी। 1980 में वह बढ़कर 7435 हो गई। बढ़ती माँग को देखते हुए उन राज्यों में दो वर्ष के अल्पावधि पाठ्यक्रम चलाए गए। 1980 में 9 राज्यों की 22 संस्थाओं में स्नातकोत्तर शिक्षा और प्रशिक्षण दिया जा रहा था। यहाँ पर पशु विज्ञान की विभिन्न शाखाओं में विशिष्ट कार्य करने की सुविधा भी उपलब्ध थी।

कृषि और पशु विज्ञान एवं दुग्ध उत्पादन में बढ़ती दिलचस्पी और परिणामतः उस पर अधिक जोर दिए जाने के कारण यह आशा की जा रही है कि देश खाद्य और दुग्ध पदार्थों में शीघ्र ही आत्मनिर्भर हो जाएगा।

4

वैज्ञानिक अनुसन्धान का संगठन

आजादी के बाद विज्ञान एवं टेक्नोलॉजी अनुसन्धान में तेजी से प्रगति हुई है। सर्वप्रथम उन संस्थाओं को जो कि पहले से स्थापित थीं, उन्हें नई आवश्यकताओं की पूर्ति के निमित्त पुनर्गठित किया गया और नए दायित्व को वहन करने के लिए उनका पर्याप्त विस्तार किया गया। वह वैज्ञानिकों को, टेक्नोलॉजी विशेषज्ञों को आकर्षित कर सकें और उनके पास पर्याप्त साधन हों, इसके लिए वित्त की व्यवस्था की गई। सीमाओं के बावजूद उन्हें उदारतापूर्वक विदेशी मुद्रा उपलब्ध कराई गई ताकि वह अनुसन्धान के लिए आवश्यक उपकरणों का आयात कर सकें।

पूर्व स्थापित संस्थाओं को विकसित करने के अलावा नए संस्थान बनाए गए जो विज्ञान एवं टेक्नोलॉजी के नए क्षेत्रों में कार्य कर सकें। नए संस्थान बनाने में उन्नत देशों से परामर्श लिया गया और उनकी अनुसन्धान संस्थाओं के अनुभव से लाभ उठाया गया। संगठन की संरचना के बारे में भी पर्याप्त परीक्षण किए गए। दो आवश्यकताओं पर मुख्यतः ध्यान दिया गया : एक, कार्यात्मक स्वायत्तता जिससे कि वह नौकरशाही के नियन्त्रण से मुक्त रहें और जिससे वह मौलिक सृजनात्मक और साहसपूर्ण अनुसन्धान कार्यक्रमों को अपने हाथ में ले सकें। दूसरे, उन्हें उपलब्ध कराए गए साधनों का उचित उपयोग और वैज्ञानिक और तकनीकी कार्यक्रमों की पूर्ति के लिए भी उत्तरदायी बनाया गया।

इन नीतियों और उद्देश्यों के सन्दर्भ में छह प्रकार के निम्न संस्थान विकसित किए गए हैं :

1. सोसायटी बनाकर स्वायत्त संगठनों का निर्माण किया गया। यद्यपि इन संगठनों को सरकार से धन मिलता था फिर भी उन्होंने अपने अनुसन्धान कार्यक्रमों, वैज्ञानिक एवं तकनीकी कार्यकर्ताओं की भर्ती और अपने साधनों और जवाबदेही के सम्बन्ध में स्वतन्त्र नियम बनाए। इस श्रेणी में जो संस्थाएँ आती हैं वे हैं : वैज्ञानिक एवं औद्योगिक अनुसन्धान परिषद्, भारतीय कृषि अनुसन्धान परिषद्, भारतीय आयुर्विज्ञान अनुसन्धान संस्थान इत्यादि। इनकी अपनी प्रबन्ध और अनुसन्धान सलाहकार समितियाँ हैं जो विकास की व्यापक समस्याओं पर विचार करती हैं और जिसमें प्रतिष्ठित वैज्ञानिक और

मन्त्री भी सदस्य होते हैं और वह संसद के प्रति उत्तरदायी हैं।

2. विज्ञान एवं टेक्नोलॉजी के क्षेत्र में नए और उदीयमान क्षेत्रों के लिए विशेष विभाग/आयोग बनाए गए हैं। प्रतिष्ठित वैज्ञानिक इनके अध्यक्ष बने। आयोग मोटे तौर पर नीतियाँ और कार्यक्रम निर्धारित करते थे। इन्हें सरकारी विभागों का सहयोग प्राप्त था। आयोग के अध्यक्ष को विभाग का सचिव बनाया गया और वह सम्बन्धित मन्त्री के प्रति उत्तरदायी होते हैं जिससे कि कार्य सहूलियत से चले। इनमें सबसे पुराना है परमाणु ऊर्जा आयोग। इसके बाद बने, इलेक्ट्रानिक आयोग और फिर अन्तरिक्ष अनुसन्धान आयोग और अन्त में अतिरिक्त ऊर्जा स्रोत आयोग। पर्यावरण और महासागर विकास के लिए विशेष विभाग बनाए गए।

3. कुछ संस्थान मन्त्रालयों के अधीन बने। यह पुरानी तर्ज पर थे। यहाँ क्षेत्र विशेष में अनुसन्धान कार्य कराया जाता था जैसे, कृषि, स्वास्थ्य, शिक्षा, उद्योग और रेलवे इत्यादि। नई माँगों और आवश्यकताओं के अनुरूप इनका दायरा विकसित कर दिया गया और उन्हें सर्वाधिक साधन उपलब्ध कराए गए। इनमें नया विभाग जुड़ा वह था साइंस एवं टेक्नोलॉजी विभाग। इसका उद्देश्य विभिन्न अभिकरणों एवं विभागों में हो रहे अनुसन्धानों के बीच समन्वय स्थापित करना तथा जहाँ जरूरत हो वहाँ नई पहल करना था।

4. औद्योगिक अनुसन्धान और विकास के लिए नए-नए संस्थान बने। उद्योगों को इस बात के लिए प्रोत्साहित किया गया कि वे अपने उत्पादन और तकनीकी सुधार की रोजमर्रा की जरूरतों को पूरा करने के लिए अपनी अनुसन्धान संस्थाएँ बनाए। भारत में उद्योग सार्वजनिक और निजी क्षेत्र दोनों में हैं। सरकार ने सार्वजनिक क्षेत्र के उद्योगों के निमित्त अनुसन्धान एवं विकास हेतु बड़ी धनराशि जुटाई। निजी क्षेत्र के उद्योगों को अनुसन्धान करने के लिए करों में छूट दी गई।

5. सहकारी अनुसन्धान संघ बनाए गए। वस्त्र उद्योग जिसमें मानव निर्मित रेशा उद्योग भी शामिल थे, से शुरुआत हुई। उद्योगों द्वारा चार सहकारी संघ सरकारी प्रोत्साहन और वित्तीय सहायता से बनाए गए जिसके लिए उन्हें 50 प्रतिशत तक आर्थिक सहायता दी गई। अनुसन्धान और विकास के व्यय को पूरा करने के लिए उद्योगों पर कुछ अधिभार भी लगाया गया और इस तरह संचित धन का अनुसन्धान और विकास कार्यों में उपयोग हुआ, जैसा कि सीमेंट उद्योग में।

6. सरकार ने निजी अनुसन्धान संस्थानों को प्रोत्साहित करने के लिए और शिक्षा और अनुसन्धान में पूँजी लगाने के लिए करों में छूट दी। इस नीति के फलस्वरूप अनेक सोसायटियाँ, फाउंडेशन, ट्रस्ट स्थापित हुए। इन्होंने विशिष्ट उद्देश्यों के लिए फेलोशिप, अनुसन्धान के लिए ग्रांट दीं। इस समय ऐसी संस्थाएँ देश में बहुसंख्या में हैं।

अधिकांश गवेषणा इन संगठनों के माध्यम से हो रही हैं : वैज्ञानिक और औद्योगिक अनुसन्धान परिषद्, भारतीय कृषि अनुसन्धान परिषद्, भारतीय आयुर्विज्ञान अनुसन्धान संस्थान, रक्षा अनुसन्धान और विकास संगठन, परमाणु ऊर्जा विभाग, अन्तरिक्ष विभाग।

ये उद्योग, कृषि, चिकित्सा, सुरक्षा, परमाणु ऊर्जा और अन्तरिक्ष शोध के लिए उत्तरदायी हैं। इन संगठनों का मुख्य कार्य विशिष्ट क्षेत्रों में अनुसन्धान का समन्वय करना और उन्हें आर्थिक सहायता देना है। यह कार्य विशिष्ट अनुसन्धान संस्थानों को स्थापित कर तथा संस्थाओं को अनुसन्धान ग्रांट और विद्यार्थियों को छात्रवृत्ति देकर किया जाता है।

सिंचाई, शक्ति, रेल, दूरसंचार, प्रसारण, मौसम विज्ञान, नागरिक विमानन, पेट्रोलियम आदि क्षेत्रों में अधिकांश अनुसन्धान मन्त्रालयों द्वारा नियन्त्रित संस्थानों में किया जा रहा है। इसी प्रकार वनस्पतिशास्त्र, प्राणिशास्त्र, भूगर्भशास्त्र, मानवशास्त्र इत्यादि क्षेत्रों में वैज्ञानिक सर्वेक्षण का दायित्व मुख्यतः सम्बन्धित मन्त्रालयों का है।

राज्य सरकारें भी मुख्यतः कृषि, पशुपालन, सार्वजनिक स्वास्थ्य, सिंचाई, वानिकी पर ध्यान दे रही हैं। अधिकांश राज्य सरकारों ने अनुसन्धान को प्रोत्साहित करने के लिए साइंस एंड टेक्नोलॉजी समितियाँ गठित की हैं ताकि वह अपनी विशिष्ट एवं स्थानिक समस्याओं के समाधान पा सकें।

विश्वविद्यालयों में हो रहे अनुसन्धानों को विश्वविद्यालय अनुदान आयोग से सहायता मिलती है। इसके अलावा कुछ औद्योगिक इकाइयों की अपनी प्रयोगशालाएँ हैं जो अपने लिए अनुसन्धान कर रहे हैं।

इनमें से प्रत्येक संगठन की संरचनाओं और कार्यों का संक्षिप्त विवरण आगे दिया जा रहा है।

वैज्ञानिक और औद्योगिक अनुसन्धान परिषद्

1942 में केन्द्रीय विधानसभा के प्रस्ताव पर वैज्ञानिक और औद्योगिक अनुसन्धान परिषद् का गठन हुआ। 1860 के सोसायटीज एक्ट के अन्तर्गत इसका एक स्वायत्त संस्था के रूप में पंजीकरण हुआ। परिषद् को निम्न कार्य सौंपे गए :

1. भारत में वैज्ञानिक और औद्योगिक अनुसन्धान को प्रोत्साहन, मार्गदर्शन और समन्वयन। विशिष्ट अनुसन्धानों के लिए आर्थिक सहायता देना।
2. विशिष्ट उद्योगों की समस्याओं के वैज्ञानिक अध्ययन के लिए सहायता देना।
3. अनुसन्धान के लिए छात्रवृत्तियाँ निर्धारित करना और प्रदान करना।
4. परिषद् के अन्तर्गत देश में औद्योगिक विकास से सम्बन्धित अनुसन्धानों के निष्कर्षों का उपयोग।
5. वैज्ञानिक एवं औद्योगिक अनुसन्धान की स्थापना, रखरखाव, प्रयोगशालाओं और कार्यशालाओं के प्रबन्ध, प्रयोग, खोज और आविष्कार जिनका उपयोग भारतीय उद्योगों में हो सके, उसका सदुपयोग करना।
6. ऐसी सूचनाओं का संग्रह और प्रसार जो सिर्फ अनुसन्धान से ही सीमित नहीं बल्कि सामान्य औद्योगिक मसलों से भी ताल्लुक रखती हों।
7. वैज्ञानिक शोधपत्रों और पत्रिकाओं का प्रकाशन।
8. ऐसे कोई कार्य जो सामान्यतः इस प्रकार के उद्‌देश्यों को प्रोत्साहित करते हों।

वैज्ञानिक और औद्योगिक परिषद् के निम्न सदस्य हैं :

1. भारत के प्रधानमन्त्री, जो इस सोसायटी के पदेन अध्यक्ष होते हैं।

2. सम्बन्धित मन्त्रालय का मन्त्री (वैज्ञानिक और औद्योगिक अनुसन्धान मन्त्रालय) उसके पदेन उपाध्यक्ष होते हैं। यदि यह विभाग प्रधानमन्त्री के अधीन हो तब वह किसी अन्य व्यक्ति को उपाध्यक्ष मनोनीत कर सकते हैं।

3. प्रबन्ध समिति के सदस्य और

4. भारत सरकार द्वारा मनोनीत कोई एक या उससे अधिक व्यक्ति।

इस सोसायटी के अधिकारी हैं : प्रबन्ध समिति, सोसायटी के अध्यक्ष, उपाध्यक्ष, वैज्ञानिक एवं औद्योगिक अनुसन्धान परिषद् का महानिदेशक और अन्य कोई अधिकारी जिसे प्रबन्ध समिति नियुक्त करे।

इस सोसायटी के कार्यकलाप इसके नियमों, उपनियमों के अधीन प्रबन्ध समिति द्वारा निर्देशित और नियन्त्रित होंगे। इस प्रबन्ध समिति में निम्न सदस्य होते हैं :

1. महानिदेशक जो प्रबन्ध समिति का पदेन अध्यक्ष है।

2. पाँच प्रयोगशालाओं के निदेशक जो समन्वय परिषद् के अध्यक्ष हैं,

3. वित्त सदस्य, जो भारत सरकार का सचिव होगा। जो परिषद् के मामलों को देखता है।

4. सोसायटी के अध्यक्ष द्वारा मनोनीत तीन विशेषज्ञ जो परिषद् से बाहर के होंगे।

प्रबन्ध समिति आवश्यकतानुसार या वर्ष में कम-से-कम चार बार अवश्य बैठक करेगी।

परिषद् का निदेशक प्रबन्ध समिति का अध्यक्ष होता है। वह भारत सरकार का सचिव भी है। वही सोसायटी का प्रमुख कार्यकारी अधिकारी है। वह परिषद् का पदेन सचिव है। महानिदेशक के अलावा सोसायटी के अन्य अधिकारी हैं : राष्ट्रीय प्रयोगशालाओं के निदेशक, और ऐसे अन्य अधिकारी जिन्हें सक्षम प्राधिकार द्वारा महानिदेशक और राष्ट्रीय प्रयोगशालाओं के निदेशकों के सहायता के लिए नियुक्त किया गया है।

परिषद् का महानिदेशक मुख्य कार्याधिकारी है और वह अध्यक्ष और उपाध्यक्ष के निर्देशन के तहत सोसायटी के समुचित प्रशासन के लिए उत्तरदायी है। सभी वैज्ञानिक और औद्योगिक अनुसन्धान कार्यों का समन्वय और उनका सामान्य संचालन उसका दायित्व है। अनेक तकनीकी और प्रशासनिक प्रभागों और इकाइयों के मुख्यालयों के अधिकारी महानिदेशक की सहायता करते हैं। उदाहरणार्थ नियोजन, कार्मिक, टेक्नोलॉजी उपयोग, बाहरी अनुसन्धान, अन्तर्राष्ट्रीय सहयोग, सूचना और जनसम्पर्क, प्रशासन और वित्त।

परिषद् विश्वविद्यालयों और उच्च शिक्षा की अन्य संस्थाओं को अनुसन्धान योजनाओं के लिए ग्रांट के रूप में सहायता देती है। यह कार्य वह अपने आरम्भ काल से करती आ रही है। परिषद् द्वारा दी जा रही इस निरन्तर सहायता ने विश्वविद्यालयों और आई.आई.टी. कॉलेजों के स्नातकोत्तर विभागों में सहायता देकर परोक्ष रूप में देश

में विज्ञान की आधारशिला रखी है। इसने विज्ञान, टेक्नालॉजी और इंजीनियरिंग में संलग्न कार्यकर्ताओं को अनुसन्धान और प्रशिक्षण सुविधाएँ प्रदान कर परिपुष्ट किया है।

मित्र देशों के साथ विज्ञान एवं टेक्नोलॉजी के क्षेत्र में निकट सम्बन्ध स्थापित करने के उद्देश्य से परिषद् द्विपक्षीय अनुबन्ध करती है जिसमें वैज्ञानिकों का आदान-प्रदान व वैज्ञानिक व तकनीकी पारस्परिक सहयोग शामिल है।

परिषद् इस समय 38 राष्ट्रीय प्रयोगशालाओं/संस्थानों, तीन काम्पलेक्सों और दो अनुसन्धान संघों को सहायता दे रही है। इनमें से कुछ संस्थान ऐसे अनुसन्धान कार्यों में संलग्न हैं जो औद्योगिक प्रगति के लिए आधारभूत हैं। अन्य प्रयोगशालाएँ राष्ट्रीय सामान्य आवश्यकताओं जैसे खाद्यान्न, ईंधन, इमारतें, सड़कें इन्हें पूरा करती हैं। कुछ का सम्बन्ध उद्योगों से है, जैसे इलेक्ट्रानिक्स, काँच, चीनी मिट्टी के बर्तन, चमड़ा, धातु, खनिज, समुद्रीय रसायन, औषधियों और वैज्ञानिक उपकरण। कुछ संस्थान केमिकल्स इंजीनियरिंग, विमानन इंजीनियरी, पर्यावरण इंजीनियरी, इलेक्ट्रो रसायन, भूगर्भ भौतिकी, सागर विज्ञान, प्रयोगात्मक औषधि विज्ञान और विष विज्ञान पर कार्य कर रहे हैं।

औद्योगिक विकास में योगदान

भारतीय विज्ञान एवं प्रौद्योगिकी परिषद् की वर्तमान गतिविधियों में विज्ञान एवं टेक्नोलॉजी के व्यापक क्षेत्र में टेक्नोलॉजी क्षमता विकसित करना और ज्ञानार्जन शामिल है। वह उद्योगों को टेक्नोलॉजी विकास पर अद्यतन करने और फिर आयातित वस्तुओं के स्थान पर नई वस्तुएँ बनाने, लागत कम कर ऊर्जा बचाने, बेकार पदार्थों के उपयोग, प्रदूषण के नियन्त्रण, मरम्मत और रखरखाव और समस्याओं के समाधान में सहायता करती है। वह राष्ट्रीय प्राथमिकता के क्षेत्र में अनुसन्धान और विकास कार्य करती है। वह भिन्न आकार या जटिल अनुसन्धान और विकास के उन क्षेत्रों में कार्य करती है जिनके दूरगामी प्रभाव होते हैं। फिलहाल यह परियोजना वैमानिकी, सूक्ष्म-इलेक्ट्रानिकी, जैव प्रौद्योगिकी, कोयला, सागर विज्ञान, सूचना प्रौद्योगिकी के क्षेत्र में है जो राष्ट्रीय सुरक्षा और देश के कल्याण और आर्थिक वृद्धि के लिए महत्त्वपूर्ण है। विज्ञान टेक्नोलॉजी के विकास और टेक्नोलॉजीय पूर्वोक्ति और मूल्यांकन से सम्बन्धित अध्ययनों को बढ़ाने में इसने पहल की है।

रसायन और रसायन इंजीनियरी

संगठित उद्योगों पर टेक्नोलॉजी के क्षेत्र में जो मुख्य प्रभाव हैं, वह मूलतः रसायन और सम्बद्ध क्षेत्रों पर हैं। 1977-80 में 536 नए उद्योग शुरू हुए जिनमें लगभग 40 प्रतिशत रसायन के क्षेत्र में थे और 295 में इस बीच उत्पादन शुरू हुआ। इनमें भी 40 प्रतिशत से अधिक रासायनिक उद्योग थे। रसायन और केमिकल इंजीनियरी के क्षेत्र व्यापक हैं। इसमें अकार्बनिक और कार्बनिक रसायन, दवाएँ, कीटनाशक, और उनके मध्यवर्ती पदार्थ, कोयले के रसायन, सतही लेप, जंगनिरोधक रसायन, उत्प्रेरक रसायन हैं। अनेक

प्रक्रियाएँ विकसित कर उन्हें उद्योगों को दिया गया है, जैसे क्लोरोसिलेन, ग्लाईओक्सल, बैंजिल रसायन और बीटा-नेप्थाल। परिषद् द्वारा दिए गए ज्ञान पर आधारित एशिया में क्लोरोसिनेल का पहला कारखाना स्थापित हुआ है जिसकी वार्षिक उत्पादन क्षमता एक हजार टन है और लागत रु. 8 करोड़। यह हिको द्वारा खरसुंघी में लगाया गया है। इसी तरह ग्लाईओक्सल का भारत में पहला कारखाना जिसकी वार्षिक उत्पादन क्षमता 900 टन है, डेबी पावर गैस लि. ने लगाया है। इसी तरह ईस्टर्न नेप्था केमिकल लि. ने बीटा नेप्थल का कारखाना लगाया, जिसमें सुगन्धित रसायनों, द्रव्यों का सल्फोनेशन होता है। परिषद् ने सागर के संसाधनों से अकार्बनिक रसायन बनाने की भी प्रक्रियाएँ निकाली हैं। पोटेशियम साइनाइट, पोटेशियम सिलीकेट, पोटेशियम क्लोरेट, हाईड्राजीन हाईट्रेट के विनिर्माण के लिए प्रक्रियाएँ निकाली हैं। 1000 टन वार्षिक क्षमता वाले इलेक्ट्रोलिटिक मैंगनीज डाईऑक्साइड के कारखाने 1977 से चले रहे हैं। 3000 टन वार्षिक क्षमता का एक दूसरा कारखाना भी स्थापित किया गया है।

औषधियाँ और औषधीय पदार्थ

औषधि और औषधीय पदार्थों के निर्माण पर पेटेंट के जरिए बहुराष्ट्रीय कम्पनियों का वर्चस्व रहा है। नई औषधियों के संश्लेषण और ज्ञात दवाओं और उनके मध्यवर्ती उत्पादों पर ध्यान केन्द्रित किया गया। दो नए गैर स्टेरायडल, सूजननाशक और प्रति-आमवाती औषधियाँ। उदाहरण के लिए एन-बीटा-फिनाइल एथिल-एन्थ्रोनिलिक एसिड (एनफेनामिक एसिड) और सलाई गुग्गल, एक्स-बासबेलिया सेरेटा विकसित की गई हैं और वह ट्रोमैटिल और सलाकी नाम से बिक रही हैं। एमिलोफाइलिन और थियोफाइलिन भारत में पहली बार बनाई ज़ा रही हैं। थोक में औषधियाँ बनाने की प्रक्रिया विकसित की गई हैं। जैसे दमे की दवा सालबुटामोला, आमवात की दवा इनूप्रोफन, कैंसर की दवा विनक्रिस्टीन और विनब्लास्टीन, विटामिन बी-6 और रुटिन के बनाने के लिए उन्नत प्रक्रियाएँ विकसित की गई है। मध्यम वर्गीय औषधियाँ बनाने के लिए भी परिषद् ने कई तरीके विकसित किए हैं। हिन्दुस्तान आर्गेनिक केमिकल लि. ने एसिडएनीलिड बनाने के लिए 2000 टन वार्षिक क्षमता का कारखाना स्थापित किया है। यह भी इस तरह का एशिया में पहला कारखाना है। इसके अलावा उन वानस्पतिक औषधीय पौधों की वैज्ञानिक रीति से खेती, जिनका चिकित्सा में प्रयोग होता है या ऐसे वाष्पशील तेलों के उत्पादन का प्रसार किया है।

आहार एवं पेय

शिशुओं और दूध छुड़ाने के बाद के आहार और प्रोटीन समृद्ध पेय अप्रचलित चीजों से जैसे मूँगफली से दूध बनाने की प्रक्रिया विकसित की गई है। भैंस के दूध से शिशु आहार बनाने की टेक्नोलॉजी ने देश में एक नए शिशु आहार उद्योग को स्थापित किया है। खाद्यान्न प्रसंस्करण जैसे पिसाने, उबालने, सुखाने और तैयार करने के तरीकों में

सुधार किए गए हैं जिससे अधिक उपज मिले और गुणवत्ता भी बढ़े। धान को आधा उबालने की टेक्नोलॉजी का 500 चावल मिलों में इस्तेमाल हो रहा है।

कीटनाशक

अनेक प्रकार के कीटनाशक बनाने की टेक्नोलॉजी विकसित हुई है, जैसे कीड़ों, खरपतवार या फफूँदी को नष्ट करने के लिए। मोनोक्रोटोफोस के लिए जो प्रक्रिया बनी उसका नोसिल ने प्रयोग किया और 17 करोड़ की लागत से 500 टन वार्षिक क्षमतावाला एक कारखाना 1983 में रत्नागिरी में लगाया गया। इससे चार करोड़ रु. वार्षिक विदेशी मुद्रा की बचत का अनुमान है। शावालेश और जे.के.बी.एम. ने 300 टन वार्षिक क्षमता का फंगीसाइड्स कारखाना लगाया। शावालेश और माइक्राफार्म ने डिमोथ्वेट बनाने के लिए और सुदर्शन केमिकल ने बहुउद्देशीय पेस्टीसाइड कारखाना राहा में लगाया। वहाँ क्रिनालफार्स भी बनता है। मोनोक्रोटोफोस और फास्फोमिडान अन्य प्रमुख कीटनाशक हैं जिनकी इकाइयाँ स्थापित हुई हैं।

इलेक्ट्रानिकी और यन्त्रीकरण

अपेक्षतया सरल यन्त्रों से लेकर अत्यन्त संवेदनाशील यन्त्र विकसित किए गए हैं। उनके क्षेत्र अत्यन्त विस्तृत हैं और यह प्रक्रिया नियन्त्रण कृषि, दुग्ध प्रशोधन, चिकित्सा, लैंस, भूभौतिकी, सागरीय इलेक्ट्रो रासायनिक यन्त्र बनाने में काम आते हैं। प्रक्रिया नियन्त्रण के उपकरणों में माइक्रोप्रोसेसर पर काम हो रहा है जो एकीकृत इलेक्ट्रानिक प्रक्रिया पर आधारित है और लघु और मँझले रासायनिक उद्योगों के अनुसरण, नियन्त्रण और प्रक्रियाओं की विभिन्न अवस्थाओं को प्रदर्शित करते हैं। इसी तरह चीनी, कागज की लुगदी, वस्त्र उत्पादन उद्योग की प्रक्रिया के नियन्त्रण पर भी विशेष ध्यान दिया जा रहा है। परिणामस्वरूप उनकी उत्पादन क्षमता बढ़ी है। चीनी उद्योग के लिए विकसित यन्त्रों को 300 चीनी मिलों में अपना लिया गया है। बिजली उत्पादन के लिए महत्त्वपूर्ण क्रम नियन्त्रण प्रणाली पर भी काफी काम पूरा कर लिया गया है। कृषि, डेयरिंग और डिजिटल इलेक्ट्रानिक इंस्ट्रूमेंट भी विकसित किए गए हैं। अनेक चिकित्सा उपकरण भी बनाए गए, जैसे रोगी के अनुसरण के लिए गर्भस्थ शिशु को देखने के लिए स्टैथोस्कोप, हृदयगति मापक यन्त्र, सी.सी.टी.वी. सिस्टम आदि। प्रकाश नापने के अनेक यन्त्र विकसित कर उन्हें उद्योगों को दे दिया गया, जैसे कि बबल चैम्बर स्केनर, दूरबीन, माइक्रो-फिल्म रीडर इत्यादि। भूभौतिकी यन्त्र जो सर्वेक्षण के लिए अपरिहार्य है, उनमें भी उल्लेखनीय उन्नति हुई है, जैसे एयरबोर्न प्लस ट्रांजियन, इलेक्ट्रो मैगनेटिक यन्त्र, जो विदेश से आयातित यन्त्र से भी बेहतर है और उन्हें उपलब्ध कराया गया है।

सिविल इंजीनियरी

सिविल इंजीनियरी, अर्थात इमारतें, सड़कें बनाने के क्षेत्र में मुख्य योगदान नई डिजाइनों,

नई तकनीकों का विकास और प्रसार था। इस तरह लगभग 6 प्रतिशत नई विशिष्ट तकनीकें अपनाई गईं। खाईनुमा भट्ठों के बजाय उच्च वातप्रवाह भट्ठे बहुत सफल सिद्ध हुए हैं। इसका मुख्य कारण उनकी अधिक तापक्षमता थी। परिषद् द्वारा विकसित नए भट्ठे और ईंट बनाने के साँचे से लागत कम हुई और मुनाफा बढ़ा। पूर्णतः मशीनीकृत आयातित मशीनों की जगह देशी मशीनों ने ले ली है और इन्हें ईंट भट्ठा उद्योग ने अपना लिया।

अन्य क्षेत्र

कम ताप पर कोयले को कार्बनीकृत करने की तकनीक में उल्लेखनीय प्रगति हुई है। कोयले को ईंधन गैस, सिंथेसिस गैस और द्रवशील ईंधन में बदलने के तकनीक पर काम हो रहा है। खनिज धातु, शीशा, सिरेमिक के लिए मशीनों और उपकरणों का निर्माण इसका मुख्य योगदान है। नए पदार्थ बनाने के प्रयास हो रहे हैं। कृषि उपकरण, मशीनी औजार, चमड़ा बनाने की मशीनें और उत्खनन की मशीनों का ज्ञान उद्योगों को दे दिया गया है। इसका एक ज्वलन्त उदाहरण स्वराज ट्रैक्टर का विकास है। 10/15 हार्सपावर ट्रैक्टर का नमूना भी विकसित किया गया है।

महासागर अनुसन्धान के क्षेत्र में उसके स्थान चुनने, धातु पिंडों के प्रसंस्करण के क्षेत्र में प्रमुख योगदान किया है और अंटार्कटिक अनुसन्धान में भी सफलता प्राप्त की है।

कार्बन उत्पादों, विशेषकर निकाले हुए कार्बन, जैसे सिनेमा आर्क कार्बन, प्रोसेस कार्बन और लघु इलेक्ट्रोडों पर अग्रणी कार्य किया गया है। आर्क कार्बन बनाने की तकनीक ने अन्य विकासशील देशों का ध्यान भी आकर्षित किया है। परिषद् ने कार्बन ब्रश और माइकोग्राफिक कार्बन ग्रेनूल बनाने की प्रक्रिया भी विकसित की है। उसने ऊर्जा, पर्यावरण, वैमानिकी, अन्तरिक्ष विज्ञान, रक्षा अनुसन्धान के क्षेत्र में भी महत्त्वपूर्ण योगदान दिया है।

ग्रामीण उद्योगों के क्षेत्र में भी इसके अवदान को व्यापक मान्यता मिली है। चमड़े, चीनी मिट्टी के बर्तन बनाने, कागज की लुगदी तैयार करने, कृषि और वन आधारित संसाधन तथा धातुओं पर और ग्रामीण क्षेत्रों के लिए उपयुक्त इंजीनियरी उद्योगों के लिए भी अनेक प्रक्रियाएँ विकसित की हैं।

उन्नत ग्रामीण टेक्नोलॉजी की सामाजिक और सांस्कृतिक स्वीकृति और उसके उपयोग पर करीमनगर गाँव में प्रमुख परीक्षण किए गए हैं। एक रोचक परीक्षण में प्रयोगशाला के वैज्ञानिकों और ग्राम समुदाय के बीच कैसे बेहतर सम्पर्क बनाए जाएँ, इसका अध्ययन किया गया। यह परीक्षण मुख्यतः ग्रामोद्योगों और वहाँ के कारीगरों पर केन्द्रित है और वह उन्हें प्रयोगशाला के वैज्ञानिकों द्वारा विकसित विज्ञान एवं टेक्नोलॉजी से परिचित करा रहा है जिनमें ग्रामवासियों की अभिरुचि है। शुरू में गाँव के कारीगरों और वैज्ञानिक समुदाय एवं स्वैच्छिक संगठनों और विकास कार्य में लगे सरकारी विभागों में भावी

आदान-प्रदान बढ़ाने के लिए विभिन्न ग्रामीण क्षेत्रों में कई कार्यशालाएँ आयोजित की गईं। इसका विषय था कि क्रमशः देशज अनुसन्धान और विकास कार्यों तथा गाँव के कारीगरों के उत्पादन और उनके ग्राहकों, भूमिहीन मजदूरों और लघु व सीमान्त कृषकों को एकसाथ सूत्रबद्ध किया जाए। इन कार्यशालाओं की सफलता के फलस्वरूप सहभागियों में उत्साह का संचार हुआ और राष्ट्रीय विज्ञान प्रौद्योगिकी और विकास अध्ययन संस्थान ने ग्रामीण दस्तकारों के लिए एक अवस्थापना स्थापित करने की जरूरत समझी।

क्षेत्रीय प्रयोगशालाएँ मूलतः अपने भौगोलिक क्षेत्र की समस्याएँ सुलझाने का प्रयास करती हैं और इसके साथ ही राष्ट्रीय महत्त्व की परियोजनाएँ भी लेती हैं। परिषद् ने एक राष्ट्रीय विज्ञान, प्रौद्योगिकी और विकास अध्ययन संस्थान की स्थापना की है। जो विज्ञान नीति और विज्ञान और समाज के अन्तर्सम्बन्धों का अध्ययन करे। यह एक दिलचस्प क्षेत्र है जो अभी तक भौतिक विज्ञान के दायरे में नहीं था। इसके अलावा परिषद् के दो संस्थान वैज्ञानिक और तकनीकी सूचनाओं के प्रकाशन और प्रसार का कार्य करते हैं। परिषद् ने उद्योगों के अनुसन्धान संघों को बनाने में भी सक्रिय अभिरुचि ली है। वह उन उद्योगों को जो अनुसन्धान संघ बनाना चाहते हैं, योजना तैयार करने, उसके लिए सामान और विशेषज्ञ जुटाने के सम्बन्ध में तकनीकी सलाह देती है। परिषद् उन्हें पूँजी और आवर्ती व्यय की भी आर्थिक सहायता देती है।

प्रत्येक अनुसन्धान संस्थान की अपनी कार्यकारी समिति और अनुसन्धान सलाहकार परिषद् होती है जो कार्यकारिणी समिति को सलाह देती है, जो उसके कार्यों के नियन्त्रण और मार्गदर्शन के लिए जिम्मेदार है। प्रयोगशालाओं का भी अधिकाधिक सहयोग सुनिश्चित करने के लिए परिषद् की प्रयोगशालाओं और सहकारी अनुसन्धान संघों को पाँच समन्वयक परिषद् में वर्गीकृत किया गया है। ये हैं : (1) भौतिक और भूविज्ञान, (2) रसायन विज्ञान, (3) जीव विज्ञान, (4) इंजीनियरी विज्ञान और (5) सूचना विज्ञान। समन्वय परिषद् विभिन्न प्रयोगशालाओं के बीच, विभिन्न उद्योगों के बीच और प्रयोगशालाओं और विशेषज्ञों के बीच परियोजनाओं को तथा प्राथमिकताओं को आवंटित करती है और इन सहयोगी परियोजनाओं की प्रगति का मूल्यांकन करती है।

भारतीय कृषि अनुसन्धान परिषद्

1928 के कृषि के रायल कमीशन की सिफारिशों के आधार पर भारत सरकार ने एक सोसायटी के रूप में 1929 में इम्पीरियल काउंसिल एंड एग्रीकल्चरल रिसर्च स्थापित की। 1947 में इसका नाम बदलकर इंडियन काउंसिल ऑफ एग्रीकल्चरल रिसर्च कर दिया गया। मोटे तौर पर इस परिषद् के निम्न उद्देश्य थे :

(1) कृषि और पशुपालन में सहायता, प्रोन्नति और समन्वय के लिए तत्सम्बन्धी शिक्षा, अनुसन्धान और उनका कार्यान्वयन और बाजारों का विकास उन सब साधनों से करना था जो इन विषयों के ज्ञान को बढ़ाएँ और उनको व्यवहार में लाना सुनिश्चित करें।

(2) कृषि और पशुपालन अनुसन्धान से सम्बन्धित सूचनाएँ संग्रह करना और उनका प्रसार।

(3) सोसायटी के उद्देश्यों के अन्तर्गत अनुसन्धान और सन्दर्भ पुस्तकालय बनाना जिसमें पढ़ने-लिखने की सुविधा हो और वहाँ पुस्तकें, समीक्षाएँ, पत्रिकाएँ, समाचारपत्र और अन्य प्रकाशन इत्यादि उपलब्ध हों।

(4) ऐसे अन्य कार्य लेने पर भी विचार करना जिन्हें सोसायटी अपने लक्ष्यों की प्राप्ति के लिए जरूरी समझती हो।

समय-समय पर विभिन्न विशेषज्ञ समिति और दलों ने परिषद् के अनुसन्धान कार्यों के पुनर्गठन की सिफारिशें की। इसमें 1965-66 का पुनर्गठन उल्लेखनीय है। परिषद् की प्रबन्ध समिति को पुनर्गठित किया गया और उसके लिए एक वैज्ञानिक को महानिदेशक और उपाध्यक्ष नियुक्त किया गया जो पुरानी परम्परा से अलग था। पहले इस पद पर प्रशासनिक सेवा का अधिकारी काम करता था। तकनीकी पक्ष में महानिदेशक की सहायता के लिए चार उपमहानिदेशक नियुक्त किए गए जो प्रतिष्ठित वैज्ञानिक थे। इनमें से (क) फसल विज्ञान, (ख) मृदा, सश्य विज्ञान, सिंचाई, कृषि इंजीनियरी, (ग) पशु विज्ञान और (घ) शिक्षा के लिए था। परिषद् के नियमों में भी संशोधन किया गया और उन्हें अधिक कार्यात्मक और तकनीकी दृष्टि से पर्याप्त स्वायत्त और सक्षम संगठन बनाया गया।

इस समय परिषद् का अध्यक्ष केन्द्रीय कृषिमन्त्री होता है और राज्यमन्त्री उपाध्यक्ष। परिषद् प्रबन्ध समिति के माध्यम से काम करती है और महानिदेशक इसका सभापति होता है और वह भारत सरकार के कृषि अनुसन्धान शिक्षा विभाग का सचिव भी होता है। इसके अलावा इसकी एक स्थाई वित्त समिति, मानदंड एवं मान्यता समिति, क्षेत्रीय समितियाँ और वैज्ञानिक पटल हैं।

परिषद् के नीचे 33 अनुसन्धान संस्थान और चार परियोजना निदेशालय कार्य कर रहे हैं। भारतीय कृषि अनुसन्धान परिषद् के अलावा यह 21 स्नातकोत्तर कृषि विश्वविद्यालयों की भी देखरेख करती है। परिषद् खाद्य फसलों, व्यावसायिक फसलों, फलों, मृदा व कृषि विज्ञान, कृषि इंजीनियरी, मुख्य कृषि पशुओं के प्रजनन और नस्ल सुधार तथा मछली पालन पर अनेक अखिल भारतीय समन्वित अनुसन्धान परियोजनाएँ चला रही है।

हाल के वर्षों में अन्य वैज्ञानिक संगठनों से घनिष्ठ सहयोग की जरूरत महसूस की गई है। अतएव अब कई ऐसे संयुक्त पैनल निम्न संस्थाओं के साथ बने हैं : (1) वैज्ञानिक और औद्योगिक अनुसन्धान परिषद्, (2) भारतीय आयुर्विज्ञान अनुसन्धान परिषद्, (3) भारतीय सामाजिक विज्ञान परिषद्, (4) भारतीय मौसम विभाग, (5) परमाणु ऊर्जा, (6) अन्तरिक्ष और इलेक्ट्रॉनिक विभाग, (7) रक्षा अनुसन्धान और विकास संगठन, (8) विश्वविद्यालय अनुदान आयोग, (9) भारतीय राष्ट्रीय विज्ञान अकादमी।

आजादी से पहले कृषि और पशुपालन के विशेषज्ञ इंग्लैंड से ही आते थे। इसके बाद कुछ साल तक बड़े पैमाने पर संयुक्त राज्य अमेरिका से अनुसन्धान और शिक्षा के क्षेत्र में विशेषज्ञ आए। फिर धीरे-धीरे यह सहयोग पूरी तरह अन्तर्राष्ट्रीय हो गया और

अनेक अन्य देशों जैसे रूस, कनाडा, आस्ट्रेलिया, और जापान आदि में भी विभिन्न क्षेत्रों में सहयोग दिया है। संयुक्त राष्ट्र संघ के कई अभिकरणों, जैसे एफ.ए.ओ, यून.एन.डी.पी., वर्ल्ड बैंक ने भी अनुसन्धान, शिक्षा और प्रसार में वित्तीय सहायता दी।

इंडियन काउंसिल ऑफ मेडिकल रिसर्च

1911 में संक्रामक रोगों, जैसे मलेरिया, प्लेग, चेचक और हैजा से सम्बन्धित अनुसन्धान के लिए इंडियन रिसर्च फंड एसोसिएशन स्थापित हुई थी। आजादी के बाद इसके संगठन और कार्यों में अनेक परिवर्तन हुए। 1949 में इसका नाम बदलकर इंडियन काउंसिल ऑफ मेडिकल रिसर्च रखा गया है। यह परिषद् शीर्ष संस्था है जो सम्पूर्ण भारत में जैविक चिकित्सा अनुसन्धान के संचालन, समन्वय, को प्रोत्साहित करती है, मुख्यतः स्थाई अनुसन्धान संस्थान केन्द्रों, क्षेत्रीय चिकित्सा अनुसन्धान केन्द्र, उच्च अनुसन्धान और राष्ट्रीय बहुकेन्द्रीय समन्वित परियोजनाएँ और तदर्थ अनुसन्धान कार्यक्रमों के माध्यम से–जिन्हें जैविक चिकित्सा संस्थाओं या विश्वविद्यालयों के वैज्ञानिक चलाते हैं। चिकित्सा परिषद् का मुख्य उद्देश्य देश की अनुसन्धान क्षमता को व्यापक और सन्तुलित अनुसन्धान कार्यकर्ताओं को विकसित करना, देश की स्वास्थ्य समस्याओं से निपटना है। परिषद् के अनुसन्धान के कुछ उल्लेखनीय क्षेत्र हैं–क्षय रोग, कोढ़, हैजा, आंत्र रोग, कुपोषणजनित रोग, पोषण, सर्वेक्षण, और क्यासानूर फारेस्ट डिजीज डेंगू और जापानी इंसेफेलाइटिस जैसे वायरसजन्य रोगों का नियन्त्रण और पड़ताल।

इस परिषद् के कार्यकलाप प्रबन्ध समिति चलाती है। इसमें प्रतिष्ठित वैज्ञानिक, स्वास्थ्य प्रशासक और गणमान्य नागरिक होते हैं। केन्द्रीय स्वास्थ्य और परिवार कल्याण मन्त्री इसके अध्यक्ष और इस मन्त्रालय का सचिव इसका उपाध्यक्ष होता है। वैज्ञानिक मामलों में एक वैज्ञानिक नीति सलाहकार समिति इसकी सहायता करती है। वह इसके प्रस्तावों की प्रतीक्षा करती है और उनकी व्यावहारिकता पर राय देती है। समयबद्ध और विशिष्ट उद्देश्यों के लिए बनाए गए अनुसन्धान कराने के लिए टास्कफोर्स प्रणाली अपनाई जाती है। इसी के साथ निरन्तर अनुश्रवण और मूल्यांकन भी किया जाता है जिससे जवाबदेही सुनिश्चित हो। समकक्ष सहयोगी विशेषज्ञों के द्वारा सहयोग भी परिषद् की कार्यप्रणाली की विशेषता है। इसे अब और अधिक बढ़ा दिया गया है और इसमें टास्कफोर्स स्टियरिंग कमेटी, समितियाँ, साइंटिफिक वर्किंग ग्रुप्स, रिसर्च एडवाइजरी समिति मदद करती है। फिलहाल परिषद् के 95 कार्यदल सक्रिय हैं।

परमाणु ऊर्जा विभाग

आजादी पाने के बाद भारत ने राष्ट्रीय विकास में परमाणु ऊर्जा के प्रयोग के महत्त्व को समझा। फलस्वरूप 1948 में संसद के अधिनियम से परमाणु ऊर्जा आयोग बनाया गया। यह एक राष्ट्रीय सलाहकार आयोग है जिसका दायित्व है कि वह परमाणु ऊर्जा कार्यक्रम चलाए जिसमें आधारभूत और व्यावहारिक अनुसन्धान कार्यकर्ताओं का प्रशिक्षण,

उद्योगों में उसके प्रयोग, सर्वेक्षण और खनिजों का औद्योगिक उपयोग आदि शामिल है। इसे विकसित करने का दायित्व इस पर है। इसका कार्यपालक अधिकारी परमाणु ऊर्जा विभाग है जो 1954 में स्थापित हुआ और जो सीधे प्रधानमन्त्री के नियन्त्रण में है। इससे पहले इसका निर्णय वैज्ञानिक शोध विभाग द्वारा कार्यान्वित होता था और फिर बाद में प्राकृतिक संसाधन और वैज्ञानिक अनुसन्धान विभाग द्वारा होता था। पिछले 40 वर्षों में इस विभाग ने परमाणु टेक्नोलॉजी का आधार खड़ा कर दिया है और देश की व्यापक वैज्ञानिक और तकनीकी क्षमता बढ़ा दी है। वर्षों के अनुसन्धान और विकास प्रयासों ने पूर्ण ईंधनचक्र की–यूरेनियम की खोज से लेकर खर्च हुए ईंधन के पुनर्शोधन और प्लूटोनियम धातु के पुनः प्रयोग की टेक्नोलॉजी को विकसित कर लिया है। अन्तरिक्ष, रक्षा, उद्योग, कृषि और आयुर्विज्ञान के क्षेत्र में भी परमाणु कार्यक्रम से उल्लेखनीय लाभ हुआ है।

परमाणु ऊर्जा के अनुसन्धान और विकास का कार्य मुख्यतः मुम्बई के निकट भाभा एटोमिक रिसर्च सेंटर ट्राम्बे में होता है। इसकी स्थापना 1957 में हुई थी और 1967 में इसका पुनर्नामकरण हुआ। यह अनुसन्धान और विकास का राष्ट्रीय केन्द्र है और परमाणु ऊर्जा के शान्तिपूर्ण उपयोग के राष्ट्रीय प्रयास में सबसे बड़ा अग्रणी वैज्ञानिक संस्थान है। आणविक विज्ञान में अनुसन्धान के अलावा यहाँ ऐसे विविध क्षेत्रों में भी अनुसन्धान सुविधाएँ उपलब्ध हैं जैसे–रसायन इंजीनियरी, धातु विज्ञान, निर्वात (वैक्यूम) प्रौद्योगिकी, पुनःचक्रण प्रौद्योगिकी, ईंधन निर्माण, व्यर्थ पदार्थों का उपयोग, रेडियो रासायनिकी, विकिरण चिकित्सा, प्राणिशास्त्र, खाद्य प्रौद्योगिकी आदि। यहाँ उपलब्ध सुविधाओं में चार अनुसन्धान रिएक्टर हैं : कनाडा-इंडिया रिएक्टर–'सिरस' (40 मेगावाट), 'अप्सरा' (1 मेगावाट), 'जरलीना' (शून्य ऊर्जा ऊष्मा रिएक्टर) और 'पूर्णिमा' (शून्य ऊर्जा तीव्र रिएक्टर) केन्द्र के पास एक यूरेनियम धातु प्लांट, एक ईंधन फैब्रीकेशन प्लांट, एक प्लूटोनियम प्लांट है।

1966 में प्लूटोनियम प्लांट स्थापित हुआ। आणविक ईंधन चक्र में उसे महत्त्वपूर्ण उपलब्धि माना गया है। 1979 में खर्च हुए ईंधन को पुनः उपचार के लिए तारापुर में पी.आर.ई.एफ.आर.ई. बनाया गया। ट्राम्बे स्थित प्लूटोनियम प्लांट का विस्तार किया जा रहा है। तीसरा पुनः उपचार प्लांट कालपक्कम में स्थापित किया जाएगा। भारत हैवी इलेक्ट्रिकल लि. के साथ कोयले पर आधारित एक मैग्नेटो हाइड्रो डायनेमिक प्लांट त्रिरुचिरापल्ली में लगाने के लिए भाभा परमाणु अनुसन्धान केन्द्र सहायता दे रहा है। अनेक संस्थाओं और विश्वविद्यालयों को वैज्ञानिक प्रयोग करने की सुविधाएँ वेरीएबल इनर्जी साइक्जोट्राट कलकत्ता में उपलब्ध है। उद्योगों में माइक्रोस्कोफिक दरारें और अन्य फैब्रीकेटेड उपकरणों, पाईप लाइन और विभिन्न रोगों के निदान के लिए बड़ी संख्या में आइसोटोप्स तैयार कर रहा है।

एक व्यावसायिक विकिरण निर्जमीकरण प्लांट 'आइसोमेड्रड' ट्राम्बे में निर्माण किया गया है जो औषधि उत्पादकों को स्टरलाइजेशन की सुविधाएँ प्रदान करता है। मुम्बई

का रेडिएशन मेडिसिन सेंटर, रेडियो आइसोटोप्स द्वारा निदान और चिकित्सा में प्रयोग आता है। 1965 में बंगलौर के निकट गौरी विदतूर में स्थित भूकम्पीय केन्द्र, भूमिगत आणविक विस्फोट को जानने में व भूकम्प अनुसन्धान में सहायता देता है। 1963 में बी.ए.आर.सी. ने श्रीनगर में हाईयलटीट्यूड रिसर्च लैब बनाया जिसमें ऊँचे पहाड़ों पर अनुसन्धान की सुविधाएँ हैं। श्रीनगर में एक नाभिकीय अनुसन्धान केन्द्र भी है।

बी.ए.आर.सी. एक देश व्यापी कार्मिक मानीटरिंग सेवा–विभिन्न संस्थाओं में विकिरण पदार्थों के सम्पर्क में आने वाले कार्यकर्ताओं के विकिरण मात्रा का मापन भी करती है। इसके अलावा वह रेडियोधर्मी सुरक्षा के सर्वेक्षण भी करती है। प्रशिक्षित वैज्ञानिक और तकनीकीकार्मिकों के विषय में आत्मनिर्भरता की उपलब्धि के लिए विभाग ने 1957 में एक प्रशिक्षण केन्द्र भी शुरू किया। इसके लिए हर साल विज्ञान, इंजीनियरी के 150 प्रशिक्षार्थी चुने जाते हैं। इसके अलावा यह विभाग कोटा के पास एक न्यूक्लियर ट्रेनिंग सेंटर भी चलाता है जहाँ नाभिकीय पॉवर स्टेशनों के चलाने और रखरखाव की ट्रेनिंग दी जाती है।

बी.ए.आर.सी. के पास एक आधुनिक वैज्ञानिक पुस्तकालय भी है। इसमें 6,64,000 ग्रन्थ हैं जिनमें 5,20,000 तकनीकी रिपोर्टें हैं और 17,600 पेटेंट और मानक आदि हैं। यह सब कम्प्यूटराइज की जा चुकी हैं। 1970 में इसने वियना में हुए अन्तर्राष्ट्रीय नाभिकीय सूचना सम्मेलन में भाग लिया। बेरिएबल एनर्जी साइक्लोट्रोन का आई.आर. आई. एस-80 कम्प्यूटर, आई.एन.आई.एस. टेपों पर 450 व्यक्तियों, वैज्ञानिक वर्गों और विभागों को यह सेवा उपलब्ध कराता है।

तमिलनाडु में कलपक्कम स्थित रिएक्ट रिसर्च सेंटर, फास्ट ब्रीडर रिएक्टर टेक्नोलॉजी सब पक्षों पर अनुसन्धान और विकास कार्य करता है। यहाँ की सबसे महत्त्वपूर्ण सुविधाएँ फास्ट ब्रीडर टेस्ट रिएक्टर है। उपरोक्त संस्थाओं द्वारा टाटा इंजीनियरिंग ऑफ फंडामेंटल रिसर्च मुम्बई और साहा इंस्टीट्यूट ऑफ न्यूक्लियर फिजिक्स कलकत्ता में अनुसन्धान और विकास के अलावा ऐसे शोध कार्य भी होते हैं जो नाभिकीय विज्ञान एवं टेक्नोलॉजी में आत्मनिर्भरता प्रदान करेंगे। टाटा इंस्टीट्यूट ऑफ फंडामेंटल रिसर्च 1945 में स्थापित हुआ है। नाभिकीय विज्ञान और गणित का यह राष्ट्रीय केन्द्र है। साहा इंस्टीट्यूट में न्यूक्लियर फिजिक्स के सभी क्षेत्रों पर अनुसन्धान होता है। विभाग के नियन्त्रण में टाटा मेमोरियल सेंटर है जिसमें दो संस्थाएँ हैं–टाटा मेमोरियल अस्पताल और कैंसर रिसर्च इंस्टीट्यूट। कैंसर रिसर्च इंस्टीट्यूट देश में कैंसर के इलाज का सबसे प्रमुख केन्द्र है। यहाँ कैंसर पर व्यापक बुनियादी और रोग लाक्षणिक अनुसन्धान किया जाता है। टाटा मेमोरियल अस्पताल अब शल्य चिकित्सा, रोग विज्ञान, रेडियोलोजी, संवेदनाहारी विज्ञान, जैव रसायन इत्यादि में स्नातकोत्तर विश्वविद्यालय प्रशिक्षण का अग्रणी केन्द्र है। इस संस्थान में बुनियादी विज्ञान में एम.एस-सी. और पी-एच.डी. डिग्री के पाठ्यक्रमों की व्याख्या है।

परमाणु ऊर्जा विभाग इस विषय से सम्बन्धित अनेक क्षेत्रों में अनुसन्धान और

विकास कार्यों में कार्यरत शैक्षिक संस्थाओं को परियोजनाबद्ध और फेलोशिप प्रदान करता है। विभाग में बोर्ड ऑफ रिसर्च इन न्यूक्लियर साइंसेज नाम की एक सलाहकार समिति है जिसमें प्रतिष्ठत वैज्ञानिक और विभाग के वरिष्ठ अधिकारी सदस्य हैं। विभिन्न क्षेत्रों में 8 अन्य सलाहकार समितियाँ इसकी मदद करती हैं। अपने तकनीकी सहायता कार्यक्रम के अन्तर्गत विभाग प्रशिक्षण फेलोशिप और बाहर के लिए वैज्ञानिक यात्राएँ भी आयोजित करता है।

अनुसन्धान और विकास के अलावा परमाणु ऊर्जा कार्यक्रम अपनी अन्य इकाइयों के व्यापक कार्यों को भी देखता है। हैदराबाद स्थित एटोमिक मिनरल्स डिवीजन, यूरेनियम, थोरियम, बैरीलियम इत्यादि धातुओं के सर्वेक्षण, प्रसंस्करण और विकास-कार्य करता है। देश में इसकी पाँच क्षेत्रीय शाखाएँ हैं। इंडियन रेयर अर्थ्स लि. 1950 से कार्यरत है। यह दक्षिण भारत के समुद्र तट के रेत से दुर्लभ किस्म की मिट्टी, धातुएँ और थोरियम संग्रह करता है। यह मानवलकुरुचि और चवारी स्थानों पर धातु रेत उद्योग चलाता है और अलबाई में दुर्लभ मिट्टी उद्योग, ट्राम्बे में यह थोरियम उत्पाद तैयार करता है। उड़ीसा में सैंड्स काम्पलेक्स बनाया गया है जिससे दुर्लभ मिट्टियों से खनिज निकाले जा सकेंगे। आनेवाले वर्षों में यह कम्पनी यूरेनियम और हीलियम धातु निकालने की इकाइयाँ चलाएगा। बार्क के सहयोग से यहाँ विविध अनुसन्धान और विकास कार्य भी चलाए जाते हैं। यहाँ दुर्लभ मिट्टियों के मिश्रण, जाइरोकोनियम रसायन और जिरकाव आधारित उत्पाद बनाए जाते हैं। कम्पनी की योजना है वह मिश्रित दुर्लभ मिट्टियों से उच्च मूल्य की दुर्लभ मिट्टियों को अलग करे। 1967 में जदूगुड़ा में कारपोरेशन ऑफ इंडिया स्थापित हुआ जो यूरेनियम का उत्खनन और प्रसंस्करण करता है। फिलहाल यह लोहे की खानों से यूरेनियम कंसनट्रेट तैयार कर रहा है। इसके अनुसन्धान और विकास कार्यक्रम में कॉपर कंसनट्रेट से निकिल निकालने पर बल दिया गया है और अग्रणी योजना के रूप में इसे सुविधाएँ दी जा रही हैं। ताँबे की छीलन के अनुकूलन और रिकवरी को बढ़ाने तथा मैग्नेटाइट जिसमें अधिक चुम्बकीय तत्त्व हों, के बारे में खोजबीन जारी है। हैदराबाद स्थित न्यूक्लियर फ्यूल काम्पलेक्स में न्यूक्लियर पॉवर रिएक्टर के लिए ईंधन बनाया जाता है और इलेक्ट्रॉनिक उद्योग के लिए आवश्यक विशिष्ट पदार्थ भी बनाए जाते हैं।

हैदराबाद स्थित इलेक्ट्रॉनिक कारपोरेशन ऑफ इंडिया में नाभिकीय और गैरनाभिकीय उपयोग के लिए सूक्ष्म इलेक्ट्रॉनिक उपकरण जिनमें व्यवसायिक टी.वी. सेट, कम्प्यूटर भी शामिल हैं, बनाए जाते हैं। यह कारपोरेशन बार्क की सहायक संस्था के रूप में 1967 में स्थापित हुआ। इस कम्पनी ने नियन्त्रणों, कम्प्यूटरों और संचार को अपना वृद्धि का मुख्य लक्ष्य बनाया है। इसने अनेक परियोजनाएँ और 64 नए उत्पाद निकाले हैं। इसका प्रमुख उत्पाद है ई.सी.आई.एल. कम्प्यूटर सिस्टम, एंटीना, ट्रांसरिसीवर, प्रोग्रामेबिल लॉजिक कंट्रोलर इत्यादि। अभी तक 350 ई.सी.आई.एल. कम्प्यूटर सिस्टम भारतीय संस्थानों में लगाए जा चुके हैं।

आरम्भिक काल से ही विभाग में परमाणु ऊर्जा की भावी सम्भावनाओं के सन्दर्भ में राष्ट्रीय ऊर्जा कार्यक्रम पर गम्भीरता से विचार किया गया है। भारत के नाभिकीय ऊर्जा कार्यक्रम 1969 में 210 मेगावाट क्षमता की दो इकाइयों से तारापुर एटोमिक पॉवर स्टेशन पर शुरू किया गया। 1972 और 1981 में 220 मेगावाट के अन्य दो संयन्त्र स्थापित किए गए। एक राजस्थान एटोमिक पॉवर स्टेशन में जिससे वहाँ की उत्पादन क्षमता 860 मेगावाट हो गई। विभाग का पॉवर प्रोजेक्ट इंजीनियरिंग डिवीजन, पॉवर स्टेशनों के निर्माण और परिचालन का कार्य करता है। इसने राजस्थान, मद्रास में कलपक्कम और उत्तर प्रदेश में नरोरा में परमाणु बिजलीघर बनाया है। इस समय जो पॉवर रिएक्टर बन रहे हैं उनमें मोडरेटर के रूप में भारी पानी का प्रयोग किया जाता है। इस दुर्लभ वस्तु को तैयार करने के लिए एक संयन्त्र नंगल में चल रहा है। इसके अलावा बड़ोदरा, कोटा, तलचर और तूतीकोरिन में भारी पानी के चार संयन्त्र हैं।

इलेक्ट्रॉनिकी विभाग

भारत सरकार ने आधुनिक विज्ञान एवं टेक्नोलॉजी में इलेक्ट्रॉनिकी की महत्त्वपूर्ण भूमिका को स्वीकार किया है। 1960 से ही वह इस जीवन्त क्षेत्र के सन्तुलित विकास और मार्गदर्शन में अभिरुचि ले रही है। 1963 में डॉ. एच.जे. भाभा की अध्यक्षता में सरकार ने एक इलेक्ट्रॉनिक समिति का गठन किया। इसके उद्देश्य थे : (1) इलेक्ट्रॉनिक उपकरणों और पुर्जों की देश की माँग का अनुमान, (2) विद्यमान और भावी स्रोतों का सर्वेक्षण और यह सिफारिश करना कि उनका कैसे सर्वोत्तम उपयोग हो सकता है और कैसे उसकी क्षमता बढ़ाई जा सकती है और (3) इलेक्ट्रॉनिकी के नियोजित विकास के लिए क्या कदम उठाए जाएँ, उसकी सिफारिश करना जिससे कि अल्पतम समय में और मितव्ययिता से देश इलेक्ट्रॉनिकी के क्षेत्र में आत्मनिर्भर हो सके। भाभा समिति ने अपनी संस्तुतियाँ 1966 में प्रस्तुत कीं। तब से भारत में इलेक्ट्रॉनिकी उद्योग निरन्तर बढ़ रहा है। इस समिति ने उस समय विद्यमान इलेक्ट्रॉनिकी उद्योग की स्थिति और 1966-75 के बीच इलेक्ट्रॉनिकी उपकरणों की सम्भावित माँग का अनुमान लगाया और उसको पूरा करने के लिए सरकार को अपनी संस्तुतियाँ दीं। इस समिति की सिफारिशों के कार्यान्वयन के लिए भारत सरकार ने 1966 में डॉ. ए. साराभाई की अध्यक्षता में एक इलेक्ट्रॉनिकी समिति का गठन किया। इसने अनेक कार्यक्रम शुरू किए। कुछ वर्षों के अन्तराल के बाद 1970 में भारत सरकार ने मुम्बई में एक राष्ट्रीय इलेक्ट्रानिकी सम्मेलन का आयोजन किया जिसका उद्‌देश्य भाभा समिति के प्रकाशन से लेकर तब तक इलेक्ट्रानिकी उद्योग के विभिन्न पहलुओं पर विचार करना था। इस सम्मेलन के विचार-विनिमय के पश्चात भारत सरकार ने इलेक्ट्रॉनिकी उद्योग के विभिन्न पक्षों पर विचार करने के लिए अनेक पैनल गठित किए। इन्होंने इस उद्योग की प्रगति का पुनरीक्षण कर इस बात पर बल दिया कि तेजी से बदलती टेक्नोलॉजी के परिप्रेक्ष्य में यह निहायत जरूरी है कि अल्पतम समय में और सर्वोत्तम रीति से आत्मनिर्भरता प्राप्त

करने के लिए एक संगठन बनना चाहिए।

भारत सरकार ने 26 जून, 1970 को इलेक्ट्रॉनिक विभाग का गठन किया। इसके संविधान में इस विभाग के दायित्व हैं : (क) इलेक्ट्रॉनिकी का विकास और विभिन्न उपभोक्ताओं के बीच उनका समन्वय, (ख) इसके विभाग के कर्मियों के नियन्त्रण से सम्बद्ध मामले निपटाना, (ग) इलेक्ट्रॉनिकी प्रसंस्करण उपकरणों (कम्प्यूटरों) से सम्बन्धित आवश्यकताओं का समन्वय करना, (घ) कम्प्यूटर आधारित सूचना टेक्नोलॉजी और प्रसंस्करण से सम्बद्ध जिनमें हार्डवेयर और सॉफ्टवेयर (मशीन और कार्यक्रम) दोनों ही शामिल हैं; के मानकीकरण की कार्यप्रणाली और अन्तर्राष्ट्रीय समस्याओं जैसे आई.एफ. आई.पी., आई.एस.टी., टी.सी.सी. से सम्बन्धित मामलों का निस्तारण करना।

इसके बाद फरवरी, 1971 में प्रोफेसर एम.जी.के. मेनन की अध्यक्षता में सरकार ने एक इलेक्ट्रॉनिकी आयोग नियुक्त किया। इस आयोग का दायित्व था कि वह इलेक्ट्रॉनिकी के सम्पूर्ण क्षेत्र में अनुसन्धान और विकास और उसका उपयोग कार्यकलापों के बारे में नीति बनाए, सुदृढ़ तकनीकी और आर्थिक सिद्धान्तों के आधार पर उनका कार्यान्वयन करे और इस तरह देश को आत्मनिर्भर बनाने की दिशा में प्रोत्साहन और नियन्त्रण करने के कार्य करे। इस आयोग की स्थापना के बाद इलेक्ट्रॉनिकी विभाग इलेक्ट्रानिकी आयोग की समय-समय पर बनी विभिन्न नीतियों और निर्णयों के कार्यान्वयन का एक कार्यकारी अधिकारी बन गया। बृहद और लघु योजना बनाने, गहन तकनीकी आर्थिक विश्लेषण के लिए सही और समय पर सूचना के महत्त्व को समझाते हुए इलेक्ट्रॉनिकी आयोग ने एक सूचना विश्लेषण और नियोजन समूह (आई.पी.ए.जी.) स्थापित किया जिसका कार्य था इलेक्ट्रॉनिकी आयोग को अपेक्षित सूचनाएँ देना और साथ ही प्रयोगशालाओं, उद्योगों और ऐसे सब संस्थानों को जो इलेक्ट्रॉनिकी उद्योग की अभिवृद्धि से सम्बद्ध हैं, उनमें वह सूचनाएँ प्रसारित करना।

इलेक्ट्रॉनिकी नीति पर अनुसन्धान और विकास की एक राष्ट्रीय विकास गोष्ठी (जनवरी, 1973) की सिफारिशों के अनुसरण में इलेक्ट्रॉनिकी आयोग ने अक्तूबर, 1973 में टेक्नोलॉजी विकास परिषद् (टी.डी.सी.) स्थापित की जो इलेक्ट्रॉनिकी के अनुसन्धान और विकास के कार्यों की पूर्ति में उसे सहायता दे। इसके कार्य हैं : (1) उन क्षेत्रों का चयन करना जिनमें इलेक्ट्रॉनिकी अनुसन्धान और विकास की गहन आवश्यकता हो, (2) उनकी सापेक्ष प्राथमिकताएँ तय करना, (3) अनुसन्धान और विकास से अर्जित ज्ञान को उत्पादन तक स्थानान्तरित करने को सुनिश्चित करना तथा (4) उन क्षेत्रों की पहचान करना जिन्हें अनुसन्धान विकास और उत्पादन के लिए विदेशों से जानकारी लेनी हो जो इस उद्योग के विकास के वित्तीय साधनों के अनुकूल हैं और समय सीमा के अन्दर हैं। निम्न इलेक्ट्रॉनिकी क्षेत्रों के लिए काउंसिल ने 6 समूह गठित किए : (1) सामान और पुर्जे, (2) उपभोक्ता की इलेक्ट्रॉनिकी वस्तुएँ, (3) कम्प्यूटर, नियन्त्रण और औद्योगिक इलेक्ट्रॉनिकी, (4) रडार, सोनार और नौचालन में सहायक उपकरण, (5) संचार और प्रसारण तथा (6) विद्युत और यान्त्रिकी के पुर्जे और उपकरण। सरकार

ने उससे बाहर पारस्परिक लाभ के विचार विनिमय में सहायता देने के लिए इलेक्ट्रॉनिकी आयोग ने सितम्बर 1973 में एक इलेक्ट्रॉनिकी राष्ट्रीय सलाहकार समिति (एन.ए.सी.ई.), प्रोफेसर एम.जे.के. मेनन की अध्यक्षता में गठित की। इलेक्ट्रॉनिकी उद्योग की वृद्धि और विकास के सभी पहलुओं पर संवाद के लिए यह एक व्यापक मंच का काम करता है। इसके 80 सदस्य हैं जो सरकार के विभाग को और उद्योग और व्यापार, शैक्षणिक संस्थाओं, अनुसन्धान प्रयोगशालाओं, सार्वजनिक और लघु उद्योग क्षेत्रों से आते हैं। समिति पर औद्योगिक लाइसेंस, उद्योग संचालन, शिक्षा, प्रशिक्षण, जनशक्ति, विभिन्न क्षेत्रों की भूमिका इत्यादि की समस्याओं के समाधान तथा इलेक्ट्रॉनिक आयोग और इलेक्ट्रॉनिक विभाग पर विशिष्ट समस्याओं पर जो समय-समय पर उसके ध्यान में लाई जाती हैं, अपने व्यापक दृष्टिकोण को रखने का दायित्व है।

जनवरी, 1974 में इलेक्ट्रॉनिक विभाग में भारत सरकार द्वारा नेशनल रडार काउंसिल बनाई गई जो सैनिक सुरक्षा और गैर सैनिक क्षेत्र में रडार और सोनार की आवश्यकताओं से सम्बन्धित अनुसन्धान और विकास में एकीकृत रूप से और अधिकतम आत्मनिर्भरता के आधार पर उचित समन्वय सुनिश्चित कर सके।

इलेक्ट्रॉनिकी विभाग ने कलकत्ता और चंडीगढ़ में क्षेत्रीय कम्प्यूटर केन्द्र को सहायता दी है। यह केन्द्र सम्बन्धित राज्यों में सोसायटी रजिस्ट्रेशन एक्ट के अन्तर्गत गठित बिना मुनाफे पर चलनेवाले संस्थान हैं। इनका काम विभिन्न क्षेत्रों के कम्प्यूटर सम्बन्धी आवश्यकताओं, उनमें सभी क्षेत्रों में कम्प्यूटर सम्बन्धी जानकारी को बढ़ाने चाहे वह सरकार, उद्योग, शिक्षा या व्यापार आदि से सम्बन्धित हो, के लिए सुविधाएँ प्रदान करना है। यह भी आशा की जाती है कि यह केन्द्र कम्प्यूटर, जनशक्ति के विकास में महत्त्वपूर्ण योगदान करेगा।

1974 के अन्त में यू.एन.डी.पी. की 2.2 करोड़ रु. की सहायता से भारत सरकार ने सॉफ्टवेयर का नेशनल सेंटर ऑफ डेवलपमेंट और कम्प्यूटिंग टेक्निक्स (एन.सी.एस.डी.सी.टी.) स्थापित किया। इसका मूल उद्देश्य एक राष्ट्रीय संस्थान के रूप में कम्प्यूटर टेक्नोलॉजी और कम्प्यूटरीकृत इकाइयों के लिए कार्यों में योगदान देना है। इसका प्रबन्ध टाटा इंस्टीट्यूट ऑफ फंडामेंटल रिसर्च द्वारा किया जाता है। इस केन्द्र और अन्य राष्ट्रीय और क्षेत्रीय कम्प्यूटर केन्द्रों में घनिष्ठ समन्वय की आवश्यकता को देखते हुए यह निर्णय किया गया कि एन.सी.एस.डी.सी.टी. को इलेक्ट्रॉनिकी विभाग में स्थानान्तरित कर दिया जाए। इस केन्द्र में वृहद् ड्यूअल प्रोसेसर कम्प्यूटर सिस्टम, डी.ई.सी. 1077 है तथा उसमें अन्तःसक्रिय ग्राफिक की सुविधा भी है।

इलेक्ट्रॉनिकी विभाग इलेक्ट्रॉनिक उद्योग, विशेषकर उसके मानकीकरण, गुणवत्ता और उत्पादकता सुधार, उपकरण, डिजाइन सेंटर इत्यादि की समुचित वृद्धि और उसकी अवस्थापना में सहयोग और सुविधा प्रदान करने के लिए बनाया गया है। इस कार्यक्रम के अन्तर्गत एकीकृत परीक्षण और केलीब्रेशन सुविधा का देशव्यापी जाल बिछाना है। यह इलेक्ट्रॉनिक टेस्ट डेवलपमेंट सेंटर, एशेलान त्रिस्तरीय रचना है। इलेक्ट्रॉनिकी

डेवलपमेंट रीजनल लेबोरेटरी द्वितीय स्तर पर है और प्राइमरी केलीब्रेशन सुविधा प्रथम स्तर पर नेशनल फिजिकल लेबोरेटरी में कार्य करती है। इस कार्यक्रम के अन्तर्गत अभी तक 16 इलेक्ट्रॉनिक परख और 4 इलेक्ट्रॉनिक क्षेत्रीय प्रयोगशालाएँ हैं। इन समस्त कार्यक्रमों का एक शीर्ष अभिकरण है जो क्षेत्रीय सलाहकार समिति और इलेक्ट्रॉनिक टेस्ट एंड डेवलपमेंट सेंटर है। शैक्षणिक संस्थाओं में दिए गए प्रशिक्षण और उत्पादन के लिए अपेक्षित कार्यक्षमता के बीच की खाई को पाटने के लिए इंडियन इंस्टीट्यूट ऑफ साइंस बंगलौर में 1976 में स्विस फेडरल इंस्टीट्यूट ऑफ टेक्नोलॉजी एंड इलेक्ट्रॉनिकी कमीशन के सहयोग से इलेक्ट्रॉनिक डिजाइन टेक्नोलॉजी का एक केन्द्र स्थापित किया गया। इस केन्द्र की सफलता के फलस्वरूप इलेक्ट्रॉनिकी विभाग ने 1980-85 के योजना काल में ऐसे अन्य तीन केन्द्र उत्तर-पूर्व और पश्चिमी क्षेत्रों में स्थापित किए।

इलेक्ट्रॉनिकी विभाग के नियन्त्रण में तीन सार्वजनिक क्षेत्रों की इकाइयाँ भी हैं। ये हैं : कम्प्यूटर मेंटेनेंस कारपोरेशन, नई दिल्ली में 1975 में स्थापित हुई जो कम्प्यूटर से सम्बन्धित सब प्रकार की सुविधाएँ देती है, जैसे उपयुक्तता, अध्ययन, स्थल चयन कर फिर इकाई लगाना और चलाना और उसे गारंटी प्रदान करना, कम्प्यूटर केन्द्र की सेवा, सलाह और ग्राहकों को प्रशिक्षण, निरन्तर अनुसन्धान और विकास की सुविधाएँ देना है। 1974 में नई दिल्ली में ही एक इलेक्ट्रॉनिकी ट्रेड इन टेक्नोलॉजी डेवलपमेंट कारपोरेशन स्थापित किया गया। इसका उद्देश्य विदेशों में निर्यात के लिए इलेक्ट्रॉनिकी वस्तुओं को भेजने और विशेषकर निर्यात को बढ़ावा देना था। चंडीगढ़ स्थित सेमी-कंडक्टर कम्पलेक्स भी इलेक्ट्रॉनिकी विभाग के नीचे काम करता है।

पर्यावरण विभाग

आर्थिक विकास के लिए नियोजन की प्रक्रिया में पर्यावरण संरक्षण की अवधारणा को समन्वित करने के विचार को सर्वप्रथम चौथी पंचवर्षीय योजना 1969-74 में स्पष्टतः पोषित किया गया। 1972 में विज्ञान एवं टेक्नोलॉजी विभाग के नीचे पर्यावरण की समस्याओं पर अनुसन्धान को प्रोत्साहित करने के लिए एक राष्ट्रीय पर्यावरण योजना और समन्वय समिति–सेशनल कमेटी ऑन इनवायरमेंटल प्लानिंग एंड कोआर्डीनेशन (एन.सी.ई.पी.सी.) गठित की गई। बाद में मानव और जीवमंडल (मैन एंड बायोस्फीयर) और पर्यावरण अनुसन्धान समिति (इनवायरमेंटल रिसर्च कमेटी) भी गठित की गई। इसमें पहली का काम पारिस्थितिकी तन्त्रों के संरक्षण और प्राकृतिक पारिस्थितिकी तन्त्र के लिए और दूसरी का मानव बस्तियों में प्रदूषण ग्रामीण पर्यावरण से सम्बन्धित पहलुओं का अध्ययन करना है। इन समितियों ने अनेक अनुसन्धानों और विकास परियोजनाओं को आर्थिक सहायता दी है। फरवरी 1988 में योजना आयोग के उपाध्यक्ष की अध्यक्षता में एक उच्च स्तरीय समिति, पर्यावरणीय संरक्षण को सुनिश्चित करने के लिए क्या कदम उठाया जाए, संस्तुति देने के लिए बनाई गई। सितम्बर 1980 में इसने अपना प्रतिवेदन प्रस्तुत किया। इसकी एक सिफारिश थी कि एक पृथक पर्यावरण विभाग खोला जाए।

फलस्वरूप भारत सरकार ने 1 नवम्बर 1980 को इसे प्रधानमन्त्री सचिवालय के अधीन खोला। यह विभाग पर्यावरण कार्यक्रमों के नियोजन, प्रोत्साहन और समन्वय और प्रशासनिक संरचना का केन्द्र बिन्दु है। विभिन्न क्षेत्रों में पर्यावरण नीति का मार्गदर्शक नीति निर्धारण, विकास परियोजना का पर्यावरणीय मूल्यांकन, पर्यावरण और पारिस्थितिक विकास कार्यकलापों और पर्यावरण अनुसन्धान को प्रोत्साहन, पर्यावरण सम्बन्धी सूचनाएँ, शिक्षा और इस दिशा में अन्तर्राष्ट्रीय सहयोग इस विभाग के मुख्य कार्य हैं। प्राकृतिक संसाधनों के अनुसन्धान के लिए बोटेनिकल सर्वे ऑफ इंडिया, जूलोजिकल सर्वे ऑफ इंडिया इसके मुख्य साधन हैं। नेशनल म्यूजियम ऑन नेचुरल हिस्ट्री भी इसी विभाग के अन्तर्गत हैं और वह पर्यावरणीय शिक्षा और सूचनाओं को बढ़ावा देते हैं। जल और वायु के प्रदूषण को नियन्त्रित करने का कार्यकारी दायित्व सेंटर बोर्ड फॉर दि प्रीवेंशल एंड कंट्रोल ऑफ वाटर पाल्यूशन बोर्ड का है। यह एक विधिसम्मत अधिसत्ता है जो 1982 से इस विभाग से सम्बद्ध है।

नीतियों और प्राथमिकताओं पर विभाग को राजकीय पर्यावरणीय योजना समिति और अन्य विशेषज्ञ संस्थाएँ सलाह देती हैं। इसमें व्यापक हितों, विज्ञानों और विश्वविद्यालयों का विशेषज्ञ प्रतिनिधित्व करता है जो सरकारी विभागों, शैक्षणिक अनुसन्धान संस्थानों से लिए जाते हैं। विभाग द्वारा अन्य विशेषज्ञ समिति में कार्यकारी दल शामिल हैं जो पश्चिमी घाट, हिमालय क्षेत्र, गंगा के कछार के लिए समन्वित अनुसन्धान कार्यक्रम बनाते हैं।

पर्यावरण से सम्बन्धित अनुसन्धान को प्रोत्साहन और सुविधाएँ देना तथा इसके लिए अवस्थापना का निर्माण पर्यावरण विभाग के मुख्य कार्य हैं। इस कार्य के लिए विभाग ने मानव और जीवमंडल समिति तथा पर्यावरणीय अनुसन्धान समिति बनाई है। यह दोनों समितियाँ पर्यावरणीय अनुसन्धान की प्राथमिकताओं की संस्तुतियाँ करती हैं और देश से प्राप्त अनुसन्धान प्रस्तावों की जाँच करती हैं तथा प्रत्येक परियोजना का मूल्यांकन कर अनुसन्धान की खोजों के कार्यान्वयन के लिए उचित साधन अपनाने के लिए सिफारिश करती हैं।

विभाग का पारिस्थितिकी विकास कार्यक्रम निम्न कार्य सम्पादित करता है : (क) खराब हुई पारिस्थितिकी का जीर्णोद्धार, (ख) समय से पारिस्थितिकी की भावी हानि को देखना, (ग) वातावरणीय संरक्षण के अनुकूल विकास रणनीति को प्रोत्साहित करना। पारिस्थितिकी विकास बोर्ड एक उच्च्व स्तरीय सलाहकार समिति है जो पारिस्थितिकी कार्यक्रमों को सर्वांगीण मार्गदर्शन प्रदान करने के लिए अगस्त 1981 में गठित की गई थी।

वन्य जीवन से सम्बन्धित कार्य जो पहले कृषि और सहकारिता विभाग के वन विभाग में था, उसे सितम्बर 1982 में पर्यावरण विभाग को स्थानान्तरित कर दिया गया। इस कार्यक्रम में इंडियन बोर्ड ऑफ वाइल्ड लाईफ विभाग को सहायता देता है। विभाग के अन्तर्गत दिल्ली का चिड़ियाघर भी है। देश में एकमात्र प्राणीविज्ञान पार्क होने के नाते भारत सरकार ने 1982 में इसका दर्जा नेशनल जूलोजिकल पार्क का बना दिया है।

वातावरणीय अनुश्रवण के लिए विभाग ने राष्ट्रीय वातावरणीय अनुश्रवण संगठन बनाया है। जल (प्रदूषण निरोध एवं नियन्त्रण) अधिनियम 1974, 23 मार्च 1974 से प्रभावी हो गया। परिणामतः सितम्बर 1974 में केन्द्रीय प्रदूषण निरोध और नियन्त्रण बोर्ड बना जो जल अधिनियम की धाराओं को कार्यान्वित कर सके। 1981 में वायु (प्रदूषण निरोध एवं नियन्त्रण) अधिनियम बना और वह 16 मई 1981 से लागू हुआ है। इसी तरह राज्यों के बोर्ड भी अपने-अपने क्षेत्रों में वायु प्रदूषण के निरोध और नियन्त्रण का कार्य करते हैं।

महासागर विकास विभाग

देश के महासागरीय अनुसन्धान के नियोजन, समन्वय और विकास की स्वदेशी क्षमता को विकसित करने के उद्देश्य से भारत सरकार ने 1976 में विज्ञान एवं प्रौद्योगिकी विभाग द्वारा एक महासागरीय विज्ञान एवं टेक्नोलॉजी एजेंसी स्थापित की। प्रधानमन्त्री इसकी प्रबन्ध समिति के अध्यक्ष हैं। इसमें एक पृथक विभाग सागरीय विकास एवं अनुसन्धान फंड स्थापित किया। महासागरीय विकास विभाग ने 1981 से कैबिनेट सचिवालय के अधीन कार्य करना शुरू किया और मार्च, 1982 में एक राज्यमन्त्री के अधीन एक पृथक विभाग के रूप में कार्य शुरू किया। महासागरीय विकास विभाग निम्न कार्यों का सम्पादन करता है :

(1) महासागर से सम्बन्धित मामले जो किसी अन्य मन्त्रालय/विभाग के पास न हों।

(2) महासागर से सम्बन्धित नीतियाँ जिनमें समन्वय, सुरक्षा, नियमन और विकास शामिल हैं।

(क) अनुसन्धान जिसमें सैद्धान्तिक शोध भी शामिल है और उसका उपयोग, (ख) टेक्नोलॉजी का विकास, (ग) जीवित और अजीवित संसाधनों का सर्वेक्षण, उनके नक्शे बनाना, (घ) संरक्षण, परिरक्षण और सुरक्षा, (च) उपयुक्त कौशल और जनशक्ति का विकास, (छ) तकनीकी सहयोग और (ज) उपरोक्त विषयों से सम्बन्धित कानून बनाना।

राष्ट्रीय और अन्तर्राष्ट्रीय स्तर पर विभाग महासागरीय विकास के नए एवं उदीयमान कार्यक्रमों को कार्यान्वित करता है।

विभाग ने पूर्णतः या अंशतः अन्य कार्यक्रमों को सहायता दी है। इनमें से दो कार्यक्रम हैं जिन्हें पूर्ण सहायता दी गई। ये हैं : अंटार्कटिका अनुसन्धान और हिन्द महासागर में बहुधात्विक पिंडों की खोज। अंटार्कटिका अनुसन्धान कार्यक्रम के अन्तर्गत विभाग ने दक्षिण हिन्द महासागर और अंटार्कटिका में 1981-82 और 1982-83 में अभियान दल भेजे। 1985-86 में उसने अंटार्कटिका में एक सामान्य केन्द्र स्थापित किया जहाँ वैज्ञानिक पर्यवेक्षण होते रहे हैं।

विज्ञान एवं प्रौद्योगिकी विभाग

विज्ञान एवं टेक्नोलॉजी विभाग 1970 में स्थापित हुआ। इसके मुख्य दायित्व थे : (1) विज्ञान एवं टेक्नोलॉजी के नए क्षेत्रों को बढ़ाना, (2) विज्ञान एवं टेक्नोलॉजी के सर्वेक्षण, अनुसन्धान, डिजाइन और विकास करना या उन्हें वित्तीय सहायता देना, (3) राष्ट्रीय अनुसन्धान संस्थान और वैज्ञानिक संस्थाओं की सहायता करना, (4) विज्ञान एवं टेक्नोलॉजी से सम्बन्धित कार्यों का समन्वयन और विशिष्ट क्षेत्रों में अन्तर्राष्ट्रीय सहयोग स्थापित करना, (5) देशज टेक्नोलॉजी को प्रोत्साहन देना और उसका पोषण करना, (6) वैज्ञानिक और तकनीकी सूचनाओं का प्रसार, (7) विज्ञान एवं टेक्नोलॉजी के क्षेत्र में बहुसंस्थानीय अन्तर्वैज्ञानिक समन्वय और (8) कैबिनेट की विज्ञान और सलाहकार समिति की सहायता।

विज्ञान एवं टेक्नोलॉजी के अनेक और नवोदित क्षेत्रों में समन्वय और उसका विस्तार विभाग का दायित्व है। विभाग की विज्ञान एवं इंजीनियरी अनुसन्धान परिषद् विभिन्न क्षेत्रों में सीमान्त अनुसन्धान को सहायता देती है। वैज्ञानिकों की एक उच्च स्तरीय समिति जनरल रिसर्च फंड को प्रस्तुत प्रस्तावों की जाँच करती है। विज्ञान एवं टेक्नोलॉजी के प्रोत्साहन का एक मुख्य अंग देश के वैज्ञानिक समुदायों के लिए अपेक्षित अवस्थापना सुविधाओं का सुदृढ़ीकरण है। इसे ध्यान में रखकर एक रीजनल सोफेस्टीकेटेड इंस्ट्रूमेंट केन्द्र बनाया गया। अभी तक देश में ऐसे सात केन्द्र स्थापित किए जा चुके हैं। राज्य स्तर पर विज्ञान एवं टेक्नोलॉजी के कार्यों को बढ़ावा देने के लिए 1981-82 में साइंस एवं टेक्नोलॉजी की राज्य परिषदें गठित की गईं। 1982-83 के अन्त में विज्ञान एवं टेक्नोलॉजी की ये परिषदें 16 राज्यों में कार्य करने लगी हैं। इसके अलावा सभी राज्यों में भी इस प्रकार की परिषदें स्थापित हैं या विचाराधीन हैं।

देशज टेक्नोलॉजी को प्रोत्साहन देने पर विशेष ध्यान दिया गया है और उसके लिए कुछ कदम उठाए गए हैं, जैसे कि उद्योगों में स्थापित अनुसन्धान और विकास इकाइयों का पंजीकरण, वैज्ञानिक अनुसन्धान पर व्यय की गई धनराशि के लिए वित्तीय रियायतें और वैज्ञानिक शोध के लिए विभाग द्वारा स्वीकृत कार्यक्रमों के लिए वित्तीय सहायता। देशज टेक्नोलॉजी के व्यवसायीकरण के लिए ऊँची दर पर विदेश/भत्ते देने का प्रावधान है। अभी तक ऐसी 836 इकाइयाँ पंजीकृत हो चुकी हैं।

देश में विकसित अधिकांश नई तकनीकों को नेशनल रिसर्च डेवलपमेंट कारपोरेशन ऑफ इंडिया (एन.आर.डी.सी.) नई दिल्ली, जो एक सार्वजनिक क्षेत्र की इकाई है, के माध्यम से लाइसेंस दिए गए हैं। पिछले चार दशकों में यह इकाई देश में टेक्नोलॉजी के व्यवसायीकरण और स्थानान्तरण को बढ़ावा दे रही है। इसके लिए यह हिस्सा पूँजी लेकर विकास के लिए वित्तीय सहायता देकर ऊपर से नीचे टेक्नोलॉजी का स्थानान्तरण करा कर और निर्यात में सहायता करती है। 1974 में डी.एस.टी. के प्रशासनिक दायरे में एक सेंट्रल इलेक्ट्रॉनिक्स लि. (सी.ई.एल.) नाम की संस्था गठित की गई। इसका उद्देश्य राष्ट्रीय प्रयोगशालाओं और सार्वजनिक उपक्रमों में विकसित इलेक्ट्रॉनिक पुर्जों,

उपकरणों और पद्धतियों का व्यवसायीकरण था। इसने फोटोवाल्टैक प्रणाली और देशज सिरेमिक उत्पादों को बढ़ावा दिया है।

सूचना के क्षेत्र में डी.एस.टी. ने 1974 में नेशनल इनफारमेशन सिस्टम फॉर साइंस एंड टेक्नोलॉजी (एन.आई.एस.एस.ए.टी.) स्थापित किया। इसमें चमड़ा, औषधियाँ और खाद्य पदार्थों के विद्यमान सूचना-केन्द्रों में एक नया केन्द्र जोड़ा, वह था क्रिस्टलोग्राफी केन्द्र।

कैबिनेट की वैज्ञानिक सलाहकार समिति की सिफारिशों के फलस्वरूप 18 जनवरी, 1982, को एक राष्ट्रीय बायोटेक्नोलॉजी बोर्ड स्थापित किया गया। इसका मुख्य उद्देश्य एक समन्वित अल्प और दीर्घकालीन अनुसन्धान और विकास योजनाएँ बनाना तथा ज्ञात टेक्नोलॉजी का उपयोग, आवश्यकतानुसार विद्यमान अवस्थापना को सुदृढ़ करने और बायोटेक्नोलॉजी के नए क्षेत्रों में केन्द्र स्थापित करना था।

विज्ञान एवं टेक्नोलॉजी कर्मियों के रोजगार और जनशक्ति नियोजन के लिए नेशनल साइंस एंड टेक्नोलॉजी इंटरप्रेन्योरशिप डेवलपमेंट बोर्ड की स्थापना की गई। इस बोर्ड के मुख्य उद्देश्य योग्य वैज्ञानिक और तकनीकी कर्मियों की बेकारी और अल्प रोजगार समस्याओं का समाधान करना था और इच्छुक उद्यमियों को उत्पादन इकाइयाँ स्थापित करने के लिए केन्द्रीय स्तर पर एक ही स्थान पर समस्त सुविधाएँ दिलाना और इस प्रकार रोजगार के अधिक अवसर प्रदान करना था।

सर्वे ऑफ इंडिया नेशनल एटलस थीमेटिक एंड मैपिंग आर्गनाइज़ेशन देश के विभिन्न प्रकार के नक्शे तैयार करती है जिसकी सेना व अन्य कार्यों के लिए जरूरत पड़ती है। सर्वे ऑफ इंडिया ने अनेक राष्ट्रीय महत्त्व के कुछ अन्य विकास सर्वेक्षण और मानचित्र परियोजनाएँ भी अपने हाथ में लीं हैं जो कोयले की खदानों, ऊर्जा उत्पादन, संचार, बाढ़ नियन्त्रण, जल आपूर्ति, वानिकी, कैंटूनमेंट क्षेत्रों और भारतीय सेना के चार्ट, ज्वार-भाटे के उतार-चढ़ाव और नहरों के क्षेत्र विकास से सम्बन्धित नक्शे तैयार किए हैं। प्रोटोटाईग फैब्रीकेशन और तैज्ञानिकों के प्रशिक्षण के भी अनेक कार्यक्रम चालू किए गए हैं।

विज्ञान एवं टेक्नोलॉजी विभाग देश की कुछ स्वायत्त वैज्ञानिक संस्थाओं को पूर्ण या आंशिक वार्षिक वित्तीय सहायता भी देता है। इनमें से अनेक संस्थाएँ सोसायटीज़ रजिस्ट्रेशन एक्ट के अन्तर्गत पंजीकृत हैं। ये हैं : (1) बीरबल साहनी इंस्टीट्यूट ऑफ फेलियोबोटनी, लखनऊ, (2) बोस इंस्टीट्यूट, कलकत्ता, (3) इंडियन एसोसिएशन फॉर दि कल्टीवेशन ऑफ साइंस, कलकत्ता, (4) महाराष्ट्र एसोसिएशन फॉर दि कल्टीवेशन ऑफ साइंस, पुणे, (5) नेशनल इंस्टीट्यूट ऑफ इम्यूनोलॉजी, नई दिल्ली, (6) पद्मजा नायडू हिमालयन जूलोजिकल पार्क, दार्जलिंग (7) रमन रिसर्च इंस्टीट्यूट, बंगलौर, (8) श्रीचित्रा निरुनल इंस्टीट्यूट फॉर मेडिकल साइंस एंड टेक्नोलॉजी, त्रिवेन्द्रम, (9) वाडिया इंस्टीट्यूट ऑफ हिमालयन जिओलॉजी, देहरादून।

अन्तरिक्ष विभाग

अन्तरिक्ष अनुसन्धान के क्षेत्र में प्रथम प्रयास 19वीं सदी के तीसरे दशक में शुरू हुआ जब 1823 में मुम्बई में कोलाबा वेधशाला स्थापित की गई और उसके बाद 1875 में भारतीय मौसम विज्ञान विभाग की स्थापना हुई। लगभग एक सदी के बाद 1926 में कलकत्ता विश्वविद्यालय में आयनमंडलीय अध्ययन आरम्भ हुआ। 20वीं सदी के प्रारम्भ में उच्च वायुमंडल भौतिकी और तारा भौतिकी के क्षेत्रों में कार्य आरम्भ हुआ और यह मुख्यतः व्यक्तियों और विश्वविद्यालयों तक ही सीमित रहा। वित्तीय सहायता और जनशक्ति के बढ़ने पर कास्मिक किरणों और उच्च वायुमंडल की भौतिकी पर ध्यान केन्द्रित किया गया। फिर इन कार्यों में सहज रूप से नाभिकीय भौतिकी पर टाटा इंस्टीट्यूट ऑफ फंडामेंटल रिसर्च, मुम्बई में कार्य शुरू हुआ और पृथ्वी के पर्यावरण, अन्तःतारकीय अन्तरिक्ष, सौर भौतिकी और खगोल विज्ञान पर अहमदाबाद की राष्ट्रीय भौतिक अनुसन्धान प्रयोगशाला में और बाद में दिल्ली की राष्ट्रीय भौतिक प्रयोगशाला में अनुसन्धान किए गए।

इस पृष्ठभूमि में परमाणु ऊर्जा विभाग जिसे भारत सरकार ने 1961 में बाह्य अन्तरिक्ष में शान्तिमय उपयोग के लिए शुरू किया और फिर 1962 में भारतीय राष्ट्रीय अन्तरिक्ष अनुसन्धान समिति की स्थापना अन्तरिक्ष कार्यक्रम को सहायता देने के लिए हुई। 1963 में इस क्षेत्र में एक महत्त्वपूर्ण कदम उठाया गया। वह था–भारत में प्रथम रॉकेट प्रक्षेपण की सुविधा की स्थापना थुम्बा में अन्तर्राष्ट्रीय सहयोग से की गई (थुम्बा इक्वीटोरियल रॉकेट लांचिंग (विषुवतीय रॉकेट प्रशिक्षण केन्द्र) पर अन्तरिक्ष विज्ञान ने अपने स्वयं के साउंडिंग रॉकेट और वैज्ञानिक उपकरण (पेलोड) पर काम शुरू किया। वैज्ञानिक संचार की महत्त्वपूर्ण भूमिका और इस क्षेत्र में प्रशिक्षित जनशक्ति की आवश्यकता को देखते हुए 1967 में अहमदाबाद में यू.एन.डी.पी. और आई.टी.यू. की सहायता से एक एक्सपेरीमेंटल सेटीलाइट कम्यूनिकेशन अर्थ स्टेशन स्थापित किया गया। इन कार्यों के विस्तार के फलस्वरूप संगठनात्मक परिवर्तन भी हुए। 1969 में परमाणु ऊर्जा विभाग ने भारतीय अन्तरिक्ष संगठन (इसरो) स्थापित किया।

अन्तरिक्ष अनुसन्धान के महत्त्व को समझते हुए भारत सरकार ने 1972 में एक अन्तरिक्ष आयोग और अन्तरिक्ष विभाग कायम किया। बाद में आई.एन.सी.ओ.एस.पी.आर. इंडियन नेशनल साइंस एकेडमी की एक समिति बन गई। अन्तरिक्ष विज्ञान और टेक्नोलॉजी के प्रोत्साहन, विकास और व्यवहार का दायित्व अन्तरिक्ष आयोग का है। इस आयोग के कार्यों में नीति निर्धारण, अन्तरिक्ष विभाग का बजट बनाना और अन्तरिक्ष सम्बन्धित नीतियों का कार्यान्वयन है। अन्तरिक्ष सम्बन्धी समस्त कार्य इसके द्वारा सम्पादित होते हैं। अन्तरिक्ष अनुसन्धान सम्बन्धी अन्य सब अभिकरणों के कार्यों को इसके अन्तर्गत ला दिया गया। यह विभाग सीधे प्रधानमन्त्री के अधीन है। अन्तरिक्ष आयोग के अध्यक्ष, भारत सरकार के अन्तरिक्ष विभाग के सचिव होते हैं।

अन्तरिक्ष विभाग अन्तरिक्ष विज्ञान, टेक्नोलॉजी और उसके उपयोग सम्बन्धी कार्यों

को मुख्यतः इसरो द्वारा सम्पादित करता है। इनके मुख्यालय अन्य केन्द्रों का व्यापक मार्गदर्शन करते हैं और उनके तकनीकी, वैज्ञानिक और प्रशासनिक कार्यों का मार्गदर्शन और निर्देशन करते हैं। इसरो के केन्द्र हैं : स्पेस एप्लीकेशन्स सेंटर, अहमदाबाद, सैटलाइट सेंटर और आक्सीलरी प्रोपुल्शन सिस्टम यूनिट, बंगलौर, विक्रम साराभाई स्पेस सेंटर, त्रिवेंद्रम, एस.एच.ए.आर. सेंटर, श्रीहरिकोटा। इसका सिविल इंजीनियरिंग विभाग इमारत आदि निर्माण का कार्य करता है। विभाग द्वारा सहायता प्राप्त भौतिक अनुसन्धान प्रयोगशाला अहमदाबाद और नेशनल रिमोट सेंसिंग एजेंसी, सिकन्दराबाद भी स्पेस और सम्बन्धित विज्ञानों पर कार्य करते हैं।

अन्तरिक्ष विज्ञानों के लिए 1980 में स्थापित अन्तरिक्ष विभाग का उद्देश्य देश के विभिन्न संगठनों में कार्य कर रहे भारतीय वैज्ञानिकों को उच्च कोटि के अन्तरिक्ष और सम्बद्ध क्षेत्रों में अनुसन्धान को प्रोत्साहित करना है।

1976 से इसरो अपने रिस्पांड कार्यक्रम के अन्तर्गत विश्वविद्यालय में अनुसन्धान और विकास परियोजनाओं को सहायता दे रहा है। यह सहायता मुख्यतः अन्तरिक्ष विज्ञान के विकासशील पहलू, टेक्नोलॉजी और उसके उपयोग से सम्बन्धित है। इसके अलावा यह विशेष उपकरणों की खरीद और उनको चलाने के व्यय की भी व्यवस्था करता है और मुख्य अन्वेषणकर्ता को अन्य सुविधाएँ उपलब्ध कराता है। अभी तक इसने 161 अनुसन्धान और विकास परियोजनाओं को सहायता दी है जिसमें से 70 परियोजनाएँ पूरी हो चुकी हैं।

रक्षा मन्त्रालय

केन्द्रीय मन्त्रिमंडल की समग्र जिम्मेदारी के अधीन और उसके मार्गदर्शन में रक्षा मन्त्रालय देश की रक्षा से सम्बन्धित दायित्व को निभाता है। सुरक्षा मन्त्रालय मुख्यतः चार विभागों में संगठित है : (1) रक्षा और विकास अनुसन्धान विभाग, (2) रक्षा उत्पादन विभाग, (3) रक्षा विभाग और (4) रक्षा आपूर्ति विभाग।

रक्षा अनुसन्धान और विकास विभाग

रक्षामन्त्री का वैज्ञानिक सलाहकार जो इस विभाग का सचिव भी है, इसका अध्यक्ष है और यह लॉजेस्टिक्स सैनिक कार्यों, उपकरणों, संभार तन्त्र, अनुसन्धान, डिजाइनें (तीनों सैन्य सेवाओं की) और विकास परियोजनाएँ बनाता है। विभाग के ऊपर रक्षा अनुसन्धान और विकास संगठन का दायित्व है।

पहले रक्षा बलों की तकनीकी आवश्यकताएँ सीमित रूप में कई तकनीकी विकास इकाइयों द्वारा की जाती थीं। 1948 में सैन्य रक्षा संगठन स्थापित हुआ। यह अनुभव किया गया कि स्वतन्त्र भारत के लिए दीर्घकाल तक आयात पर निर्भर नहीं रहा जा सकता।

1958 में टेक्नोलॉजी डेवलपमेंट सैटिलमेंट रक्षा विज्ञान संगठन के साथ मिला दिया गया और तब रक्षा विज्ञान संगठन बना जिसे निम्न कार्य सौंपे गए :

(क) खोजों का उपयोग कर हथियारों को डिजाइन करना और उन्हें विकसित करना और सेना की समस्याओं के समाधान के लिए व्यावहारिक अनुसन्धान करना।

(ख) सैन्य बलों की युद्ध की आवश्यकताओं को ध्यान में रखकर उपकरण और हथियारों के डिजाइन बनाना और विकास करना।

(ग) सेना मुख्यालय को वैज्ञानिक सलाह देना।

(घ) देश में डिजाइन किए गए हथियारों और उपकरणों की परीक्षा करना और उनका मूल्यांकन करना।

(च) नए उपकरणों के विकास के लिए समझौते और करार करना और तकनीकी मार्गदर्शन देना।

रक्षा अनुसन्धान और विकास संगठन ने सुरक्षा के लिए अपेक्षित वैज्ञानिक और टेक्नोलॉजी की अवस्थापना और क्षमता स्थापित की है। अनुसन्धान और विकास के कुछ प्रमुख क्षेत्र हैं : हथियार, इलेक्ट्रॉनिक, रॉकेट, मिसाइल, नौसेना विज्ञान और टेक्नोलॉजी इंजीनियरी, वाहन और साज सामान की टेक्नोलॉजी, सूक्ष्म और जटिल हथियारों के डिजाइन करना और उनको बनाना। इसके लिए 37 सुसज्जित प्रयोगशालाएँ और संस्थान हैं।

डी.आर.डी.ओ. की अनुसन्धान और विकास गतिविधियों को दो स्पष्ट श्रेणियों में विभाजित किया जा सकता है :

(1) वह परियोजनाएँ जो विशिष्ट सैन्य सेवाओं के स्टाफ प्रोजेक्ट के विशिष्ट गुणात्मक आवश्यकताओं पर आधारित हैं। (2) दूसरी परियोजनाएँ वे हैं जिन्हें दक्षता वृद्धि परियोजनाएँ कहते हैं। इसी के साथ समसामयिक और भावी सैनिक दक्षता को बढ़ाने का प्रयास प्रगति पर है।

रक्षा उत्पादन विभाग

रक्षा उत्पादन विभाग 1962 में स्थापित किया गया। इसका मुख्य उद्‌देश्य था सुरक्षा की आवश्यकताओं के क्षेत्र में आत्मनिर्भरता और स्वावलम्बन प्राप्त करना। विभाग का यह भी प्रयास रहा है कि वह सहायक उद्योगों को भी प्रोत्साहित करे और उनकी मानक गुणवत्ता और विश्वसनीयता को भी कायम रखे। उपकरणों के मानकीकरण का भी प्रयास किया जाता है जिससे कि सैन्य बलों की वस्तु सूची (इन्वेंटरी) कम की जा सके।

विभिन्न उपकरणों और सामानों का उत्पादन विभागीय आर्डनेंस फैक्टरियों, रक्षा और सार्वजनिक उपक्रमों में किया जा रहा है। स्वदेशीकरण के अलावा उत्पादन प्रणाली को अद्यतन और आधुनिकतम बनाने का भी प्रयास रहता है। उपरोक्त उत्पादन इकाइयों के अलावा विभाग डायरेक्ट्रेट जनरल ऑफ इंस्पेक्शन्स, डायरेक्ट्रेट ऑफ प्लानिंग कोआर्डीनेशन्स एंड डायरेक्ट्रेट ऑफ स्टैंडरलाइजेशन के लिए भी उत्तरदायी है।

सार्वजनिक क्षेत्र के उद्यम

रक्षा उत्पादन विभाग के अन्तर्गत नौ सार्वजनिक उद्यम इसके प्रशासनिक नियन्त्रण में हैं। ये हैं–हिन्दुस्तान एरोनाटिक लि., भारत इलेक्ट्रिकल लि., भारत अर्थ मूवर्स लि., महागाँव डाक लि., गार्डन रीच शिव बिल्डर्स एंड इंजीनियर्स लि., गोवा शिवयार्ड लि., प्राग टूल्स लि., भारत डायनिमिक लि., और मिश्रधातु निगम।

ऊर्जा मन्त्रालय

1974 में ऊर्जा मन्त्रालय बना। इसमें कोयला और ऊर्जा विभाग शामिल थे। सितम्बर, 1982 में इसका पुनर्गठन और विस्तार हुआ और इसमें अन्य दो विभाग जुड़े। पेट्रोलियम विभाग और गैर-परम्परागत ऊर्जा स्रोत विभाग। इससे पहले यह विभाग पूर्व-पेट्रोलियम, रसायन, फर्टीलाइजर और विज्ञान एवं टेक्नोलॉजी विभाग के अंग थे।

ऊर्जा मन्त्रालय ऊर्जा क्षेत्र और ऊर्जा संसाधनों के विकास के लिए सामान्य नीति निर्धारित करता है और उसके कार्यान्वयन के लिए उत्तरदायी है। पेट्रोलियम, कोयला, ऊर्जा और गैर-पारम्परिक ऊर्जा के विकास का दायित्व इससे सम्बन्धित विशिष्ट विभाग का है। केन्द्रीय मन्त्रिमंडल की एक ऊर्जा समिति सचिवों की सहायता से राष्ट्रीय ऊर्जा नीति के कार्यान्वयन का अनुश्रवण तथा ऊर्जा से सम्बन्धित महत्त्वपूर्ण मामलों पर निर्णय करती है। विभाग की ऊर्जा अनुसन्धान समिति ऊर्जा क्षेत्र में अनुसन्धान और विकास के लिए एक समन्वित दृष्टिकोण प्रस्तुत करती है।

ऊर्जा विभाग

ऊर्जा विभाग का कार्य बिजली का उत्पादन, संचार, वितरण और उसके संरक्षण से सम्बन्धित नीति बनाना है। इसके अलावा वह विभाग ऊर्जा नीति से सम्बन्धित मामलों का समन्वय करता है। यह बिजली से सम्बन्धित कानून बनाता है, जैसे सप्लाई एक्ट 1948 और इंडियन इलेक्ट्रीसिटी एक्ट-1910 और केन्द्रीय विद्युत प्राधिकरण, इलेक्ट्रीसिटी एक्ट के अन्तर्गत गठित हुआ है और यह ऊर्जा विभाग को सलाह देता है।

ऊर्जा विभाग निम्न अभिकरणों को नियन्त्रित करता है :

(1) अनुसन्धान और प्रशिक्षण संगठन, अर्थात केन्द्रीय ऊर्जा अनुसन्धान संस्थान (सेंट्रल पॉवर रिसर्च इंस्टीट्यूट) और पॉवर इंजीनियर्स ट्रेनिंग सोसायटी।

(2) केन्द्रीय शक्ति निगम अर्थात् नेशनल थर्मल पॉवर कारपोरेशन, नेशनल हाइड्रो इलेक्ट्रिक पॉवर कारपोरेशन, नार्थ ईस्टर्न इलेक्ट्रिक पॉवर कारपोरेशन, रूरल इलेक्ट्रीफिकेशन कारपोरेशन और नेशनल प्रोजेक्ट कंसट्रक्शन्स कारपोरेशन।

(3) वैधानिक संस्थाएँ अर्थात दामोदर वैली कारपोरेशन, भाखड़ा व्यास मैनेजमेंट बोर्ड।

(4) निर्माण अभिकरण अर्थात व्यास कंस्ट्रक्शन्स बोर्ड।

केन्द्रीय विद्युत प्राधिकरण के मुख्य कार्य हैं : विद्युत पर अनुसन्धान, इसके विभिन्न क्षेत्रों पर सलाह देना। तत्कालीन और दीर्घकालीन परिप्रेक्ष्य में विद्युत विकास इसकी सलाहकार सेवाओं में शामिल हैं—देश-विदेश में जल और कोयले से चलने वाली परियोजनाओं के डिजाइन और इंजीनियरिंग कार्य। 1982-83 में देश में 36 जल विद्युत परियोजनाएँ और विदेशों में ऐसी 8 परियोजनाओं को, विशेषकर अफगानिस्तान, बर्मा और भूटान में सलाह दी गई। देश की 9 ताप विद्युत परियोजनाओं को सलाह दी गई तथा राज्यों के विद्युत विभागों को टॉवर लाईन और सब स्टेशन टॉवर बनाने की सलाह दी गई।

कोयला विभाग

ऊर्जा मन्त्रालय के कोयला विभाग पर कोयले की खोज और विकास, गैर-कोकिंग कोयला और लिगनाइट की खोज और विकास, कोयले के उत्पादन, आपूर्ति, वितरण और कीमत निर्धारण, कम ताप पर कोयले का कार्बनीकरण, कोयले से सिथैंटिक तेल उत्पादन और कोयले और लिगनाइट के सार्वजनिक उपक्रमों के नियन्त्रण का दायित्व है।

इस विभाग के अधीन हैं : लिगनाइट कारपोरेशन, कोल इंडिया लि. और उसकी सहायक इकाइयाँ, जैसे सेंट्रल कोल फील्ड्स लि., वैस्टर्न कोल फील्ड्स लि., भारत कोकिंग कोल लि., इस्टर्न कोल फील्ड्स लि., सेंट्रल माइन प्लानिंग एंड डिजाइन इंस्टीट्यूट लि.।

1978 में स्थापित कोल विभाग में कठित विज्ञान और टेक्नोलॉजी की एक स्थाई समिति अनुसन्धान और विकास की परियोजनाओं की जाँच करती है तथा समय-समय पर उसकी प्रगति की समीक्षा भी करती है। विभाग में एक 'कोयला वैज्ञानिक पुरस्कार' भी स्थापित किया गया है जो व्यवहार में आनेवाली उल्लेखनीय गवेषणाओं के लिए दिया जाता है।

1975 में स्थापित कोल इंडिया कम्पनी जो एक होल्डिंग कम्पनी है, का मुख्य दायित्व सहायक इकाइयों के लक्ष्यों को निर्धारित करना और उनके कार्यों का अनुश्रवण करना है। सेंट्रल माइन प्लानिंग एंड डिजाइन इंस्टीट्यूट लि. एक स्वतन्त्र परामर्शदात्री संस्था है जो खनिजों की खोज, उत्खनन के नियोजन, खनिज पर्यवेक्षण, खनिज उन्नयन और कोयला उपयोग परियोजनाओं को विशेषज्ञ परामर्श देता है। इस संस्थान की चार क्षेत्रीय शाखाएँ : आसनसोल, धनबाद, राँची और नागपुर में स्थित हैं और संस्थान का मुख्यालय राँची में है।

पेट्रोलियम विभाग

पेट्रोलियम विभाग के कार्यों का सम्बन्ध तेल और प्राकृतिक गैस की खोज और उत्पादन तथा पेट्रोलियम उत्पादों और पेट्रो-रसायन उत्पादन के शोधन और वितरण से है।

विभाग की वैज्ञानिक सलाहकार समिति है। इसमें जो प्रतिष्ठित वैज्ञानिकों और

विश्वविद्यालय तथा अनुसन्धान संस्थाओं के टेक्नोलॉजिस्ट विशेषज्ञ भी हैं। यह पेट्रोलियम मन्त्री को विज्ञान एवं टेक्नोलॉजी की नीति निर्धारण, कार्यान्वयन तथा कौन-सी सर्वोत्तम प्रक्रियाएँ अपनाई जाएँ, विशेषकर ईंधन और रसायन के रूप में हाइड्रोकार्बन के कच्चे माल के उपयोग के बारे में परामर्श देती है। पर्यावरणीय नियोजन और समन्वय के सम्बन्ध में भी एक सलाहकार समिति मन्त्री को सलाह देती है। इसके अलावा एक विज्ञान सलाहकार समिति, भूगर्भ विज्ञान की वैज्ञानिक समिति तद्‌विषयक तेल आदि की खोज के विषय में सलाह देती है। इस विभाग के अन्तर्गत 15 सार्वजनिक उपक्रम, तीन सहायक उपक्रम और चार अन्य संगठन हैं।

सार्वजनिक उपक्रम और उनके अधीनस्थ कम्पनियाँ

तेल और प्राकृतिक गैस आयोग 1956 में स्थापित हुआ। देश के थलीय और समुद्री क्षेत्रों में तेल की खोज और उसका उत्पादन करना इसका कार्य है। बम्बई हाई का विकास उल्लेखनीय उपलब्धि है।

ओ.एन.जी.सी. के अनुसन्धान और विकास कार्य को इसकी अनुसन्धान संस्थाएँ सम्पादित करती हैं। ये हैं : केशवदेव मालवीय इंस्टीट्यूट ऑफ पेट्रोलियम एक्सप्लोरेशन, देहरादून, इंस्टीट्यूट ऑफ ड्रिलिंग टेक्नोलॉजी, देहरादून और इंस्टीट्यूट ऑफ रिजरवायर स्टडीज, अहमदाबाद। इन संस्थाओं के पास तकनीकी दक्षता है।

पेट्रोलियम विभाग के अन्तर्गत इस समय 12 रिफायनरियाँ कार्यरत हैं। ये हैं : गोहाटी, बरौनी, कोयली, हल्दिया, मथुरा और डिगबोई, मद्रास आयल रिफायनरीज लि., मद्रास, कोचीन रिफायनरीज लि., कोचीन, भारत पेट्रोलियम कारपोरेशन, मुम्बई और विजाग रिफायनरी और बोंगाई-गाँव स्थित रिफायनरी एंड पेट्रोकेमिकल्स।

1964 में इंडियन आयल कारपोरेशन ने फरीदाबाद (हरियाणा) में एक अनुसन्धान विकास केन्द्र स्थापित किया।

इंडियन पेट्रो केमिकल्स कारपोरेशन लि. ने 1969 में जवाहरनगर, गुजरात में, बड़ोदरा के पास एक बड़ा एकीकृत पेट्रो-केमिकल्स कम्पलेक्स बनाया। इसमें प्लास्टिक और रबर प्रयोग के लिए भी एक सुसज्जित अनुसन्धान और विकास केन्द्र है। विभिन्न पदार्थों के उपयोग में संसाधन और पूंजी लगानेवालों को शिक्षित करने के लिए एक प्लास्टिक रबर उपयोग केन्द्र स्थापित किया गया है।

1974 में पालीएस्टर फिलामेंट धागों के उत्पादन के लिए एक सहकारी समिति बनाई गई जिसकी वार्षिक उत्पादन क्षमता 3500 टन थी। 1965 में स्थापित इंजीनियर्स इंडिया लि., 1967 में यह पूर्णतः एक राजकीय उपक्रम बन गया। विकास और अनुसन्धान कार्य को बढ़ाने के लिए इसमें एक अनुसन्धान केन्द्र भी स्थापित किया गया है जिससे वह उपकरणों के डिजाइन और ऊर्जा के संरक्षण के लिए नई और उन्नत क्षमता पैदा कर सके।

1968 में भारत सरकार ने मद्रास में यू.एन.डी.पी. की सहायता से सेंट्रल इंस्टीट्यूट

ऑफ प्लास्टिक इंजीनियरिंग एंड टूल्स स्थापित किया जो प्लास्टिक उद्योग के विकास और वृद्धि के लिए विशिष्ट प्रशिक्षण प्रदान करता है। इस संस्थान के मुख्य कार्यक्षेत्र हैं : प्रशिक्षण, विकास, परीक्षण, मानकीकरण, गुणवत्ता नियन्त्रण, परामर्श व अन्य सेवाएँ। भारत सरकार ने अहमदाबाद में भी सेंट्रल इंस्टीट्यूट ऑफ प्लास्टिक इंजीनियरिंग एंड टूल्स का एक विस्तार प्रशिक्षण केन्द्र खोला है।

गैरपरम्परागत ऊर्जा स्रोत विभाग

ऊर्जा मन्त्रालय में यह विभाग सितम्बर 1982 में स्थापित हुआ। इसके कार्य हैं : (1) बायोगैस में अनुसन्धान और विकास कार्य करना तथा बायोगैस यूनिटों से सम्बन्धित कार्यक्रमों को कार्यान्वित करना। (2) ऊर्जा के अतिरिक्त स्रोतों के कार्यों का संचालन। इस आयोग के निम्न कार्य हैं :

(क) ऊर्जा के नए और पुनर्नवीकृत होनेवाले ऊर्जा के साधनों के कार्यक्रमों का नीति निर्धारण और विकास (ख) नवीनीकृत ऊर्जा स्रोतों का समन्वय और उन पर अनुसन्धान (ग) सरकारी नीतियों का इस क्षेत्र में कार्यान्वयन (घ) आयोग का बजट बनाना।

स्वास्थ्य और परिवार कल्याण मन्त्रालय

चिकित्सा शिक्षा, अनुसन्धान और प्रशिक्षण के संचालन के लिए पाँच संस्थाएँ हैं– मेडिकल काउंसिल ऑफ इंडिया, नेशनल एकेडमी ऑफ मेडिकल साइंस, डेंटल काउंसिल ऑफ इंडिया, इंडियन नर्सिंग काउंसिल और फार्मेसी काउंसिल ऑफ इंडिया। मेडिकल काउंसिल ऑफ इंडिया एक वैधानिक संस्था है जो 1956 के इंडियन मेडिकल काउंसिल एक्ट के अन्तर्गत गठित की गई थी। देश में चिकित्सा शिक्षा के मानकों को कायम रखना इसका दायित्व है। यह एक इंडियन मेडिकल रजिस्टर भी रखती है। इसके द्वारा डॉ. बी.सी. राय नेशनल एवार्ड, हरिओम आश्रम, एलम्बिक रिसर्च एवार्ड, जैसे प्रतिष्ठित पुरस्कार भी दिए जाते हैं। 1961 में स्थापित नेशनल एकेडमी ऑफ मेडिकल साइंस विद्वान चिकित्सा वैज्ञानिकों का प्रमुख संघ है जिसके 394 फेलो और 726 सदस्य हैं। देश के चिकित्सकों, परामर्शदाताओं, स्नातकोत्तर छात्रों और अनुसन्धानकर्ताओं को निरन्तर चिकित्सा प्रशिक्षण देना इसका मुख्य दायित्व है ताकि उनका ज्ञान अद्यतन होता रहे। डेंटल काउंसिल ऑफ इंडिया 1947 में और इंडियन नर्सिंग काउंसिल और फार्मेसी काउंसिल ऑफ इंडिया 1947-78 के दौरान स्थापित हुई। इनके कार्य दंत चिकित्सा, रोगी परिचर्या और फार्मेसी प्रशिक्षण का नियमन है।

इस मन्त्रालय से चार प्रमुख अनुसन्धान और प्रशिक्षण संस्थाएँ जुड़ी हैं। ये हैं– अखिल भारतीय आयुर्विज्ञान संस्थान, नई दिल्ली। यह एक स्वायत्त संस्था है जो 1956 में स्थापित हुई। इसे राष्ट्रीय महत्त्व की संस्था घोषित किया गया है। जवाहरलाल नेहरू इंस्टीट्यूट ऑफ पोस्ट ग्रेजुएट मेडिकल एजूकेशन एंड रिसर्च, पांडिचेरी का प्रशासन

परिवार कल्याण मन्त्रालय द्वारा होता है। यह संस्थान 1956 में एक मेडिकल कॉलेज के रूप में शुरू हुआ और 1965 में इसे एक क्षेत्रीय स्नातकोत्तर मेडिकल कॉलेज के रूप में प्रोन्नत किया गया। इसका अस्पताल और अन्य इकाइयाँ 1966 में शुरू हो गईं। इसमें स्नातकोत्तर और पी-एच.डी. पाठ्यक्रम उपलब्ध हैं।

वल्लभ भाई पटेल चेस्ट इंस्टीट्यूट भी एक प्रमुख संस्था है जो स्वास्थ्य मन्त्रालय द्वारा वित्त पोषित है और इसका प्रशासन दिल्ली विश्वविद्यालय द्वारा गठित प्रबन्ध समिति द्वारा किया जाता है। इस संस्थान में हृदय रोग, संक्रामक और फेफड़ों के रोगों पर व्यावहारिक और सैद्धान्तिक अनुसन्धान होता है।

1963 में दिल्ली में स्थापित नेशनल इंस्टीट्यूट ऑफ कम्यूनिकेबिल डिज़ीजेज संक्रामक रोगों पर व्यावहारिक और सैद्धान्तिक अनुसन्धान तथा स्वास्थ्य प्रशिक्षण कार्यक्रम के लिए सेवाएँ प्रदान करता है एवं प्रशिक्षण कार्यक्रम आयोजित करता है तथा इस सम्बन्ध में सरकार को सलाह देता है।

सार्वजनिक स्वास्थ्य समस्याओं के अनुसन्धान और रोग प्रतिरोधक टीके के उत्पादन, उनकी गुणवत्ता नियन्त्रण सम्बन्धी अध्ययन और प्रशिक्षण कार्यक्रम चलाने के लिए 1965 में कसौली में सेंट्रल रिसर्च इंस्टीट्यूट स्थापित किया गया। यह रोग प्रतिरोधक टीके बनाने की सबसे बड़ी प्रयोगशाला है। इसे देश की प्रयोगशालाओं या विदेश से आयातित वैक्सीनों की जाँच का राष्ट्रीय प्रयोगशाला के रूप में मान्यता प्राप्त है। यह इस सम्बन्ध में अन्तर्राष्ट्रीय मानकों की पृष्ठभूमि में राष्ट्रीय मानक भी निर्धारित करता है।

1974 में एक स्वायत्त संस्था के रूप में बंगलौर में नेशनल इंस्टीट्यूट ऑफ मेंटल हेल्थ एंड न्यूरो साइसेंस स्थापित किया गया। यहाँ पर मानसिक स्वास्थ्य और स्नायुरोग विज्ञान से सम्बन्धित सेवाएँ, प्रशिक्षण और अनुसन्धान सेवाएँ तथा स्नातकोत्तर सुविधाएँ उपलब्ध हैं।

1932 में कलकत्ता में ऑल इंडिया इंस्टीट्यूट ऑफ हाइजीन एंड पब्लिक हेल्थ स्थापित हुआ। सार्वजनिक स्वास्थ्य विषय की यह सबसे पुरानी शिक्षण संस्था है जहाँ इस विषय पर स्नातकोत्तर अध्ययन की सुविधाएँ उपलब्ध हैं। इससे दक्षिणपूर्वी एशिया के देश भी लाभान्वित होते हैं।

पास्तुर इंस्टीट्यूट ऑफ इंडिया, कोनूर, नीलगिरी में रैबीज़ विरोधी और डी.टी.पी वैक्सीन तैयार किए जाते हैं। यहाँ पर रैबीज़, एंफ्ल्यूएंजा और साँस के अन्य वायरस संक्रमणों, पोलियो और अन्य आंत्र वायरसों, आन्तरिक ज्वर पर अनुसन्धान होता है।

सेंट्रल ब्यूरो ऑफ हेल्थ इंटेलीजेंस सम्पूर्ण भारत में स्वास्थ्य सम्बन्धी सूचनाओं को एकत्रित करता है, उनका विश्लेषण और प्रसार करता है।

1956 में केन्द्रीय स्वास्थ्य शिक्षा ब्यूरो स्थापित हुआ। इसका कार्य स्वास्थ्य शिक्षा कार्यों और अन्य राष्ट्रीय स्वास्थ्य कार्यक्रमों को समन्वित करना तथा राज्यों के स्वास्थ्य शिक्षा ब्यूरो का मार्गदर्शन करना है। नई दिल्ली स्थित नेशनल मेडिकल लाइब्रेरी स्वास्थ्य विज्ञान की पुस्तकों का केन्द्र-स्थल है।

छठी पंचवर्षीय योजना में भारतीय चिकित्सा पद्धति और होम्योपैथी के विकास के लिए पर्याप्त प्रावधान किया गया। इसके लिए पहले से ही चार अनुसन्धान संस्थाएँ हैं : (1) सेंट्रल काउंसिल फॉर रिसर्च इन आयुर्वेद एंड सिद्ध, (2) सेंट्रल काउंसिल फॉर रिसर्च इन यूनानी मेडिसिन, (3) सेंट्रल रिसर्च इन होम्योपैथी, (4) सेंट्रल काउंसिल फॉर रिसर्च इन योग एंड नेचुरोपैथी। ये संस्थाएँ अपने-अपने क्षेत्रों में व्यावहारिक और सैद्धान्तिक अनुसन्धान कराती हैं। ये सोसायटीज़ एक्ट के अन्तर्गत पंजीकृत हैं और उनका प्रशासन उनकी प्रबन्ध समितियाँ चलाती हैं।

उद्योग मन्त्रालय

उद्योग मन्त्रालय 23 अगस्त 1976 को गठित किया गया। इसमें दो विभाग हैं–औद्योगिक विकास विभाग और भारी उद्योग विभाग।

औद्योगिक विकास विभाग सरकार का एक प्रमुख अभिकरण है जिसका कार्य है सरकारी औद्योगिक नीतियों को बनाना और उनका कार्यान्वयन जिसमें राष्ट्रीय प्राथमिकताओं तथा पंचवर्षीय योजनाओं के अनुसार औद्योगीकरण का विस्तार शामिल है।

इस विभाग से अनेक विकास संगठन जुड़े हुए हैं। इनमें महत्त्वपूर्ण विज्ञान एवं टेक्नोलॉजी से सम्बद्ध हैं–महानिदेशालय तकनीकी विकास, नई दिल्ली और पेटेंट कार्यालय, कलकत्ता।

औद्योगिक क्षेत्र में तकनीकी विकास का महानिदेशालय सरकार के विभिन्न विभागों का प्रमुख तकनीकी सलाहकार संगठन है। यह औद्योगिक टेक्नोलॉजी का लाइसेंस देने, विदेशों के सहयोग से स्थाई पूंजी की आवश्यकताओं, आयात-निर्यात नीति, तटकर और अधिकांश उद्योगों से सम्बद्ध मामलों पर, सिर्फ लोहा, इस्पात, कपड़ा, जूट, चीनी और वनस्पति उद्योग को छोड़कर, तकनीकी सलाह देता है। इस पर विभिन्न उद्योगों की विकास योजना पर अपनी संस्तुतियाँ देने का भी दायित्व है। इसके अलावा यह विभिन्न पक्का माल बनाने और औद्योगिक उत्पादन के कार्यान्वयन का अनुश्रवण करता है।

कलकत्ता स्थित पेटेंट कार्यालय 1977 के पेटेंट अधिनियम और डिजाइन अधिनियम 1911 के अन्तर्गत नए आविष्कारों को पेटेंट प्रदान करता है और औद्योगिक डिजाइन का पंजीकरण करता है।

देश के लघु उद्योगों के समन्वय की नीतियाँ और कार्यक्रमों को बनाने का केन्द्रीय अभिकरण, लघु उद्योग के विकास आयुक्त का कार्यालय उद्योग मन्त्रालय से सम्बद्ध है। इसके कई सहयोगी संस्थान भी हैं, जैसे केन्द्रीय टूल एंड डिजाइन संस्थान, हैदराबाद, केन्द्रीय टूल रूम और ट्रेनिंग सेंटर, लुधियाना और कलकत्ता, हैंड टूल इंस्टीट्यूट, जालंधर, इंस्टीट्यूट ऑफ डिजाइन ऑफ इलेक्ट्रानिक्स मेज़रिंग इंस्ट्रूमेंट्स, मुम्बई और स्माल इंडस्ट्रीज ट्रेनिंग इंस्टीट्यूट, हैदराबाद जो विशिष्ट क्षेत्रों में प्रशिक्षण और तकनीकी सेवाएँ उपलब्ध कराते हैं।

ग्रामीण औद्योगीकरण में उद्योग विभाग के अधीन खादी और ग्रामोद्योग आयोग

केन्द्रीय भूमिका अदा करता है। अनेक बहुउद्देशीय क्षेत्रीय प्रशिक्षण केन्द्र भी प्रशिक्षण सम्बन्धी आवश्यकताओं को पूरा करते हैं।

उद्योग विकास विभाग प्रशिक्षण, अनुसन्धान और डिजाइन विकास के लिए विशिष्ट संस्थानों में संस्थागत सेवाएँ प्रदान करता है। इसके मुख्य संस्थान हैं : 1961 में एक स्वायत्त संस्था के रूप में स्थापित अहमदाबाद का नेशनल इंस्टीट्यूट ऑफ डिजाइन जहाँ डिजाइन बनाने या दृश्य संचार में शिक्षा, अनुसन्धान और प्रशिक्षण की सुविधाएँ उपलब्ध हैं। सीमेंट रिसर्च इंस्टीट्यूट ऑफ इंडिया, सोसायटी के रूप में पंजीकृत है। वह राष्ट्रीय स्तर पर मुख्यतः सीमेंट उत्पादन और उपयोग पर गहन और समन्वित अनुसन्धान करता है। पल्प एंड पेपर रिसर्च इंस्टीट्यूट, लुगदी और कागज अनुसन्धान संस्थान भी एक स्वायत्त संस्था है जो कागज उद्योग पर वैज्ञानिक अनुसन्धान कराता है और अग्रणी प्रयोगशालाएँ, कार्यशालाएँ और परीक्षण आयोजित करता है। बंगलौर का इंडियन प्लाईवुड इंडस्ट्रीज़ रिसर्च इंस्टीट्यूट भी एक सोसायटी के रूप में पंजीकृत है और यह लकड़ी चिपकाने वाले पदार्थों को विकसित करने और उनमें सुधार और प्रचलित तरीकों में सुधार करने तथा लकड़ी के भौतिक या यान्त्रिक गुणों प्लाईवुड और अन्य लकड़ी से बने पैनलों पर कार्य करता है। थाना स्थित इंडियन रबर मैनूफैक्चर एसोसिएशन एक स्वयंसेवी संगठन है जो 1959 में बना और उसे 1978 में औद्योगिक विकास विभाग ने अपने नीचे ले लिया।

फरवरी 1971 में उद्योग मन्त्रालय में एक (उपयुक्त) एप्रोप्रिएट टेक्नोलॉजी सेल स्थापित हुआ। इसके उद्देश्य हैं : (1) उपयुक्त टेक्नोलॉजी पर विद्यमान सूचनाओं को एकत्र करना, (2) ऐसे क्षेत्रों की पहचान करना जहाँ उपयुक्त टेक्नोलॉजी अधिक रोजगार सुविधाएँ उपलब्ध करा सके, (3) प्राथमिक लागत तथा अन्य आर्थिक अध्ययन करवाना, (4) चुनींदा उद्योगों में उपयुक्त टेक्नोलॉजी के नमूनों को प्रोत्साहित करना और (5) अनुसन्धान परियोजनाओं में समन्वय स्थापित करना तथा प्रारूपों के परीक्षण आदि हैं।

सूचना और प्रसारण मन्त्रालय

सूचना प्रसार मन्त्रालय का उद्देश्य जनता को सूचनाएँ, शिक्षा और मनोरंजन प्रदान करना तथा उनमें राष्ट्र की भावी सम्भावनाओं के प्रति जागृति पैदा करना है। उसके मानसिक क्षितिज का विस्तार करना, सरकारी नीतियों के कार्यान्वयन में उसकी सहभागिता सुनिश्चित करना है जिससे आर्थिक विकास हो, सामाजिक परिवर्तन द्वारा राष्ट्रीय सुरक्षा और राष्ट्रीय एकता में अभिवृद्धि हो।

इस मन्त्रालय का अनुसन्धान और विकास कार्य आकाशवाणी और दूरदर्शन तक सीमित है। 1937 में नई दिल्ली में आकाशवाणी के अन्तर्गत रिसर्च इंजीनियर का कार्यालय स्थापित किया गया जिसका कार्य तकनीकी संचालन से प्रसारण, उनमें सुधार, राष्ट्रीय प्रसारण की गुणवत्ता में सुधार है। आकाशवाणी किसी नई सेवा को चालू करने

से पहले यह प्रसारण और इलेक्ट्रॉनिक उपकरणों के डिजाइन करने, उनके विकास और निर्माण के कार्य भी करता है।

सिंचाई मन्त्रालय

केन्द्रीय मन्त्रिमंडल के अधीन एक स्वतन्त्र सिंचाई मन्त्रालय 9 जून 1980 को गठित हुआ जो सिंचाई और ऊर्जा मन्त्रालय से अलग करके बनाया गया है। जुलाई 1980 में इसे भूमिगत जल विकास, लघु सिंचाई और जल विकास नियन्त्रण कार्यक्रम भी कृषि मन्त्रालय से हटाकर सौंप दिए गए। राष्ट्रीय स्तर पर इस मन्त्रालय का दायित्व है कि वह नदियों और भूमिगत जल सम्पदा के विकास और नियन्त्रण की नीतियाँ और कार्यक्रम बनाए। सम्पूर्ण देश में सिंचाई विकास, क्षेत्रीय विकास, बाढ़ नियन्त्रण, जल निकासी योजनाओं का समन्वयन और उनका अनुश्रवण भी इसका दायित्व है।

1916 में स्थापित केन्द्रीय जल और ऊर्जा अनुसन्धान केन्द्र, अब अन्तर्राष्ट्रीय स्तर का प्रमुख राष्ट्रीय संस्थान बन गया है जो देश के जल और ऊर्जा स्रोतों के विकास को समर्पित है और सम्पूर्ण अर्थव्यवस्था को प्रभावित करता है। फिलहाल इस केन्द्र के व्यावहारिक और सैद्धान्तिक अनुसन्धान कार्य नदी इंजीनियरी, विशाल जल भंडारों और संरचनाओं, भूतकनीक भूकम्प इंजीनियरी, गणितीय मॉडलिंग और उसके यन्त्रीकरण आदि से सम्बन्धित हैं। इस अध्ययन केन्द्र को जल मार्गों और जल मार्ग परिवहन के क्षेत्र में एक क्षेत्रीय प्रयोगशाला के रूप में भी मान्यता प्राप्त है।

1954 में केन्द्रीय जल और ऊर्जा आयोग, नई दिल्ली के अधीन स्थापित केन्द्रीय मृदा और पदार्थ अनुसन्धान केन्द्र स्थापित हुआ। यह भूयान्त्रिकी और निर्माण सामग्री पर बुनियादी और व्यावहारिक अनुसन्धान करता है। इस अनुसन्धान केन्द्र के मुख्य कार्य चार विषयों पर आधारित हैं, अर्थात : मृदा यान्त्रिकी और नींव इंजीनियरी, शैल यांत्रिकी, कंक्रीट प्रौद्योगिकी तथा रासायनिकी और अवसाद।

रेल मन्त्रालय

केन्द्रीय रेलमन्त्री के अधीन रेलवे बोर्ड भारतीय रेलों का प्रबन्धन और नियन्त्रण करता है। रेलवे बोर्ड रेलों के नियमन, निर्माण, रखरखाव और संचालन का कार्य भारत सरकार के लिए करता है।

रेलवे के अनुसन्धान और विकास से सम्बन्धित कार्य अनुसन्धान डिजाइन और मानक संगठन आर.डी.एस.ओ. द्वारा निश्चित किया जाता है। यह 1957 में केन्द्रीय मानक कार्यालय और रेल परीक्षण और अनुसन्धान केन्द्र को मिलाकर बनाया गया। अब यह भारतीय रेलवे का एक पूर्णतः सुसज्जित अनुसन्धान संगठन है जहाँ रेलवे के कार्य से सम्बन्धित सब विषयों के विशेषज्ञ कार्य करते हैं जैसे वास्तुकला, डिब्बों का निर्माण सिविल इंजीनियरी (रेल, पथ, पुल) डीजल इंजन विकास, विद्युत इंजीनियरी, विद्युत चालित इंजन, रेलों का विद्युतीकरण और वातानुकूलन, धातु और रासायनिक ईंधन, डीजल, भाप, क्रेन,

सिगनल, दूर संचार, यातायात अनुसन्धान और माल ढुलाई आदि।

अनुसन्धान डिजाइन और मानक संगठन के महानिदेशक का पद रेलवे बोर्ड के सलाहकार के समकक्ष है। वह क्षेत्रीय रेलों, उत्पादन इकाइयों और रेल उपभोक्ताओं को तकनीकी सलाह देता है।

केन्द्रीय रेल अनुसन्धान बोर्ड आर.डी.एस.ओ. को अनुसन्धान और विकास कार्यों के लिए मार्गदर्शन देता है। इसमें प्रतिष्ठित वैज्ञानिक, टेक्नोलॉजिस्ट, इंजीनियर और वरिष्ठ प्रशासनिक अधिकारी हैं जो अनुसन्धान संस्थाओं, विश्वविद्यालयों, रेलवे टेक्नोलॉजी और उपकरणों से सम्बन्धित उद्योगों से लिए जाते हैं। यह रेलवे बोर्ड के अध्यक्ष के अधीन कार्य करता है एवं आर.डी.एस.ओ. निदेशक उसके सदस्य सचिव हैं।

इस्पात और खनन मन्त्रालय

इस्पात और खनन मन्त्रालय के दो अंग हैं :

इस्पात विभाग और खनन विभाग।

इस्पात विभाग : अनेक सार्वजनिक उपक्रम इस्पात विभाग के नियन्त्रण में हैं। इनमें प्रमुख हैं : स्टील ऑथरिटी ऑफ इंडिया। इसका मुख्य अनुसन्धान विकास केन्द्र राँची में है। 15 करोड़ रुपए की लागत से यहाँ आधुनिक प्रयोगशाला और एक सूचना और प्रलेख केन्द्र स्थापित किया गया। इसमें इस्पात संयन्त्रों के आधुनिकीकरण कार्यक्रमों के अन्तर्गत प्रौद्योगिकी के विकास का कार्य किया जाता है। भिलाई में कोयला और कोक, लोहा और इस्पात निर्माण, यान्त्रिक कार्यों की अनेक परियोजनाएँ चालू हैं।

खनिज विकास बोर्ड एक केन्द्रीय अभिकरण है जो इस्पात विभाग के प्रशासनिक नियन्त्रण में है और यह लौह और अन्य महत्त्वपूर्ण खनिजों के एकीकृत विकास पर क्रमबद्ध और समन्वित अनुसन्धान कराता है।

खनन विभाग : माइंस और मिनरल्स नियमन और विकास अधिनियम 1957 के प्रशासन तथा अन्य प्राकृतिक गैसों, पेट्रोलियग और परमाणु खनिजों के अलावा अलौह धातुओं, जैसे अल्म्यूनियम, ताँबा, जस्ता, जिंक, शीशा आदि के सर्वेक्षण और खोज कराने का दायित्व खनन विभाग पर है।

उत्खनन विभाग के अधीनस्थ तीन कार्यालय हैं। ये हैं : भारतीय भूवैज्ञानिक सर्वेक्षण, भारतीय खनन ब्यूरो और खान लीज़ (पट्टों) नियन्त्रक। भारतीय भूवैज्ञानिक सर्वेक्षण का मुख्यालय कलकत्ता में है। यह एक बहुविज्ञान विषयक संस्था है जिसका अखिल भारतीय विस्तार है। यह भूगर्भ उत्खनन, भूभौतिक सर्वेक्षण, धातुओं की खोज, भूतकनीकी अन्वेषण, समुद्रगत खनिज की खोज, समुद्री भूविज्ञान का अध्ययन, भूताप अन्वेषण, प्रयोगशाला में पेट्रोल विज्ञान सम्बन्धी अध्ययन, पुरा-भूविज्ञान, आइसोटोप, जियोमिनरल भौतिकी इत्यादि पर अनुसन्धान के लिए उत्तरदायी है।

नागपुर स्थित इंडियन ब्यूरो ऑफ माइन भी एक बहु-वैज्ञानिक और तकनीकी विभाग है। इसका मुख्य दायित्व है कोयला और पेट्रोलियम, प्राकृतिक गैस, परमाणु

खनिज और गौण खनिजों को छोड़कर अन्य खनिजों के संरक्षण और वैज्ञानिक विकास पर कार्य कराना। यह उत्खनन उद्योग को सर्वेक्षण और खनिज स्रोतों के भूगर्भीय मूल्यांकन तथा उत्खनन परियोजनाओं की लाभ-हानि, उपयुक्तता रिपोर्ट तैयार करने में तकनीकी सलाह उपलब्ध कराता है।

संचार मन्त्रालय

संचार मन्त्रालय के दो अंग हैं : (1) मन्त्रालय (मुख्य), (2) डाक और तार विभाग।

डाक तार विभाग को छोड़कर संचार मन्त्रालय के निम्न कार्य हैं :

(1) भारत से बाहर की संचार सेवाओं का नियोजन, विकास और संचालन, (2) रेडियो की फ्रिक्वेंसी प्रबन्ध (बेतार केन्द्रों की स्थापना के लिए लाइसेंस देना), (3) राष्ट्रीय स्तर पर अन्तर्राष्ट्रीय दूर संचार यूनियन, जिनेवा और एशिया–पेसीफिक टेलीकम्यूनिटी से समन्वय स्थापित करना और (4) सार्वजनिक क्षेत्र के दो उपक्रमों के बीच समन्वय स्थापित करना।

इस मन्त्रालय के प्रशासनिक नियन्त्रण में दो सार्वजनिक उपक्रम हैं : इंडियन टेलीफोन इंडस्ट्रीज लि., बंगलौर और हिन्दुस्तान टेलीप्रिंटर लि., मद्रास। इंडियन टेलीफोन इंडस्ट्रीज लि. के दो अनुसन्धान विकास विभाग हैं जो बंगलौर और नैनी में स्थित हैं।

डाक तार विभाग

डाक तार विभाग का पोस्ट टेलीग्राफ बोर्ड देश की डाक दूरसंचार व्यवस्था से सम्बद्ध मामलों का प्रशासन करता है।

इस बोर्ड के अन्तर्गत दूरसंचार अनुसन्धान केन्द्र है। इसने 1982-83 में 22 महत्त्वपूर्ण अनुसन्धान परियोजनाएँ पूरी कीं और यह दूरसंचार अनुसन्धान विकास और विद्यमान प्रणालियों के अनुश्रवण में सक्रिय है। इस बोर्ड के नीचे एक अन्य सार्वजनिक उपक्रम टेलीकम्यूनिकेशन कंसलटेंट्स लि. भी है। 1982-83 के दौरान इस कम्पनी ने विदेशों को 30 और भारत में 28 प्रस्ताव दिए।

पेट्रोलियम, रसायन और उर्वरक मन्त्रालय

रसायन और उर्वरक विभाग : इस विभाग का कार्य तीन प्रभागों में बँटा है। ये हैं : उर्वरक, रसायन और औषधियाँ। इस विभाग के दो सम्बद्ध कार्यालय भी हैं। उर्वरक उद्योग समन्वय और औषधि विकास आयोग। उर्वरकों, औषधियों और फार्मेसी पदार्थों, कीटनाशकों, शीरा, रंग, कार्बनिक और अकार्बनिक रसायनों तथा विभाग के नियन्त्रण में आनेवाले उद्योगों का नियोजन, विकास और नियन्त्रण इस विभाग के मुख्य दायित्व हैं। इस विभाग के अन्तर्गत सार्वजनिक क्षेत्र में 15 कम्पनियाँ हैं जिसमें से 9 उर्वरक, चार औषधि और फार्मेसी पदार्थ तथा दो रसायन और कीटनाशक तैयार करतीं हैं। इसके अलावा एक अन्य दवा और फार्मेसिटिकल कम्पनी है। विकास और नियमन एक्ट

1951 के अन्तर्गत इसका प्रबन्ध होता है। उर्वरक क्षेत्र की 9 कम्पनियों में सात उर्वरक बनाती हैं, एक उर्वरकों के सम्बन्ध में सलाह देती है और एक उर्वरकों के कच्चे माल– रॉक फॉस्फेट और पायराइट के उत्खनन में संलग्न है।

कृषि मन्त्रालय

कृषि मन्त्रालय में दो विभाग हैं : कृषि अनुसन्धान और शिक्षा विभाग तथा कृषि और सहकारिता विभाग।

कृषि अनुसन्धान और शिक्षा विभाग : इस विभाग के अन्तर्गत हैं भारतीय कृषि अनुसन्धान और शिक्षा विभाग तथा कृषि और सहकारिता विभाग।

आई.सी.ए.आर. के कार्यकलापों का पीछे जिक्र किया जा चुका है। राष्ट्रीय कृषि अनुसन्धान प्रबन्धन अकादमी 1976 से कार्यरत है। यह कृषि अनुसन्धानकर्ताओं को तैयार करती है। यह वरिष्ठ वैज्ञानिकों, जिनमें संस्थानों के निदेशक भी शामिल हैं, के लिए भी पाठ्यक्रम आयोजित करती है। आई.सी.ए.आर. में भर्ती के लिए 1973 में एक स्वतन्त्र अभिकरण बनाया गया। यह था कृषि वैज्ञानिक भर्ती बोर्ड। यह कृषि, पशुपालन और सम्बद्ध विज्ञानों के वैज्ञानिकों की प्रथम श्रेणी और उससे ऊँचे पदों के लिए भर्ती करता है।

कृषि और सहकारिता विभाग : इस विभाग का कार्य ऐसी राष्ट्रीय नीतियाँ और कार्यक्रम बनाना है जिनसे कृषि के क्षेत्र में तेजी से वृद्धि हो और देश की भूमि, जल, मृदा, पशुपालन, दूध उत्पादन, वानिकी और मत्स्यपालन के साधनों का अधिकाधिक उपयोग हो सके। यह विभाग इस बात को भी सुनिश्चित करता है कि कृषकों को अपनी पैदावार पर उचित कीमत और लाभ मिल सके और उन्हें समय से पर्याप्त मात्रा में उर्वरक और पानी आदि मिल सके। विभाग अन्तर्राष्ट्रीय संगठनों के कार्यक्रमों में भी भाग लेता है और कृषि और उससे सम्बद्ध क्षेत्रों में द्विपक्षीय सहयोग को प्रोत्साहित करता है। इस कार्य में कृषि और सहकारिता विभाग के सचिव की सहायता के लिए तीन अतिरिक्त सचिव होते हैं, इंस्पेक्टर जनरल ऑफ फॉरेस्ट, एग्रीकल्चर कमिश्नर, चीफ एग्रीकल्चर एक्सपर्ट। यह विभाग विभिन्न कृषि और सम्बद्ध कार्यकलापों के विकास में कार्यरत 25 प्रभागों के रूप में संगठित है।

5
विज्ञान नीति

सरकारी समर्थन

देश के नेताओं ने विज्ञान के महत्त्व को आजादी से बहुत पहले भी समझा था। 1939 में भारतीय राष्ट्रीय कांग्रेस ने जवाहरलाल नेहरू की अध्यक्षता में एक राष्ट्रीय नियोजन समिति बनाई जिसमें आर्थिक और सामाजिक विकास के लिए देश के प्रमुख वैज्ञानिकों का सहयोग लिया गया। इसमें से एक अध्ययन दल ने सामान्य एवं तकनीकी शिक्षा तथा वैज्ञानिक अनुसन्धान की समस्या को लिया। अनेक सिफारिशों के अलावा इस समूह ने यह सुझाव दिया कि औद्योगिक और शैक्षणिक विकास के कार्यक्रम वैज्ञानिक अनुसन्धान के साथ घनिष्टतया जुड़े होने चाहिए। विशिष्ट परिस्थितियों के सन्दर्भ में यही दृष्टिकोण अधिक उत्साह से अपनाया गया और उसे साकार रूप देने की चेष्टा की गई। संसद ने 1958 में अपने वैज्ञानिक नीति प्रस्ताव में इसे स्पष्टतः व्यक्त किया।

भारत में वैज्ञानिक नीति का विकास कई दृष्टियों से महत्त्वपूर्ण है। आजादी के बाद देश के विकास की अवस्था के अनुरूप विशिष्ट लक्ष्य निर्धारित किए गए। जब वह अंशतः या पूर्णतः पूर्ण हो गए या नई समस्याएँ आईं, तब उन्हें नई दिशा दी गई। इसके अलावा आर्थिक और राजनीतिक परिवर्तनों ने स्वयं नई आवश्यकताएँ पैदा कीं। इस प्रकार विज्ञान एवं टेक्नोलॉजी के आन्तरिक विकास और आर्थिक और राजनीतिक आवश्यकताओं के बीच हुई अन्तर्क्रिया से विज्ञान नीति विकसित हुई। यह बात बलपूर्वक कही जा सकती है कि विज्ञान एवं टेक्नोलॉजी के विकास की निर्णायक भूमिका को आँकने में और इसे उपयोगी दिशा में निर्देशित करने में राजनीतिक नेतृत्व का बड़ा हाथ रहा है। राजनीतिक नेतृत्व की विज्ञान एवं टेक्नोलॉजी में आस्था और विकास में उसकी महत्त्वपूर्ण भूमिका तथा उसकी सक्रिय भागीदारी विज्ञान के विकास का महत्त्वपूर्ण कारक रहा है। इस अन्तर्क्रिया के फलस्वरूप राजनीतिक और वैज्ञानिक नेतृत्व को एक-दूसरे के पास ला दिया और वह समान हितों, लक्ष्यों और उद्देश्यों की ओर बढ़े। इसने विज्ञान एवं टेक्नोलॉजी के विशेषकर नए और उदीयमान क्षेत्रों में सरकार की नीति निर्धारण में महत्त्वपूर्ण कार्य किया। इसके लिए एक ओर दूरदृष्टि और कल्पना और दूसरी ओर अनुसन्धान में दीर्घकालीन और अधिक निवेश की जरूरत पड़ती है। इसके

परिणामस्वरूप शुरू से परमाणु ऊर्जा, इलेक्ट्रॉनिकी, अन्तरिक्ष अनुसन्धान पर मुख्यतः ध्यान दिया गया। अन्ततः इस नीति का एक दिलचस्प पहलू बड़ी संख्या में वैज्ञानिकों और टेक्नोलॉजिस्टों द्वारा विज्ञान नीति और विज्ञान योजनाओं को बनाने में आपसी विचार-विनिमय था।

इसका प्रमुख श्रेय जवाहरलाल नेहरू को है जो संसार के गिने-चुने नेताओं में से थे, जिन्हें राष्ट्रीय पुनर्जागरण में विज्ञान एवं टेक्नोलॉजी के योगदान पर अटूट आस्था थी। उन्होंने तो यहाँ तक कहा कि, "भविष्य उन्हीं का है जो विज्ञान को बढ़ावा देते हैं और वैज्ञानिकों से मैत्री स्थापित करते हैं।"

विज्ञान एवं टेक्नोलॉजी तथा विकास में उसकी भूमिका पर नेहरू की रणनीति संक्षेप में इस प्रकार थी :

(1) वैज्ञानिकों के सम्मुख सामाजिक समस्याएँ रखकर उनके समाधान खोजने के लिए प्रेरित करना और इस प्रकार वैज्ञानिकों में सामाजिक जागरुकता पैदा करना। इस कार्य को उन्होंने अनेक गोष्ठियों को सम्बोधित कर और हर साल इंडियन साइंस काउंसिल एसोसिएशन में निरन्तर उपस्थित रहकर किया।

(2) वैज्ञानिकों को विभिन्न समितियों का सदस्य बनाकर विज्ञान की उपयोगिता के प्रति प्रशासकों को जागरुक बनाना।

(3) निर्णय की प्रक्रिया में वैज्ञानिकों की साझेदारी।

(4) प्रस्तावित सुधारों के लिए वैज्ञानिक ज्ञान का उपयोग, जैसे मीट्रिक प्रणाली और भारतीय पंचांग का निर्माण।

(5) उन्होंने उद्योगपतियों, प्रशासकों और स्वयं अपने दल के कुछ सदस्यों के विरोध के बावजूद वैज्ञानिक और तकनीकी रिसर्च के आधार बनाने के प्रयास को प्रोत्साहित किया।

इन प्रयासों के परिणामस्वरूप प्रयोगशालाओं की सी.एस.आई.आर. के अन्तर्गत एक शृंखला स्थापित हुई। परमाणु ऊर्जा एजेंसी जैसे अभिकरण खुले। विश्वविद्यालयों में विज्ञान एवं टेक्नोलॉजी विभाग स्थापित किए गए और इंडियन इंस्टीट्यूट ऑफ टेक्नोलॉजी (आई.आई.टी.) स्थापित हुए और उनके लिए पर्याप्त साधन जुटाए गए। जब कभी वित्तीय कठिनाई के कारण किसी संस्था के बजट में कटौती हुई, नेहरू ने उन्हें पूरा कराया। वे अनुसन्धान संस्थाओं को विद्या का मन्दिर कहते थे और चाहते थे कि वह खूब पनपें।

(6) वैज्ञानिक दृष्टिकोण को प्रोत्साहन—नेहरू जानते थे कि मात्र अवस्थापना कायम कर ही विज्ञान नहीं पनप सकता, जहाँ समाज अन्धविश्वासों में डूबा हुआ हो। इसलिए उन्होंने बारम्बार इस बात पर बल दिया कि जनता में वैज्ञानिक दृष्टिकोण को लोकप्रिय बनाया जाए। वह विज्ञान एवं टेक्नोलॉजी को भारतीय संस्कृति का एक अंग बनाना चाहते थे और इसे विकास का एक महत्त्वपूर्ण कारक मानते थे।

अनुसन्धान और विकास के सामाजिक लक्ष्य

देश में अनुसन्धान और विकास के लक्ष्यों में जो क्रमिक परिवर्तन हुए हैं उनका संक्षिप्त विवरण देना उचित है। वह थे :

(1) अनुसन्धान के लिए अवस्थापना का सृजन।

(2) आयातित वस्तुओं के स्थान पर स्वदेशी वस्तुएँ बनाना और निर्यात को प्रोत्साहन।

(3) आत्म-निर्भरता की प्राप्ति।

(4) जनता के पास विज्ञान पहुँचाना।

(5) बुनियादी अनुसन्धान को प्रोत्साहन और अन्तर्राष्ट्रीय स्तर पर प्रभाव डालना।

अवस्थापना

विज्ञान एवं टेक्नोलॉजी के विकास का प्रथम चरण अनुसन्धान के लिए अवस्थापनाओं को कायम करना था। द्वितीय महायुद्ध में विज्ञान की विभिन्न शाखाओं और नए उदीयमान क्षेत्रों, जैसे परमाणु ऊर्जा, इलेक्ट्रॉनिकी, अन्तरिक्ष अनुसन्धान सुविधाओं की स्थापना की गई। इस काल में भाभा ने नेहरू को एक ऐतिहासिक पत्र लिखा था। इसमें भारत में ऐसे सर्वोत्तम संस्थान सृजित करने की आवश्यकता पर बल दिया गया था जो संसार के अन्य संस्थानों का मुकाबला कर सकें। इसी के फलस्वरूप टाटा इंस्टीट्यूट ऑफ फंडामेंटल रिसर्च स्थापित हुआ जो तत्कालीन लक्ष्यों का संकेत देता है। इसी परिप्रेक्ष्य में अमेरिका के एम.आई.टी. के आदर्श पर इंस्टीट्यूट ऑफ टेक्नोलॉजी की एक श्रृंखला सृजित हुई।

इन संस्थानों की तीन आधारभूत मान्यताएँ थीं : (1) विज्ञान एवं टेक्नोलॉजी के लाभ स्वतः स्पष्ट हों, अतः उन्हें सहायता मिलनी चाहिए। (2) एक बार अवस्थापना सृजित होने पर समाज के लिए उसके परिणाम हितकारी होंगे। (3) चूँकि विज्ञान अन्तर्राष्ट्रीय है, अतः अवस्थापना उन क्षेत्रों में भी कार्य करेगी जिन पर पश्चिमी यूरोप और अमेरिका में काम हो रहा है। वह उनके सम्पर्क में रहकर और आगे बढ़ने का प्रयास करेगा।

जैसा कि बाद में विदित हुआ कि यह धारणाएँ पूरी तरह सही साबित नहीं हुई। अनेक अनुसन्धानों के परिणाम का स्वतः उपयोग नहीं हुआ। अनुभवों ने यह भी बताया कि विकास की समस्याएँ जैसा कि पहले समझी गई थीं, उससे भी कहीं अधिक जटिल हैं। यह भी देखा गया कि विज्ञान एवं टेक्नोलॉजी की सामाजिक जड़ें गहरी हैं और समाज में उनके सम्पूर्ण एकीकरण के लिए जनता की ज़हनियत को बदलने के लिए महत्त्वपूर्ण प्रयास करना होगा।

इसके अलावा कुछ अप्रत्याशित घटनाएँ घटीं। उदाहरण के लिए, जब उच्च शिक्षा केन्द्र खोले गए, यह सोचा गया था कि वहाँ से बेहतर शिक्षा, अनुसन्धान, उद्योग के लिए अपेक्षित उच्च दक्षता प्राप्त जनशक्ति मिल सकेगी। देखा गया कि जो लोग इन

उच्च शिक्षण संस्थाओं से निकले वह पश्चिमी यूरोप और अमेरिका चले गए और वहाँ वैज्ञानिक कार्य करने लगे और जो भारत में रह गए या वहाँ लम्बा अरसा रहने के बाद लौट आए, वे अपने क्षेत्र के विदेशी अनुसन्धान और विकास अनुसन्धानों के सम्पर्क में रहे। इसने स्वदेशी अनुसन्धान और विकास के प्रभाव को कम कर दिया और उसका देश के विकास में अधिक उपयोग न हो सका।

पाँचवें और छठवें दशक में जब भारत विदेशी मुद्रा के गम्भीर संकट का सामना कर रहा था आयातित वस्तुओं के विस्थापन, निर्यात प्रोत्साहन की नीति निर्धारित हुई। संसद में इस बात की चर्चा हुई कि अनुसन्धान और विकास संस्थाओं का क्या योगदान रहा है। तब वैज्ञानिक समुदाय पर इसकी प्रतिक्रिया भी हुई और उन्होंने अर्थव्यवस्था की आवश्यकताओं को देखते हुए अनुसन्धान के लक्ष्यों में आवश्यक परिवर्तन के लिए संसद में चर्चा की। इसका वैज्ञानिकों के चिन्तन पर स्पष्ट प्रभाव पड़ा और वह अनुसन्धान और विकास कार्यक्रमों में भी परिलक्षित हुआ। अधिकाधिक वैज्ञानिक आयात विस्थापन या निर्यात प्रोत्साहन से सम्बन्धित कार्यक्रमों में वे कार्य करने लगे।

बाद में इसी राह पर चलते हुए आत्मनिर्भरता की नीति विकसित हुई। इस नीति की स्पष्ट अभिव्यक्ति विज्ञान और टेक्नोलॉजी योजना की भूमिका (एप्रोच टु साइंस एंड टेक्नोलॉजी प्लान) में अभिव्यक्त हुई। यह दस्तावेज विज्ञान एवं टेक्नोलॉजी राष्ट्रीय समिति ने बनाया था और यही पाँचवीं पंचवर्षीय योजना का आधार बना।

पाँचवीं पंचवर्षीय योजना देश में तीव्र राजनीतिक परिवर्तन का समय था। इस समय शासक दल में अधिक अनुदार और प्रगतिशील पक्षों के बीच संघर्ष चल रहा था जो विज्ञान नीति में भी प्रतिबिम्बित हुआ और बाद में 1971 में राजनीतिक दलों के चुनावी घोषणापत्रों में भी दिखाई दिया। राजनीतिक घटनाक्रम के साथ-साथ विज्ञान की भूमिका भी चर्चा में आई और अनेक प्रश्न उठाए गए जैसे विज्ञान किस कीमत पर, किसके लिए और किन उद्देश्यों के लिए।

परिणामस्वरूप विज्ञान एवं टेक्नोलॉजी के स्वभाव और स्वरूप पर खासी बहस हुई। इस बहस की शुरुआत हुई एशिया एसेम्बली में प्रस्तुत वैकल्पिक टेक्नोलॉजी के एक शोध पत्र से। एप्रोच टु साइंस एंड टेक्नोलॉजी प्लान ने भी विज्ञान एवं टेक्नोलॉजी की प्राथमिकताओं का प्रश्न उठाया। इस बहस और विचार-विनिमय से नए परीक्षणों की शुरुआत हुई। प्रधानमन्त्री की पहल पर 1976 में इंडियन साइंस कांग्रेस के वाल्टेयर अधिवेशन में ग्रामीण टेक्नोलॉजी की समस्याओं पर चर्चा हुई।

आधारभूत अनुसन्धान को समर्थन

ग्रामीण विकास और दलित, दमित वर्गों के उत्थान के लिए विज्ञान एवं टेक्नोलॉजी के प्रयोग के अनुभव से यह स्पष्ट हुआ कि ग्रामीण क्षेत्रों में इस वर्ग की समस्याएँ निक्कमी और पुरानी टेक्नोलॉजी से हल नहीं की जा सकतीं। यह अनुभव किया गया कि उनकी

स्थिति को सुधारने के लिए अत्यन्त सूक्ष्म और परिष्कृत विज्ञान एवं टेक्नोलॉजी की जरूरत होगी। तकनीकी समाधान ढूँढ़ने के अलावा इन्हें सामाजिक परिस्थिति और आर्थिक बाधाओं के साथ भी समायोजित करना होगा और यह भी सुनिश्चित करना होगा कि समय से समाधान उन्हें प्राप्त हों। परिणामस्वरूप दीर्घकालीन बुनियादी या आधारभूत अनुसन्धान की आवश्यकता स्पष्ट हुई जिसमें प्रकृति और समाज विज्ञान दोनों का योगदान हो।

छठी पंचवर्षीय योजना में विज्ञान एंव टेक्नोलॉजी में आधारभूत और बुनियादी शोध पर अधिक बल दिया गया। तात्कालिक समस्याओं के समाधानों को खोजने के साथ-साथ दीर्घकालीन क्षमता विकसित करने पर भी बल दिया गया। पिछले अनुभव के आधार पर विज्ञान नीति में तीन नए आयाम जुड़े। इनका सम्बन्ध था पर्यावरण की सुरक्षा के विज्ञान और टेक्नोलॉजी द्वारा समाज में हुई अन्तर्क्रियाओं से उत्पन्न कारकों से और सूचना पद्धति के विकास से और निर्णय प्रक्रिया के प्रयोग से। इन विचारों के परिणामस्वरूप नीतियों में महत्त्वपूर्ण परिवर्तन हुए जिसका प्रभाव विज्ञान एवं टेक्नोलॉजी की अवस्थापना पर पड़ा। नए विभाग और अभिकरण स्थापित हुए जो विज्ञान एवं टेक्नोलॉजी के नए क्षेत्रों में कार्य करने की जिम्मेदारी का उत्तरदायित्व सँभाल सकें। समयबद्ध लक्ष्यों को पूरा करने के लिए अधिक साधन जुटाए गए।

इस प्रसंग में भारत में अन्तरिक्ष शोध और सागर गर्भ से बहुधात्विक पिंडों का खनन और अंटार्कटिका अभियान की उपलब्धियाँ उल्लेखनीय हैं। इन्होंने भारत को अन्तर्राष्ट्रीय विज्ञान की अग्रिम पंक्ति में ला खड़ा किया।

भारत की अनुसन्धान और विकास नीति से दो बातें स्पष्ट हैं। पहली, एक समाज अनुसन्धान और विकास के लक्ष्य को निर्धारित करता है। दूसरी, परिवर्तित लक्ष्य का प्रेरक विज्ञान का आन्तरिक विकास न होकर, मुख्यतः समाज और राजनीतिक नेतृत्व की अन्तर्क्रिया का परिणाम है।

समन्वयन

राष्ट्रीय विकास के लिए वैज्ञानिक नीति के कार्यान्वयन और प्रभावकारी उपयोग के लिए यह जरूरी था कि विभिन्न संस्थाओं और अभिकरणों में उपलब्ध अनुसन्धान प्रयासों और क्षमता का समुचित समन्वयन हो। इस दिशा में पहला कदम 1948 में उठा जबकि वैज्ञानिक कार्य के लिए एक समन्वय समिति प्रधानमन्त्री की अध्यक्षता में गठित की गई। 1956 में इस समिति का स्थान मन्त्रिमंडल की वैज्ञानिक सलाहकार समिति ने लिया। इसके कार्य क्षेत्र में कुछ संशोधन किए गए और उसमें समन्वयन के अलावा अन्तर्राष्ट्रीय सहयोग और नीति निर्धारण को जोड़ा गया। और यह भी कि अनुसन्धान में पुनरावृत्ति न हो और उसे आवश्यक वित्तीय सहायता मिले।

वैज्ञानिकों और टेक्नोलॉजिस्टों के सम्मेलन की सिफारिशों के फलस्वरूप 1968 में साइंटिफिक एडवाइज़री कमेटी टु दि कैबिनेट एस.ए.सी.सी. के स्थान पर विज्ञान एवं

टेक्नोलॉजी समिति बनाई गई। इसका कार्य था नीति निर्धारण, उसका कार्यान्वयन, समन्वयन, असन्तुलन को ठीक करना, स्वदेशी अनुसन्धान का अधिकतम उपयोग, मूल्यांकन और अन्तर्राष्ट्रीय सहयोग सुनिश्चित करना।

सी.ओ.एस.टी. का सचिवालय एस.ए.सी.सी. से अधिक सुदृढ़ था। मन्त्रिमंडल सचिव के अलावा विभिन्न अनुसन्धान विकास संस्थानों के अध्यक्ष और विशेषज्ञ अनुदान आयोग के अध्यक्ष भी इसके सदस्य थे। इसकी एक नई विशेषता थी : इसमें एक अर्थशास्त्री और कुछ स्वतन्त्र वैज्ञानिकों और उद्योगपतियों की सदस्यता।

1971 में सी.ओ.एस.टी. का स्थान विज्ञान एवं टेक्नोलॉजी की राष्ट्रीय समिति ने लिया। इसमें 15 प्रतिष्ठित वैज्ञानिक और टेक्नोलॉजिस्ट थे। इस समिति का दायित्व था कि वह नागरिक और सैनिक आवश्यकताओं की पूर्ति के लिए वैज्ञानिक टेक्नोलॉजी और टेक्नोलॉजीय और औद्योगिक कार्यों को अधिक सक्षम बनाए। इस समिति का कार्य था कि वह सरकार को वैज्ञानिक योजना बनाने, असन्तुलन को ठीक करने, समन्वय और आत्मनिर्भरता प्राप्त करने के लिए अन्तर्राष्ट्रीय सहयोग को मुख्य नीति के रूप में अपनाए और इस काम में यही प्रमुख लक्ष्य रहा।

1981 में भारत सरकार ने साइंस एवं टेक्नोलॉजी पर मन्त्रिमंडल की समिति और मन्त्रिमंडल की वैज्ञानिक सलाहकार समिति गठित की, दूसरी समिति में योजना आयोग का वैज्ञानिक एवं टेक्नोलॉजी का सदस्य, उसका अध्यक्ष होता है।

योजना आयोग

नीति निर्धारण और नियोजन में योजना आयोग की महत्त्वपूर्ण भूमिका है। पिछले 45 वर्षों में योजना आयोग ने योजना बनाने की सूक्ष्म प्रक्रिया विकसित की है। उसमें विभिन्न क्षेत्रों की योजनाएँ बनाने के लिए अनेक कार्य समूह गठित किए गए हैं। जिनमें केन्द्रीय मन्त्रालय और राज्य सरकारों का परस्पर सहयोग है। इसी तरह वैज्ञानिक अनुसन्धान के क्षेत्र गें आयोग ने पिशेषज्ञों और वैज्ञानिकों की स्वतन्त्र समितियाँ और कार्यसमूह और पैनल बनाए हैं जो विभिन्न क्षेत्रों में वैज्ञानिक अनुसन्धान के लिए योजनाएँ बनाते हैं।

विशिष्ट क्षेत्र में अनुसन्धान को प्रोत्साहित करने के लिए योजना आयोग विभिन्न संस्थाओं से विशिष्ट समयबद्ध परियोजनाओं को चलाने का अनुरोध करता है, उन्हें इसके लिए सीधे स्वयं धन उपलब्ध कराता है, या यू.एन.डी.पी. से उन परियोजनाओं के लिए सहायता लेता है। इसके अलावा यह उन क्षेत्रों का भी चयन करता है जो किसी संस्थान में हों और इस तरह वह इन क्षेत्रों के विकास के लिए वैज्ञानिकों को एकत्रित करता है। इससे अनुसन्धान के नए क्षेत्रों में विज्ञान-विकास को बढ़ावा और प्रोत्साहन मिलता है। इस कार्य में अब योजना आयोग को विज्ञान एवं टेक्नोलॉजी विभाग से सहायता मिलती है। वह तो अब पहल करता है, कदाचित यही कारण है कि वह वैज्ञानिक जो अब उच्चतर क्षेत्रों में कार्य कर रहे हैं उन्हें समर्थन मिल रहा

है और वह भारत में ऐसी संस्थाएँ बनाने में सफल हो रहे हैं जो उन्नत देशों से किसी भी तरह पीछे नहीं हैं।

विज्ञान नीति की समीक्षा

विभिन्न स्तरों पर समय-समय पर विज्ञान नीति की समीक्षा होती है। राजनीतिक स्तर पर अनेक संसदीय समितियाँ यह कार्य करतीं हैं। भारत सरकार द्वारा आयोजित विशेष सम्मेलनों में भी समग्र रूप से वैज्ञानिक नीति की समीक्षा होती है जहाँ प्रतिष्ठित वैज्ञानिक, टेक्नोलॉजिस्ट और शिक्षाशास्त्री आमन्त्रित किए जाते हैं। कभी-कभी विशिष्ट क्षेत्रों की प्रगति की समीक्षा या किसी संस्था या अभिकरण के कार्यों की समीक्षा के लिए विशिष्ट समितियाँ गठित की जाती हैं। इन कदमों का लक्ष्य है वैज्ञानिक अनुसन्धान की स्थिति और प्रगति की समीक्षा और उसमें क्या कमियाँ हैं यह जानना और फिर परिवर्तनशील समाजार्थिक आवश्यकताओं को ध्यान में रखते हुए मात्र प्राथमिकताएँ निश्चित करना है। ये समीक्षाएँ मानक निर्धारण करने और भावी वैज्ञानिक कार्यक्रमों के मार्गदर्शन का कार्य भी करती हैं।

संसद

विज्ञान नीति के विकास में संसद एक प्रहरी का कार्य करती है। यह सामान्य रूप से विज्ञान नीति और उसके विकास की चर्चा करती है। इन विषयों में संसद की अभिरुचि उसकी बहस और काम रोको प्रस्ताव, ध्यानाकर्षण प्रस्ताव आदि से अभिव्यक्त होती है जिनका सम्बन्ध वैज्ञानिक विभागों और उनके कार्यकलाप से होता है। उसमें इन विभागों के कार्य विवरण और अनुदान माँगों पर बहस होती है। संसद की लोकलेखा समिति और एस्टीमेट कमेटी भी वैज्ञानिक विभागों को दी गई वित्तीय सहायता का अध्ययन करती है और तत्सम्बन्धी रिपोर्ट संसद को देती है। संसद सदस्यों की अनौपचारिक सलाहकार समिति भी प्रत्येक मन्त्रालय को राजनीतिक और सामाजिक निर्णयों से वैज्ञानिक नीति के एकीकरण करने में सहायता देती है। भारतीय संसदीय और वैज्ञानिक समिति जिसमें संसद के सदस्य और कुछ वैज्ञानिक होते हैं, सांसदों को वर्तमान वैज्ञानिक मामलों से अवगत कराती है ताकि वे प्रभावशाली ढंग से अपना काम कर सकें।

विशेष सम्मेलन

वैज्ञानिक नीति प्रस्ताव के सफल क्रियान्वयन के लिए एक कार्ययोजना का बनाना आवश्यक था। इसके लिए भारत सरकार ने वैज्ञानिक अनुसन्धान और सांस्कृतिक मामलों के मन्त्रालय के तत्त्वावधान में 1958 में वैज्ञानिकों और शिक्षाशास्त्रियों का पहला सम्मेलन आयोजित किया। इस सम्मेलन के मुख्य निष्कर्ष थे—वैज्ञानिकों के लिए उच्चतर वेतनमान, बेहतर सेवा शर्तें, प्रभावशाली वैज्ञानिकों की खोज और उन्हें प्रोत्साहन देना,

छात्रवृत्तियाँ देना, उपकरण उपलब्ध कराना और वैज्ञानिकों और साधनों के बीच उचित संयोजन करना। सम्मेलन में वैज्ञानिकों को एक स्थान से दूसरे स्थान पर जाने की सुविधाएँ देने, उपकरणों के निर्माण, सृजन, संग्रह, भंडारण और सूचनाओं के प्रसारण और वैज्ञानिक दृष्टिकोण को प्रोत्साहित करने की सिफारिशें की गईं।

1963 में पुनः वैज्ञानिक नीति के कार्यान्वयन की समीक्षा के लिए वैज्ञानिकों और शिक्षाविदों का द्वितीय सम्मेलन आयोजित किया गया। इसने भी वैज्ञानिकों के लिए उच्चतर वेतनमान, उन्नति के अधिक अवसर और योग्यता को मान्यता देने और कार्य करने की बेहतर सुविधाएँ देने की सिफारिशें कीं।

पहले सम्मेलन द्वारा सुझाए गए कदमों की समीक्षा करते हुए द्वितीय सम्मेलन ने अनुसन्धान के लिए अधिक वित्तीय आवंटन और वैज्ञानिक अभिकरणों और संस्थाओं के बीच बेहतर समन्वय, विश्वविद्यालयों में उच्च अनुसन्धान केन्द्रों की स्थापना तथा वैज्ञानिकों के अधिकाधिक परस्पर विनिमय तथा अनुसन्धान की खोजों के उपयोग के लिए प्रेरणा दी।

1967 में प्रधानमन्त्री ने विज्ञान एवं टेक्नोलॉजी पर एक गोलमेज सम्मेलन किया। इसने भी अनेक सिफारिशें कीं जिनका सम्बन्ध स्कूल-कॉलेज की प्रयोगशालाओं में कार्य कर रहे वैज्ञानिकों, विज्ञान को अधिक लोकप्रिय बनाने और विश्वविद्यालयों में सफल समूहों को संगठित करने तथा राष्ट्रीय आवश्यकताओं को देखते हुए अनुसन्धान का नियोजन और विज्ञान एवं टेक्नोलॉजी की राष्ट्रीय परिषद् की स्थापना से था।

विज्ञान एवं टेक्नोलॉजी समिति के तत्त्वावधान में वैज्ञानिकों, टेक्नोलॉजिस्टों और शिक्षाविदों का तृतीय सम्मेलन 1970 में आयोजित किया गया। इस सम्मेलन को भी वैज्ञानिक नीति के कार्यान्वयन की समीक्षा कर और उसके आधार पर उसमें पाई गई कमियों को दूर करने के उपाय बताने थे ताकि भावी नीति में आवश्यक संशोधन किए जा सकें।

तृतीय सम्मेलन ने उपयुक्त कार्यान्वयन के मार्ग में आनेवाली बाधाओं को दूर करने के लिए अनेक उपाय सुझाए। उसकी प्रमुख सिफारिशें थीं—विज्ञान एवं टेक्नोलॉजी की योजनाएँ राष्ट्रीय योजना का अंग बने, सभी स्तरों पर विज्ञान एवं टेक्नोलॉजी के प्रयासों का मूल्यांकन हो और विभिन्न शिक्षण संस्थाएँ मिलकर अपने को एक राष्ट्रीय अकादमी में एकीकृत करें और आयातित टेक्नोलॉजी नीति स्वदेशी अनुसन्धान और विकास से जुड़ी हों और उचित मानवशक्ति का भी समुचित नियोजन हो।

टेक्नोलॉजी नीति वक्तव्य

पचास वर्षों के विज्ञान एवं टेक्नोलॉजी के विकास के फलस्वरूप आज भारत का एक सुदृढ़ प्रयास और औद्योगिक आधार है तथा गुणवत्ता और कौशल से युक्त प्रचुर वैज्ञानिक जनशक्ति उसके पास है। स्पष्ट लक्ष्य और अपेक्षित समर्थन के फलस्वरूप विज्ञान ने समस्याओं को सुलझाने की क्षमता प्रदर्शित की है।

सरकार को टेक्नोलॉजी के चयन के विषय में अपनी पद्धति को स्पष्ट करना चाहिए जो आर्थिक, सामाजिक और सांस्कृतिक और तकनीकी कारकों को ध्यान में रखकर बनाई जाए जिससे स्वदेशी तकनीक का विकास हो और उसे प्रोत्साहन मिले। आयातित टेक्नोलॉजी को भली प्रकार आत्मसात किया जाए, उसे अपने अनुकूल बनाकर अधिक उन्नत किया जाए, वह अन्तर्राष्ट्रीय स्तर पर सभी आवश्यक क्षेत्रों में मुकाबला कर सके और टेक्नोलॉजी सृजन से सम्बन्धित अनेक तत्त्वों को जोड़ सके, उन्हें आर्थिक दृष्टि से उपयोगी बना सके।

टेक्नोलॉजी नीति वक्तव्य व्यापक जटिल अन्तर्सम्बन्धित क्षेत्रों के लिए मार्गदर्शक है। इस वक्तव्य के बुनियादी लक्ष्यों से स्वदेशी टेक्नोलॉजी का विकास और आयातित टेक्नोलॉजी का कारगर सात्मीकरण जो राष्ट्रीय प्राथमिकताओं और संसाधनों के अनुकूल हों। ये हैं :

(1) प्रौद्योगिकी दक्षता और आत्मनिर्भरता प्राप्त करना, विशेषकर सुरक्षा की दृष्टि से देशी संसाधनों का अधिकाधिक उपयोग।

(2) समाज के सभी वर्गों को अधिकतम कारगर और सन्तोषप्रद रोजगार दिलाना जिसमें महिलाओं और समाज के निर्बल वर्गों पर विशेष बल दिया जाए।

(3) परम्परागत दक्षता और कौशल का उपयोग और उसे व्यापारिक प्रतियोगिता का मुकाबला करने के योग्य बनाना।

(4) बड़े पैमाने पर उत्पादन की टेक्नोलॉजी और सर्वसाधारण के लिए उत्पादन के बीच उचित सन्तुलन स्थापित करना।

(5) अल्पतम पूँजी लगाकर अधिकतम विकास प्राप्त करना।

(6) इस्तेमाल की जा रही निकम्मी अक्षम तकनीकों का पता लगाना और उनके उपकरणों और तकनीकों को आधुनिक बनाना।

(7) ऐसी प्रौद्योगिकी विकसित करना जो अन्तर्राष्ट्रीय प्रतियोगिता में ठहर सकें और विशेषकर जिनके निर्यात की सम्भावनाएँ हों।

(8) बेहतर कार्यक्षमता और विद्यमान क्षमता के पूर्ण उपयोग द्वारा उत्पादन में शीघ्र सुधार और उत्पादन की गुणवत्ता में सुधार।

(9) ऊर्जा की माँग को घटाना, विशेषकर परम्परागत ऊर्जा की माँग को कम करना।

(10) पर्यावरण के साथ सामंजस्य स्थापित करना। पारिस्थितिक सन्तुलन का संरक्षण और बस्तियों का सुधार और

(11) परित्यक्त पदार्थों का पुनर्उपयोग तथा उनसे निकले पदार्थों का उपयोग।

6

अनुसन्धान का नियोजन एवं वित्त पोषण

यदि विज्ञान एवं टेक्नोलॉजी अनुसन्धान को कारगर बनाकर उसे देश के विकास में प्रयुक्त करना है तो वह सुनियोजित होना चाहिए। नियोजन का अर्थ नियन्त्रण नहीं है बल्कि उसे चयन प्रक्रिया और दिशा निर्देश का एक साधन समझना चाहिए। इस दृष्टिकोण को विभिन्न पंचवर्षीय योजनाओं में विकसित नीतियों में देखा जा सकता है।

भारत में अपनाई गई नियोजन प्रक्रिया दोतरफा है–एक ओर यह ऊपर से मोटे तौर पर मार्गदर्शन करती है और दूसरी ओर यह राष्ट्रीय स्तर पर अभिकरणों और प्रयोगशालाओं में वैज्ञानिकों के साथ अन्तर्क्रिया करती है। इस अन्तर्क्रिया के फलस्वरूप जब योजना बनती है तब उस पर विभिन्न स्तरों के वैज्ञानिकों के साथ चर्चा होती है और उनकी प्रतिक्रियाओं को ध्यान में रखते हुए अन्तिम प्रारूप तैयार होते हैं। देश के आकार और वैज्ञानिकों की बहुसंख्या को देखते हुए यह एक उल्लेखनीय प्रक्रिया है। निर्णय प्रक्रिया का लोकतन्त्रीकरण और उसमें कार्यरत वैज्ञानिकों की भागीदारी उनकी प्रभावी सहभागिता को सुनिश्चित करते हैं और देश में विज्ञान के प्रसार को प्रोत्साहित करते हैं।

राष्ट्रीय विज्ञान एवं टेक्नोलॉजी योजना में निर्णय प्रक्रिया का लोकतन्त्रीकरण एक ही चरण में पूरा नहीं हुआ। आजादी के समय शुरू हुए वैज्ञानिक प्रयास के विकास का यह एक अंग था। शुरुआत में अन्य किसी देश की तरह योजना बनाने का काम कुछ चोटी के वैज्ञानिक निदेशकों और अभिकरणों के अध्यक्षों, योजना आयोग और मन्त्रालय के अधिकारियों का था। प्राप्त अनुभव और कार्यरत वैज्ञानिकों के दबाव के फलस्वरूप अनुसन्धान और विकास की वर्तमान संरचना का विकास हुआ। पाँचवीं पंचवर्षीय योजना में लोकतान्त्रिक नियोजन की प्रक्रिया मील का पत्थर बनी। संक्षेप में यह प्रक्रिया इस प्रकार थी :

(1) सरकार अपनी नीतियों, मार्गदर्शक सिद्धान्त और प्राथमिकताएँ घोषित कर देती है। उन्हें अनुसन्धान अभिकरणों और संस्थाओं को बता दिया जाता है।

(2) अभिकरणों के अध्यक्षों और प्रयोगशालाओं के निदेशकों से इन मार्गदर्शक सिद्धान्तों को ध्यान में रखते हुए अपनी योजनाएँ तैयार करने का अनुरोध किया जाता है।

(3) फिर यह निदेशक विज्ञान की विभिन्न शाखाओं में कार्यरत वैज्ञानिकों और विशेषज्ञों से अपनी कार्य योजना बनाने का अनुरोध करते हैं।

(4) विभिन्न वैज्ञानिकों और विशेषज्ञों द्वारा बनाई गई कार्ययोजना को प्रयोगशालाओं के स्तर पर समन्वित किया जाता है और उन पर सम्बन्धित प्रयोगशालाओं के पैनल विचार करते हैं जिनमें विश्वविद्यालयों, उद्योगों और अन्य अनुसन्धान संस्थाओं और सम्बन्धित मन्त्रालयों के अधिकारी रहते हैं।

(5) प्रयोगशालाओं के स्तर पर बनी योजनाएँ अभिकरण स्तर पर समन्वित की जाती हैं और पुनः विशेषज्ञ पैनल उनकी जाँच करते हैं।

(6) अभिकरणों की योजनाएँ समन्वित कर उन्हें योजना आयोग स्तर पर जाँच कर अन्तिम रूप दिया जाता है और तदुपरान्त उनको वित्तीय साधन दिए जाते हैं।

राष्ट्रीय योजनाओं में विज्ञान

सभी राष्ट्रीय योजनाओं में विज्ञान एवं टेक्नोलॉजी को महत्त्वपूर्ण स्थान दिया गया है। प्रथम पंचवर्षीय योजना जो 1952 में शुरू हुई उसमें अवस्थापना बनाने पर जोर दिया गया। उसमें निम्न कार्यों के लिए धन दिया गया :

(क) पहले से विद्यमान संस्थाओं को वैज्ञानिक और औद्योगिक अनुसन्धान को बढ़ावा देने के लिए,

(ख) नई प्रयोगशालाओं के निर्माण के लिए,

(ग) प्रयोगशाओं को अपने कार्य के लिए आवश्यक उपकरण जुटाने के लिए,

(घ) संसाधनों की खोज और सर्वेक्षण के लिए,

(च) तैयार माल से निकले उपपदार्थों (बाई प्रोडक्ट्स) और स्थानीय संसाधनों के उपयोग के लिए,

(छ) मानकीकरण के लिए और

(ज) कुटीर उद्योगों की तकनीक में सुधार के लिए।

इस काल में सर्वाधिक महत्त्वपूर्ण कार्य आवश्यक वैज्ञानिक शाखाओं के लिए राष्ट्रीय प्रयोगशालाओं और अनुसन्धान संस्थानों की एक शृंखला स्थापित करना था जो देश के विभिन्न भागों में विस्तृत हो।

प्रथम पंचवर्षीय योजना में सम्मिलित उद्देश्यों के अलावा दूसरी पंचवर्षीय योजना में विद्यमान अनुसन्धान सुविधाओं को सुदृढ़ करने और अनुसन्धान कार्यक्रमों को विभिन्न अभिकरणों में समन्वित कर राष्ट्रीय स्तर पर क्षेत्रीय और राज्य स्तर के अनुसन्धान कार्य को जोड़ने, पर्याप्त संख्या में वैज्ञानिक जनशक्ति के सृजन और उपयोग करने और सृजनात्मक कार्यकर्ताओं को अधिकाधिक अवसर प्रदान करना था।

दूसरी पंचवर्षीय योजनाकाल में 1958 में भारतीय वैज्ञानिक नीति के प्रस्ताव की घोषणा हुई। इस प्रस्ताव में विज्ञान को राष्ट्रीय योजना में प्रमुख स्थान दिया गया।

तृतीय पंचवर्षीय योजना में विश्वविद्यालयों में अनुसन्धान के प्रोत्साहन और

अनुसन्धान कार्यकर्ताओं के प्रशिक्षण पर बल दिया गया तथा छात्रवृत्तियों को बढ़ाया गया। वैज्ञानिक और औद्योगिक उपकरणों के विकास, विनियमतीकरण और अग्रणी योजनाओं में निवेश तथा व्यापक स्तर पर परीक्षण करने पर जोर दिया गया। तीसरी पंचवर्षीय योजना में विज्ञान एवं टेक्नोलॉजी अनुसन्धान ने देश के विकास में महत्त्वपूर्ण योगदान देना शुरू किया। विकास और अभिवृद्धि, उन्नत कृषि, बेहतर स्वास्थ्य और द्रुततर यातायात सुविधाएँ, भूमि, जल और विद्युत उत्पादन का उद्योगों में बेहतर उपयोग तथा उद्योगों के लिए ऊर्जा उत्पादन में व्यक्त हुई।

तीसरी पंचवर्षीय योजना में प्रबन्ध सम्बन्धी अनेक समस्याएँ सामने आईं और वह ठीक से आँकी न जा सकीं क्योंकि तब तक अनुसन्धान और विकास के लाभों का मानदंड नहीं लागू किया गया था। इसने अब जनता का पर्याप्त ध्यान आकर्षित किया। वैज्ञानिक उपलब्धियों के थोड़े ही अंश के व्यापारिक उपयोग पर गम्भीरता से विचार किया गया ताकि उन कारणों को जाना जा सके जो उस स्थिति के लिए जिम्मेदार थे। चौथी पंचवर्षीय योजना में औद्योगिक अनुसन्धान के कार्यक्रमों को एकीकृत करने तथा विभिन्न प्रयोगशालाओं के बीच बेहतर समन्वयन और विभिन्न स्तरों पर समय-समय पर अनुसन्धान कार्यक्रमों के मूल्यांकन पर ध्यान केन्द्रित किया गया।

पाँचवीं पंचवर्षीय योजना में नई बात थी–विज्ञान एवं टेक्नोलॉजी की विशिष्ट योजना। सर्वप्रथम पाँचवीं पंचवर्षीय योजना का दृष्टिकोण शीर्षक से दस्तावेज तैयार किया गया और उसे व्यापक टिप्पणी के लिए प्रसारित किया गया। फिर देश के विभिन्न भागों में इस पर चर्चा करने के लिए कई बैठकें की गईं। इन टिप्पणियों के प्राप्त होने के बाद इस दस्तावेज को अन्तिम रूप दिया गया और विज्ञान एवं टेक्नोलॉजी के विभिन्न क्षेत्रों के लिए अलग पैनल बनाए गए। जिन्होंने इस दस्तावेज के तहत अपनी योजनाएँ बनाईं। इन योजनाओं को बाद में योजना आयोग ने एकीकृत किया।

1977 में सरकार में हुए परिवर्तन का विज्ञान एवं टेक्नोलॉजी की प्रगति पर भी प्रभाव पड़ा। नए शासकों में विज्ञान एवं टेक्नोलॉजी के प्रति रुचि की कमी थी। नीतियों, संगठनात्मक परिवर्तनों, वित्तीय साधनों के आवंटन और सामान्य वातावरण पर इसका प्रभाव पड़ा और इससे वैज्ञानिकों और टेक्नोलॉजिस्टों का मनोबल गिरा और संस्थागत संरचना भी विखंडित हुई। यद्यपि योजना की अवधारणा को तिलांजलि नहीं दी गई फिर भी वार्षिक योजना को वित्तीय संसाधन आवंटित होते रहे। 1980 में नई सरकार आने पर विज्ञान एवं टेक्नोलॉजी को पुनः प्रोत्साहन मिला।

छठी पंचवर्षीय योजना में एक पृथक कार्यप्रणाली अपनाई गई। इस योजना का प्रारूप कांग्रेस पार्टी के चुनाव घोषणापत्र पर आधारित था। इसके प्रारूप को 300-400 प्रतिष्ठित वैज्ञानिकों और टेक्नोलॉजिस्टों ने प्रसारित किया और बाद में उसे विज्ञान एवं टेक्नोलॉजी विभाग के विशेषज्ञों के पैनल ने अन्तिम रूप दिया। फिर उस पर योजना आयोग में चर्चा हुई और उसका संशोधित प्रारूप छठी पंचवर्षीय योजना में समाविष्ट किया गया। विज्ञान एवं टेक्नोलॉजी की यह योजना राष्ट्रीय योजना में एकीकृत की गई

जिससे कि राष्ट्रीय उद्देश्य पूरे हो सकें।

पाँचवीं पंचवर्षीय योजना का मुख्य लक्ष्य गरीबी हटाना और आत्मनिर्भरता की प्राप्ति था। जबकि छठी पंचवर्षीय योजना की अभिवृत्ति आधुनिकीकरण, आत्मनिर्भरता और सामाजिक न्याय की प्राप्ति है।

विज्ञान एवं टेक्नोलॉजी के क्षेत्र में किए गए निवेश इस बात के सूचक हैं कि विभिन्न क्षेत्रों पर इतना बल दिया जा रहा है। इनके सापेक्ष महत्त्व को पुस्तक के अन्त में दी गई तालिकाओं को देखकर समझा जा सकता है।

7

वैज्ञानिक समितियाँ

किसी भी देश में विज्ञान का विकास उससे सम्बद्ध संस्थाओं से जुड़ा रहता है। वैज्ञानिक अनुसन्धान संगठन और स्वैच्छिक समितियाँ इस प्रक्रिया में महत्त्वपूर्ण भूमिका निभाती हैं। ये समितियाँ वैज्ञानिकों और टेक्नोलॉजिस्टों को अपने विषय की समस्याओं पर विचार करने के लिए और अपनी विशिष्ट शाखाओं में ज्ञान के विस्तार के लिए एक मंच प्रदान करती हैं और साथ ही विज्ञान के पक्ष में प्रभावी जनमत तैयार करती हैं। भारत में विभिन्न प्रकार की वैज्ञानिक समितियों की अभिवृद्धि का इतिहास है। उन्हें समय-समय पर अत्यधिक सफलता मिली है और उन्होंने राष्ट्रीय विकास के कार्य के लिए सक्रिय और कारगर कार्यक्रम बनाए हैं।

भारत में स्वैच्छिक वैज्ञानिक समितियों का संक्षिप्त विवरण इस प्रकार है :

सबसे पहले जो समिति बनी वह थी कलकत्ता में 1784 में स्थापित एशियाटिक सोसायटी ऑफ बंगाल। उच्चतम न्यायालय के न्यायाधीश सर विलियम जोन्स इसके प्रथम अध्यक्ष थे। 1886 में इसी के प्रयास से कलकत्ता में इंडियन म्यूजियम (भारतीय संग्रहालय) की स्थापना हुई। यह समिति भौतिकी, रसायन, भूगर्भ विज्ञान और चिकित्सा विज्ञान पर शोध पत्र प्रकाशित करती रही।

बंगाल की एशियाटिक सोसायटी के अलावा अनेक स्वैच्छिक वैज्ञानिक समितियाँ स्थापित हुईं, जैसे कि रायल हार्टीकल्चरल सोसायटी ऑफ इंडिया, कलकत्ता 1860 में और बाम्बे नेचुरल हिस्ट्री सोसायटी 1863 में बनी। 1876 में डॉ. महेन्द्रलाल सरकार द्वारा स्थापित इंडियन एसोसिएशन फॉर कल्टीवेशन ऑफ साइंस देश का एक प्रमुख वैज्ञानिक केन्द्र बना। 1902 में स्थापित अहमदाबाद मेडिकल सोसायटी और 1908 में गठित कलकत्ता मैथमेटिकल सोसायटी का भी उल्लेख आवश्यक है।

लखनऊ में मैकमोहन और मद्रास में साइमन के प्रयासों से 1914 में इंडियन साइंस कांग्रेस एसोसिएशन गठित हुई। बाद में बनारस मैथमेटिकल सोसायटी (1918), इंडियन बोटेनिकल सोसायटी (1920), इंस्टीट्यूट ऑफ इंजीनियर्स (1920), एंथ्रोपोलोजिकल सोसायटी कलकत्ता (1920), जियोलोजिकल माइनिंग एंड मेटलर्जिकल सोसायटी (1924), इंडियन केमिकल सोसायटी (1924), शुगर टेक्नोलॉजिस्ट्स एसोसिएशन ऑफ इंडिया

(1926), इंस्टीट्यूट ऑफ केमिस्ट्स (1927), इंडियन मेडिकल एसोसिएशन (1928), इंडियन एकेडमी ऑफ सांइसेज़, बंगलौर (1934), इंडियन फिजिकल सोसायटी, कलकत्ता (1934), नेशनल इंस्टीट्यूट ऑफ सांइसेज ऑफ इंडिया, नई दिल्ली (1935) (जिसका नाम अब इंडियन नेशनल साइंस एकेडमी है।) इंडियन साइंस न्यूज एसोसिएशन, कलकत्ता (1936), नेशनल एकेडमी ऑफ सांइसेज़, इलाहाबाद (1936), एंटोमोलोजिकल सोसायटी ऑफ इंडिया (1938), एसोसिएशन ऑफ सर्जन्स ऑफ इंडिया, कलकत्ता (1941), एसोसिएशन ऑफ साइंटिफिक वरकर्स ऑफ इंडिया (1943), अन्य महत्त्वपूर्ण समितियाँ थीं जो विज्ञान एवं टेक्नोलॉजी के विभिन्न क्षेत्रों में अनुसन्धान को प्रोत्साहित करने के लिए स्थापित की गई थीं।

प्रारम्भिक चरण में ये समितियाँ मात्र अपने विषय में अभिरुचि रखती थीं और उन्हें उसके लाभों या अनुसन्धान के व्यावहारिक उपयोग से सरोकार न था। समय बीतने के साथ वैज्ञानिक शोधों के सामाजिक उपयोग पर बल दिया गया। इसके अलावा प्राकृतिक घटनाओं, भूमि सुधार और अन्तरिक्ष की खोजों और नए पेड़-पौधों और पशुओं की पहचान भी इनकी अभिरुचि का विषय बनीं।

अनेक समितियों ने प्रकाशनों, भाषणों, प्रदर्शनियों के माध्यम से अपने कार्यकलापों की सूचना जनता तक पहुँचाई। इस प्रकार जनशिक्षा भी समितियों के लिए महत्त्वपूर्ण हो गई। विश्वविद्यालयों और प्रशिक्षण संस्थाओं द्वारा शिक्षा के अधिक औपचारिक हो जाने के कारण यह स्वाभाविक ही था कि अध्यापन और प्रशिक्षण में संलग्न व्यक्ति इन समितियों के सक्रिय सदस्य बन गए। सामान्य तौर पर अनुसन्धान और अध्यापन एकीकृत हो गया और इन समितियों ने केवल अनुसन्धान निष्कर्षों की चर्चा का मंच ही प्रदान नहीं किया बल्कि अध्यापन के मानदंड और पाठ्य सामग्री को निरन्तर अद्यतन बनाने में भी योगदान दिया।

ये समितियाँ वैज्ञानिकों, विशेषकर उनके बीच जो इस पेशे में अग्रणी हैं, के बीच सक्रिय सहयोग का केन्द्र बन गई हैं। श्रेष्ठता और प्रोत्साहन की पहचान के द्वारा ये समितियाँ विज्ञान के विशिष्ट क्षेत्रों में आधिकारिक ज्ञान का केन्द्र समझी जाने लगी हैं। अनेक सार्वजनिक और सरकारी संगठन जो शिक्षा और प्रशिक्षण में संलग्न हैं, विज्ञान एवं टेक्नोलॉजी की खोज, नए क्षेत्रों के चयन या विज्ञान के क्षेत्र में सामाजिक लाभ के लिए निवेश जैसे विषयों पर इन समितियों से औपचारिक या अनौपचारिक सलाह लेते हैं। सरकारी और शैक्षणिक संस्थाओं में कार्य कर रहे वैज्ञानिक भी इन समितियों के माध्यम से इनमें कार्य कर रहे सहकर्मियों से और प्रायः अन्तर्राष्ट्रीय स्रोतों से जिनसे कि इन समितियों के सदस्यों का सम्पर्क होता है, प्रामाणिक सूचना प्राप्त करने के अवसर पाते हैं।

चार प्रकार की स्वैच्छिक वैज्ञानिक समितियाँ हैं : पहली, वे जो मानद हैं, जिनके सदस्य विज्ञान एवं विशिष्ट योगदान के आधार पर चयनित किए जाते हैं, जैसे कि इंडियन नेशनल एकेडमी, दूसरी, जो विज्ञान की एक विशिष्ट शाखा का प्रतिनिधित्व

करती हैं और उस विषय से सम्बद्ध व्यक्ति उसके सदस्य बन सकते हैं। तीसरी, व्यावसायिक अभिकरण जैसे इंस्टीट्यूशंस ऑफ इंजीनियर्स और मेडिकल काउंसिल ऑफ इंडिया जो पेशे के मानक स्थापित करती हैं और उसके विस्तार और विकास में सहायक होती हैं और अन्त में वे बहुसंख्यक समितियाँ जो विज्ञान के माध्यम से समाज पर प्रभाव डालती हैं। अन्तिम श्रेणी में आती हैं–फोरम ऑफ सांइस टेक्नोलॉजी एंड सोसायटी, नई दिल्ली, साइंस सर्किल, बंगलौर, एसोसिएशन ऑफ साइंटिफिक वरकर्स ऑफ इंडिया इत्यादि। ये समितियाँ अति सुविज्ञ संस्थाओं के रूप में कार्य कर औपचारिक और अनौपचारिक रीति से अनुसन्धान की नीति, टेक्नोलॉजी के चयन और अनुसन्धान और विकास के संगठन को प्रभावित कर सकती हैं। यद्यपि इन समितियों का मुख्य उद्देश्य अपने सदस्यों का व्यावसायिक अभ्युत्थान है फिर भी यह विज्ञान के पक्ष में अनुकूल सामाजिक वातावरण बनाने का प्रभावी साधन हैं।

8

वैज्ञानिक साहित्य और सूचना-प्रणाली

वैज्ञानिक समुदाय की कार्यक्षमता और निर्णय प्रक्रिया पर उसके प्रभाव का स्तर बहुत कुछ विज्ञान एवं टेक्नोलॉजी सूचनाओं के स्तर से प्रभावित होता है। वैज्ञानिक नीति प्रस्ताव की भी यही दृष्टि थी। वैज्ञानिक नीति प्रस्ताव की समीक्षा के लिए आयोजित प्रथम सम्मेलन में विज्ञान एवं टेक्नोलॉजी सूचना के लिए एक राष्ट्रीय संस्थान बनाने की सिफारिश की। इसका कार्यान्वयन अभी होना है। समाज का सूचना का स्तर देश और विदेश में तैयार साहित्य की उपलब्धियों पर निर्भर है। भारत में अच्छे पुस्तकालय हैं जहाँ महत्त्वपूर्ण वैज्ञानिक और तकनीकी साहित्य सुलभ है। यहाँ देश में सृजित वैज्ञानिक एवं तकनीकी सूचनाओं के प्रकाशन की भी व्यवस्था हो गई है।

प्रलेखन, डॉक्यूमेंटेशन और प्रसार सेवाओं का संगठन साहित्य के उपयोग को निर्धारित करता है। इसमें अभी पर्याप्त सुधार की गुंजाइश है। भारतीय वैज्ञानिकों की अंग्रेजी साहित्य पर निर्भरता भी एक मुख्य कमी है। अन्य महत्त्वपूर्ण भाषाओं जैसे रूसी, फ्रेंच, जर्मन, जापानी, चीनी, स्पेनिश, अरबी आदि का साहित्य या तो है ही नहीं या यदि है भी तो अनुवाद की सुविधाओं के अभाव में या वैज्ञानिकों के अंग्रेजी के अलावा अन्य भाषा न जानने के कारण, उसका व्यापक प्रयोग नहीं हो पाता।

साहित्य के अल्प उपयोग का एक कारण उसको रखने, निकालने और सूचनाओं के विश्लेषण की पुरानी और निकम्मी पद्धतियाँ हैं। इस दिशा में अधिक सुविधाओं को जुटाने की आवश्यकता है। कम्प्यूटरीकरण से आधुनिकीकरण की प्रक्रिया सुलभ हो गई है।

वैज्ञानिक नीति प्रस्ताव में जब विज्ञान एवं टेक्नोलॉजी को परिवर्तन का मुख्य प्रेरक माना गया, उसमें निर्णय प्रक्रिया में सूचना और ज्ञान का प्रयोग अन्तर्निहित था। सूचना संस्कृति वैज्ञानिक दर्शन का आधारभूत तत्त्व था। उपलब्ध सूचनाओं के प्रयोग की दिशा में सूचना-प्रणाली का संगठन अवरुद्ध और सीमित रहा है।

वैज्ञानिक साहित्य का सृजन

हमारी अधिकांश प्रकाशित पुस्तकें उपन्यास, यात्रावृत्त, संकलन और धर्म पर हैं। अन्य क्षेत्रों की तुलना में विज्ञान एवं इंजीनियरिंग विषय पर कम संख्या में पुस्तकें निकल रही

हैं और उनमें भी अधिक अनुपात स्कूल और कॉलेज की पाठ्य-पुस्तकों का है जो अंग्रेजी और भारतीय भाषा, दोनों में हैं। विदेशी पाठ्य-पुस्तकों के अनुवाद और पुनर्मुद्रण भी हुए हैं। अधिकांश विज्ञान की पुस्तकें मैनुअल और हैंड बुक्स हैं जिन्हें मशीन चलानेवाले उपयोग में लाते हैं। यह एक अच्छा लक्षण है और उसका सीधा सम्बन्ध साक्षरता और व्यावसायिक शिक्षा के प्रसार से है। अनेक राज्य सरकारें पाठ्यपुस्तकें भी प्रकाशित करती हैं।

केन्द्र और राज्य सरकारों के प्रकाशन का एक बड़ा हिस्सा विज्ञान एवं टेक्नोलॉजी साहित्य का है। प्रायः यह विभिन्न सरकारी विभागों के वार्षिक प्रतिवेदन, सर्वेक्षण और अध्ययन, समितियों और आयोगों के प्रतिवेदन तथा आँकड़े और मानकों के प्रकाशन हैं। फिर भी यह वैज्ञानिक और तकनीकी सूचना के प्रामाणिक स्रोत हैं।

वैज्ञानिक अभिकरणों में वैज्ञानिक और औद्योगिक अनुसन्धान परिषद् का मुख्य कार्यक्रम प्रकाशन है। भारत की सम्पदा, जो कच्चे माल और औद्योगिक उत्पादों का विश्वकोश है, के अलावा परिषद् अध्यापकों और अनुसन्धानकर्ताओं के लिए उपयोगी विशिष्ट सन्दर्भ योग्य अध्ययन प्रकाशित करती है।

भारतीय वैज्ञानिक पुस्तकों के उत्पादन में वृद्धि का कोई स्पष्ट संकेत नहीं मिलता। पुस्तक विक्रेता पाठ्यपुस्तकों के अलावा अन्य साहित्य की सीमित माँग की शिकायत करते हैं। कीमतों की अत्यधिक वृद्धि के फलस्वरूप पुस्तकालय ही मुख्य ग्राहक हैं।

जहाँ तक देश में वैज्ञानिक साहित्य के प्रयोगकर्ताओं का प्रश्न है, यह मानना होगा कि वह अभी भी अधिकतर विदेशी साहित्य पर निर्भर है। अधिकतर विषयों में भारतीय प्रकाशनों का अनुपात बहुत कम है। भारतीय लेखकों के सीमित उद्धरणों से भी इसकी पुष्टि होती है।

उपरोक्त विवेचन में पेटेंट के साहित्य पर विचार नहीं किया गया है जो हाल के वर्षों में बढ़ रहा है। डब्ल्यू.आई.पी.ओ. के आकलन के अनुसार भारत ने 1980 तक तीन हजार पेटेंट कराए जबकि जापान ने तब तक तीस हजार पेटेंट कराए।

वैज्ञानिक पत्रिकाओं की प्रगति

वैज्ञानिक संस्थाओं की संख्या बढ़ने के साथ-साथ तकनीकी प्रतिवेदनों के साहित्य और सम्मेलन के शोधपत्रों की संख्या में भी वृद्धि हुई है। यद्यपि इसका बड़ा अंश नियमित रूप से प्रकाशित न होने के कारण पूर्णतः दर्ज नहीं हो पाता।

प्रायः सभी विषयों में नई पत्रिकाएँ बढ़ी हैं। सामान्य विज्ञान एवं टेक्नोलॉजी तथा व्यावहारिक चिकित्सा, इंजीनियरी, कृषि, टेक्नोलॉजी और उद्योगों में यह अधिक बढ़ी है। वस्तुतः भारतीय पत्रिकाओं का लगभग 60 प्रतिशत अंश चिकित्सा, इंजीनियरी और कृषि में है। यदि हम इसमें सामान्य विज्ञान एवं टेक्नोलॉजी को जोड़ दें तो यह अनुपात इन चार विषयों में 70 प्रतिशत हो जाएगा।

1959 से लेकर भारतीय भाषाओं में भी 67 नई पत्रिकाएँ शुरू हुईं जबकि कुल पत्रिकाओं की संख्या 713 थी। इनमें से मात्र 155 के प्राइवेट प्रकाशक हैं। अन्य बाकी

पत्रिकाएँ समितियों, संस्थाओं या सरकारी विभागों, विश्वविद्यालयों या कॉलेजों द्वारा निकाली जाती हैं। वैज्ञानिक पत्रिकाएँ अभी व्यावसायिक रूप से सफल नहीं हैं। इस सन्दर्भ में प्रकाशन सूचना निदेशालय का योगदान कुछ सफल वैज्ञानिक पत्रिकाओं के प्रकाशन में उल्लेखनीय है।

1959 से कई अनुक्रमणिका और संक्षिप्तीकरण, जिनमें इंडियन सांइस ऐब्सट्रैक्ट्स भी शामिल हैं, शुरू हुई हैं। इनमें से अधिकांश वैज्ञानिक संस्थाओं के पुस्तकालयों और सूचना-केन्द्रों द्वारा प्रकाशित की जा रही हैं। इस क्षेत्र में अभी निजी प्रकाशनों का प्रवेश होना बाकी है।

भारतीय वैज्ञानिक अभी भी मुख्यतः विदेशी पत्रिकाओं पर निर्भर हैं। विदेश की अनेक पत्रिकाओं पर दृष्टिपात करने से यह स्पष्ट होता है कि बड़ी संख्या में भारतीय वैज्ञानिकों के लेख उनमें प्रकाशित हो रहे हैं। इनके लेखकों का तर्क है कि जब विदेशी पत्रिकाओं में उनके शोधपत्र प्रकाशित होते हैं तो उन्हें अधिक मान्यता मिलती है क्योंकि उनका प्रसार भी अधिक है। इसकी पुष्टि उद्धृत अध्ययनों से भी होती है। यह भी देखा गया है कि उसी भारतीय लेखक को अधिक उद्धृत किया जाता है जिसके शोधपत्र विदेशी पत्रिकाओं में निकलते हैं।

पत्रिका साहित्य की मात्रा का एक संकेत हमें इंडियन साइंस एब्सट्रैक्ट्स से मिलता है। इसमें भी वर्षों से प्रतिमास लगभग 1200 प्रविष्टियाँ हो रही हैं। इनमें से अधिकांश वैज्ञानिक पत्रिकाएँ, कुछ शोध मानकों और पेटेंटों से दी जाती हैं।

प्रलेखन कार्य में वृद्धि

अधिकाधिक अनुसन्धान और विकास कार्यों के पोषण और आवश्यक अवस्थापना सुविधाओं के निर्माण के लिए प्रलेखन और सूचना सेवाओं को सुदृढ़ करने की अधिकाधिक आवश्यकता अनुभव की जा रही है। यह सही है कि प्रत्येक नए अनुसन्धान संगठन के साथ कुछ प्रलेखन और सूचना सुविधाएँ रहती हैं। इनमें से कुछ ने बहुत अच्छे संग्रह तैयार किए हैं जो उनके संगठन से बाहर भी उपयोगी हो सकते हैं। यहाँ पर भारतीय विज्ञान एवं औद्योगिक परिषद् की प्रयोगशालाओं के पुस्तकालयों का उल्लेख किया जा सकता है—विशेषकर इन्सडॉक, भाभा परमाणु अनुसन्धान केन्द्र, रक्षा अनुसन्धान और विकास संगठन, भारतीय अन्तरिक्ष अनुसन्धान संगठन, भारतीय कृषि अनुसन्धान संस्थान, महानिदेशक स्वास्थ्य सेवा, राष्ट्रीय स्वास्थ्य एवं परिवार कल्याण संस्थान, लघु उद्योग प्रसार प्रशिक्षण संस्थान, भारतीय मानक संस्थान। सी.एस.आई.आर. प्रयोगशाला में उपलब्ध कुछ सुविधाएँ अपने विशेषीकरण के क्षेत्र में राष्ट्रीय सूचना-केन्द्र का कार्य करती हैं।

राष्ट्रीय सूचना-प्रणाली

पूर्वोक्त विज्ञान एवं टेक्नोलॉजी से सम्बद्ध विकास ने प्रलेखन के परिदृश्य को भी पर्याप्त बदला, जिसने यह अनुभव कराया कि अब समय आ गया है कि विभिन्न अभिकरणों

और सूचना सुविधाओं को एकीकृत किया जाए और उससे एक सुदृढ़ राष्ट्रीय सूचना-प्रणाली बनाई जाए। अन्तर्राष्ट्रीय क्षेत्र में हुए परिवर्तन भी ऐसे ही कदम का समर्थन करते हैं। अमेरिका और ब्रिटेन जैसे विकसित देशों में भी जहाँ प्रलेखन सुविधाएँ सुविकसित थीं, वहाँ भी विभिन्न सुविधाओं को राष्ट्रीय प्रणाली में एकीकृत करने का प्रयास जारी है।

भारत सरकार और सी.एस.आई.आर. की कई समितियों ने एक राष्ट्रीय विज्ञान एवं टेक्नोलॉजी सूचना-प्रणाली (एन.आई.एस.एस.ए.टी.) गठित करने की योजना पर अनेक बार प्रयास किया। अन्ततः 1973 में इसे बनाने की योजना बनी और वह विज्ञान एवं टेक्नोलॉजी योजना का अंग बन गया। इसके कार्यान्वयन का दायित्व भी विज्ञान एवं टेक्नोलॉजी विभाग पर है। राष्ट्रीय सूचना-प्रणाली को विभिन्न स्तरों पर कल्पित किया गया है। अनेक राष्ट्रीय सूचना-केन्द्र, जैसे कि इन्सडॉक, नेशनल मेडिकल लाइब्रेरी, नेशनल एग्रीकल्चरल डॉक्यूमेंटेशन सेंटर आदि। दूसरे स्तर पर कई क्षेत्रीय सैक्टर सूचना-केन्द्र, जैसे चमड़ा, वैमानिकी, खाद्य, औषधि, धातुओं इत्यादि से सम्बन्धित है। तीसरे स्तर पर स्थानीय सूचना इकाइयाँ जो विभिन्न वैज्ञानिक संस्थाओं से सम्बद्ध रहेंगी। राष्ट्रीय केन्द्र अनेक क्षेत्रीय सूचना-केन्द्र बना सकेंगे। विभिन्न स्वामित्व वाले केन्द्रों को एक संघ में गठित करने का भी विचार है। यह आशा की जाती है कि वह एक समन्वयक अभिकरण के मार्गदर्शन में एक-दूसरे को सहयोग करेंगे। आवश्यकतानुसार विद्यमान केन्द्रों को प्रोन्नत किया जा सकेगा और उनकी सुविधाओं में विस्तार भी।

उपरोक्त योजना को सभी ने स्वीकार किया है। उससे लाभान्वित होने के लिए उसका कार्यान्वयन जरूरी है। राष्ट्रीय सूचना-केन्द्र के अलावा इलेक्ट्रॉनिकी विभाग ने एक राष्ट्रीय इनफारमेटिक्स सेंटर बनाया है। इन दोनों संगठनों में समायोजन स्थापित करना भी जरूरी है।

अन्तर्राष्ट्रीय प्रणालियों में सहभागिता

इस बात पर बल देने की जरूरत है कि राष्ट्रीय व्यवस्था में प्रलेखन और सूचनाओं का समन्वयन सिर्फ देश में ही विभिन्न स्थानों पर सूचनाओं के प्रसार के लिए ही कारगर नहीं है, बल्कि उसे राष्ट्रीय और अन्तर्राष्ट्रीय सूचना प्रणालियों जैसे—आई.एन.आई.एस. और ए.ए.जी.आर.आई.एस., एस.पी.आई.एन.ई.एस. प्रणालियों से भी लाभ मिलते हैं। इसके पूर्व लाभ तभी उपलब्ध हो सकेंगे जब बहुसंख्या में वैज्ञानिक राष्ट्रीय प्रणाली में संगठित हो जाएँ।

कम्प्यूटरीकृत सेवाएँ

भारत कम्प्यूटर प्रलेखन सेवाओं के नए युग में प्रवेश कर रहा है। अनेक वैज्ञानिक पुस्तकालयों को सूचना-केन्द्र में प्रलेखन के लिए उपलब्ध कम्प्यूटर सुविधाओं का प्रयोग हो रहा है। इस सन्दर्भ में इन्सडॉक, भाभा परमाणु अनुसन्धान केन्द्र, भारत हैवी

इलेक्ट्रॉनिक्स लि., भौतिक अनुसन्धान प्रयोगशाला, अहमदाबाद, रक्षा अनुसन्धान और विकास संगठन, नेशनल इन्फार्मेटिक्स सेंटर और भारतीय अन्तरिक्ष अनुसन्धान संगठन ने चुनींदा प्रसार सेवाएँ प्रारम्भ की हैं। ये तीन महत्त्वपूर्ण उपलब्धियाँ व्यावसायिक सूचना कोषों पर आधारित हैं। इन्सडॉक और अन्य स्थानों पर कम्प्यूटरीकृत सूचियाँ और निर्देशिकाएँ उपलब्ध हैं।

राष्ट्रीय विज्ञान पुस्तकालय

हाल की नई महत्त्वपूर्ण उपलब्धि राष्ट्रीय विज्ञान पुस्तकालय है। इन्सडॉक क्रमशः इस प्रस्तावित पुस्तकालय का आधारभूत संग्रह कई वर्षों से कर रहा है। राष्ट्रीय पुस्तकालय के पूर्णतः चालू हो जाने पर यह आशा की जाती है कि यह देश के अनेक पुस्तकालयों की कार्यप्रणाली को भी प्रभावित करेगा। राष्ट्रीय विज्ञान पुस्तकालय सम्पूर्ण वैज्ञानिक समुदाय को द्रुत प्रलेख, प्रतिलिपि की सेवा दे सकेगा। इसके अलावा यह विभिन्न श्रेणियों के विशिष्ट दस्तावेजों के संग्रह भी तैयार करेगा जो छोटे पुस्तकालय नहीं बना सकते।

सूचनाओं के वर्गीकरण पर बल

ऐसी सामान्य धारणा है कि उपरोक्त प्रयासों से अनुसन्धान और विकास सूचनाओं में अभिरुचि रखनेवाले सभी वर्गों को लाभ होगा। विज्ञान एक ओर नियोजकों और नीति निर्धारकों को तथा दूसरी ओर किसानों, दस्तकारों और इसी प्रकार के अन्य लोगों को इन उपलब्ध सूचनाओं से लाभ मिलेगा। इन वर्गों की सेवा के लिए सूचनाओं के वर्गीकरण पर अधिक जोर देने की जरूरत है। इनके लिए उपलब्ध सूचनाओं का प्रसंस्करण कर उनसे उपयोगी समीक्षाएँ, प्रगति प्रतिवेदन, पूर्वोक्ति आदि तैयार की जा सकेंगी। साधारण वर्ग के लोगों के लिए सूचनाओं को दूसरे सरल दृश्य-श्रव्य माध्यम से प्रस्तुत करना होगा।

सूचनाकर्मियों का प्रशिक्षण

सूचनाकर्मियों के लिए समुचित कौशल और दक्षता की जरूरत पड़ती है। इसके लिए उन्हें पुस्तकालय और प्रलेखन कार्यों में प्रशिक्षण की सुविधाएँ प्रदान करने पर गम्भीरता से विचार करने की आवश्यकता है।

राष्ट्रीय सूचना नीति की आवश्यकता

यदि हमें राष्ट्रीय संसाधन के रूप में सारे देश में लाभ उठाना है तो इस बात की अत्यन्त आवश्यकता है कि शीघ्र ही एक राष्ट्रीय सूचना नीति बने। जिस प्रकार औद्योगिक और वैज्ञानिक नीतियाँ बनी हैं उसमें सूचनाओं के संग्रह, भंडारण, पुनः प्रेषण, विश्लेषण और निर्णय लेने में विभिन्न स्तरों पर उसका उपयोग सम्मिलित होगा।

9

देशज अनुसन्धान और विकास का योगदान

भारत जब आजाद हुआ तब यहाँ बहुत कम उद्योग थे और जो थे भी वह अधिकतर अंग्रेजों के हाथ में थे। आज भारत का स्थान विश्व के दसवें उद्योग प्रधान देश में है। और अब यहाँ के सभी उद्योग भारतीयों द्वारा संचालित हैं। शुरू में विदेशी टेक्नोलॉजी के आयात से यह औद्योगिक विकास शुरू हुआ। धीरे-धीरे आयातित अंश का स्थान देशज उपकरणों ने ले लिया है।

यह प्रश्न प्रायः उठाया जाता है कि भारत क्यों अनुसन्धान और विकास पर व्यय करे। यह युक्ति दी जाती है कि क्यों न वह बाहर से उपलब्ध तकनीकी कौशल को खरीद ले। लेकिन पिछले पाँच दशकों के अनुभव ने हमें यह अच्छी तरह दिखा दिया है कि टेक्नोलॉजी के साहित्य चयन के आयात के लिए भी हमें अनुसन्धान और विकास में अत्यन्त दक्ष व्यक्तियों की जरूरत है। इसके अभाव में अनुपयुक्त निकम्मी तकनीकें अत्यधिक कीमत पर खरीदे जाने की आशंका है। कई बार बाहर जो औद्योगिक कारखाने पुरानी बेकार टेक्नोलॉजी के कारण तोड़े जा रहे थे और वह लाभकर न थे और बिकाऊ थे उन्हें खरीद लिया गया और उसने अनेक समस्याएँ खड़ी कीं।

दूसरे, विदेशी टेक्नोलॉजी आयात करने की शर्तें प्रायः निरोधक होती हैं और उसके उत्पादों की दूसरे देशों में निर्यात करने की अनुमति नहीं होती। यह पाबन्दियाँ औद्योगिक विकास में बाधक हैं। पिछले पाँच दशक के अनुभव ने हमें यह बताया है।

तीसरे, अनेक आयातित मशीनें हमारी जलवायु और हमारे विकास स्तर तथा हमारी सामाजिक अवस्था, उपलब्ध कच्चे माल और उसकी किस्म के अनुकूल नहीं पाई गईं और इन कारणों से वह हमारे विकास में बाधक ही सिद्ध हुईं और हम उन्हें अधिक कारगर न बना सके।

अन्ततः हमारी जनता की आवश्यकताओं, सांस्कृतिक कारकों, परम्पराओं आदि ने यूरोप और अमेरिका से आयातित टेक्नोलॉजी को हमारी आवश्यकताओं की पूर्ति के लिए अनुपयुक्त ठहराया। वस्तुतः उपभोक्ता क्षेत्र में आयातित टेक्नोलॉजी सिर्फ कुछ समृद्ध वर्गों की ही जरूरतें पूरी कर सकती हैं और उससे सामान्य जन साधारण की

आवश्यकताएँ पूरी नहीं होती हैं।

स्वतन्त्रता के बाद अनेक दिशाओं में अनेक प्रकार की प्रगति हुई। इसने देशज क्षमता, जनता को अपनी सृजनात्मकता के अवसरों का उपयोग करने, उद्योगों और जनता की आवश्यकताओं को पूरा करने और बेहतर भारत बनाने के लक्ष्य रखे।

विज्ञान एवं टेक्नोलॉजी में हुए इस निवेश से क्या मिला? राष्ट्रीय विकास में इसने कितना और किन क्षेत्रों में योगदान दिया? इन अवदानों का पूरा आकलन अपेक्षित है, विशेषकर इसलिए भी कि यह अनेक क्षेत्रों में विस्तृत है, जैसे परामर्श देना और उद्योगों को चलाने के लिए तकनीकी विधियाँ प्रदान करना। उद्योगों का पैमाना कुटीर से लेकर लघु एवं सुसंगठित बड़े उद्योगों तक विस्तृत है। अनुसन्धान और विकास संस्थाओं का कार्य सूक्ष्म परीक्षण की क्षमता निर्मित करने के अलावा, जैसे वैमानिकी, कच्चा लोहा या अन्य धातुओं के उन्नयन, अनेक टर्न-की कार्य, डिजाइन और औद्योगिक इकाइयों को लगाना रहा है। इसके कार्यों और योगदान का अनुमान पेटेंट, प्रक्रियाओं, नवप्रवर्तनों, परामर्श सेवाओं और प्रकाशनों से लगाया जा सकता है।

भारतीय वैज्ञानिक और औद्योगिक विकास की समस्त उपलब्धियों की फ़ेहरिस्त देना सम्भव नहीं है, किन्तु चुने क्षेत्रों से दिए गए दृष्टान्त से विकसित क्षमता और उल्लेखनीय उपलब्धियों से इसका अनुमान किया जा सकता है।

कृषि, पशुपालन, मत्स्य और खाद्य

कृषि क्षेत्र में मुख्य उद्देश्य खाद्यानों मे आत्मनिर्भरता प्राप्त करना था। 1950-51 में इनका उत्पादन 5.5 करोड़ टन से बढ़कर वर्ष 1980-81 तक 130 करोड़ टन हो गया था। कृषि उत्पादन में यह असाधारण वृद्धि अधिक उपज देनेवाली किस्मों और उत्पादन की उन्नत विधियों के अनुसन्धान द्वारा सम्भव हुई। इसके परिणामस्वरूप भारत ने खाद्यान्नों में आत्मनिर्भरता प्राप्त कर ली है।

भारत अनेक महत्त्वपूर्ण फसलों और पशुओं की जातियों का मुख्य केन्द्र है और एक प्राकृतिक जनन द्रव्य का भंडार है। पौधों और जीव-जन्तुओं की यह विविधता देश में मृदा और कृषि-जलवायु स्थितियों की विविधता से और अधिक तीव्रतर हो गई है। दुर्लभ प्रजातियों को उनके प्राकृतिक स्थानों पर संरक्षित रखने के लिए सुरक्षित क्षेत्र बनाए गए हैं ताकि फसलों के सुधार कार्यक्रमों में उसका उपयोग किया जा सके। 1976 में स्थापित ब्यूरो ऑफ प्लांट जैनेटिक रिसोर्सेज़ अन्तर्राष्ट्रीय प्लांट जैनेटिक रिसोर्सेज़ इंस्टीट्यूट के सहयोग से जनन द्रव्यों की खोज, संग्रह और प्रलेखन और उनके संरोधन (क्वारनटाईन) इत्यादि के कार्य करता है।

मछलियों और अन्य जन्तुओं के जनन संसाधनों को संरक्षित करने के लिए भी ऐसे ब्यूरो संगठित किए जा रहे हैं।

मृदा उत्पादकता के क्षेत्र में अनुसन्धान, सर्वेक्षण, नक्शे बनाना, मृदाओं के सूक्ष्म पोषक तत्त्वों का सर्वेक्षण, मृदा परीक्षणों के फसलों पर प्रभाव के कार्य–कारणों का

अध्ययन और समस्याग्रस्त क्षेत्रों में मुख्यतः मृदा संरचना के सुधार पर ध्यान केन्द्रित किया गया है। देश के पास विपुल मृदा संसाधनों का क्रमबद्ध सर्वेक्षण कर विभिन्न क्षेत्रों के लिए मृदाओं की सूची तैयार की गई है जिसमें उनकी उत्पादन क्षमता की पहचान कर उनके वैज्ञानिक उपयोग और संरक्षण की योजना दी गई है। सारे देश को 186 संसाधन क्षेत्रों में बाँटा गया है और शीघ्र ही सारे देश का मृदा मानचित्र तैयार होने की आशा की जाती है। क्षारीय/लवणीय मृदाओं के पुनरुद्धार और क्षारीय जलों के उपयोग में उल्लेखनीय सफलता मिली है।

आनुवांशिक संरचना का पुनर्गठन इस सदी में उत्पादकता को बढ़ाने का महत्त्वपूर्ण कारक रहा है। संकर मक्का, बौनी धान और गेहूँ की प्रजातियाँ, संकर बाजरा, संकर ज्वार और बाद में संकर कपास इत्यादि कृषि विकास में महत्त्वपूर्ण कीर्ति स्तम्भ बने। देश में विभिन्न कृषि पारिस्थितिक और प्रबन्ध क्षमता को ध्यान में रखकर उपयुक्त पौधों की प्रजातियों पर प्रयास केन्द्रित है। गेहूँ में ट्रिपिल जीन बौनी किस्म, मक्का की अधिक लाइसिनयुक्त मिश्रित प्रजातियाँ, लम्बे रेशे वाली और संकर कपास की किस्मों ने फसलों की उत्पादकता को काफी बढ़ा दिया है। कृषि उत्पादन में यह वृद्धि कीटनाशकों पर किए गए अनुसन्धान के अनेक कार्यक्रमों से, जैसे कि कीट प्रतिरोधक प्रजातियों तथा रसायन एवं सांस्कृतिक विधियों से सुरक्षा द्वारा सम्भव हुई है। धान, गेहूँ, चना, आलू, ओकरा, अरहर आदि की रोग निरोधक किस्में विकसित कर उल्लेखनीय सफलता प्राप्त हुई है। गन्ने का पिरिल्ला कीट, कपास के गुलाबी बॉलवर्म, अरंडी के कीड़ों को जैव नियन्त्रण विधियों से सफलतापूर्वक नियन्त्रित किया गया है।

चालू योजना में पशुपालन अनुसन्धान पर बल दिया गया है। जननिक सुधार पशुओं के स्वास्थ्य सुधार और बेहतर उत्परिवर्तन और दुग्ध प्रौद्योगिकी उन्नति द्वारा यह सम्भव होगा। परिणामतः कुछ स्थानों पर स्थानीय नस्लों का अन्य चुनी नस्लों से संकर प्रजनन बड़े पैमाने पर कराया जा रहा है।

देशी दुधारू पशुओं का विदेशी नस्लों के संकरीकरण से नस्लें उन्नत हुई हैं। जैरो गायों में करन, स्विस और करन फ्राइज़ और भेड़ों में गणिन अविवस्त्र ऊन की भेड़ों में आई.एल.आई. 18, मुर्गियों में आई.बी.एल. 18 विभेद विकसित किए गए हैं। इसी तरह भैंसों के वीर्य के संरक्षण की तकनीक के सुधार से उनकी नस्ल के सुधार का प्रयास हो रहा है। पशुओं के स्वास्थ्य पर भी अधिक बल दिया जा रहा है। अनेक रोगों से उन्हें हानि पहुँचती है। पशुओं के पैर और मुख (खुरपका) टिश्यू कल्चर, वैक्सीन, बकरियों के रोग की वैक्सीन, गाय और भैंसों के रक्तस्रावों के लिए बनाए जा रहे वैक्सीन अनुसन्धान की मुख्य उपलब्धियाँ हैं। भेड़ों के फेफड़ों में कीड़ों के लिए, सूअरों के ज्वर के लिए और मुर्गियों में रानीखेत और मारक रोगों के लिए वैक्सीन तैयार किए जा रहे हैं। दुग्धशाला टेक्नोलॉजी के अन्तर्गत विभिन्न प्रकार के दुग्ध पदार्थों, पनीर निर्माण, मिलावट को जाँचने आदि क्षेत्रों में नई विधियाँ विकसित की गई हैं।

अब मुख्यतः समुद्र, नदी और तालाबों में मत्स्य पालन तथा उसकी टेक्नोलॉजी को

विकसित करने पर ध्यान केन्द्रित किया गया है। इस क्षेत्र की प्रमुख उपलब्धियाँ हैं : मछली बीज उत्पादन के लिए पिटीश्यूरी ग्रन्थि इंजेक्शन का प्रयोग और उसके लिए लघु पिटीश्यूरी बैंक की स्थापना तथा झींगे, सीपियों, इलों और प्राकृतिक मोतियों के पालन की उन्नत प्रौद्योगिकी का विकास किया गया। मछली पकड़ने के उपकरण की नई डिजाइन भी उपलब्ध कराई गई है।

कृषि मशीनों और औजारों में सुधार कर उन्हें तैयार किया गया है। इस क्षेत्र की विशिष्ट उपलब्धियाँ हैं : बैलों से खींचे जाने वाले उन्नत हल, बीज बोने और उर्वरकों के छिड़कने की ड्रिल। इसके अतिरिक्त अनेक हाथ के औजारों–हल, हैरो और कल्टीवेटर आदि में सुधार किया गया। फसल कटाई, मड़ाई और सफाई के लिए यन्त्रों में अनेक सुधार हुए हैं। यहाँ अनाज सुखाने, मूँगफली का छिलका उतारने, सूरजमुखी के बीज साफ करने के यन्त्र उल्लेखनीय हैं। गोबर गैस संयन्त्र भी विकसित किए गए हैं और गोबर के साथ कृषि के अवशिष्ट खरपतवार को मिलाने की टेक्नोलॉजी विकसित की गई है।

कृषि अनुसन्धान के क्षेत्र में अनेक विशिष्ट कदम उठाए गए हैं जिसमें पारिस्थितिकी की स्थापना और सुदृढ़ीकरण पर तथा फसलों की उत्पादकता को स्थिर रखने, कटाई के बाद की टेक्नोलॉजी को सुधारने, कृषि में ऊर्जा के प्रबन्ध और नई टेक्नोलॉजी ग्रहण करने पर बल दिया गया है। कृषि से सम्बद्ध जैव-प्रौद्योगिकी के क्षेत्र में एक मुख्य कार्यक्रम आयोजित किया जा रहा है जिससे जीवविज्ञान, आनुवांशिक इंजीनियरी, जैव नाइट्रोजन, यौगिकीकरण, प्रकाश संश्लेषण और प्रोटोप्लास्टिक्स, क्षेत्र में सैद्धान्तिक अनुसन्धान किए जा सकें।

ग्रामीण विकास

भारत का अधिकांश भूभाग ग्रामीण है और लगभग 75 प्रतिशत जनसंख्या गाँव में रहती है। इसलिए ग्रामोत्थान राष्ट्र विकास की सर्वोच्च प्राथमिकता है। सी.एस.आई.आर., आई.सी.ए.आर, आई.सी.एम.आर, विज्ञान एवं टेक्नोलॉजी विभाग, खादी ग्रामोद्योग आयोग आदि के तत्त्वावधान में ग्रामीण विकास के अनेक अनुसन्धान और टेक्नोलॉजी विकास के कार्यक्रम चलाए जा रहे हैं। इनका मुख्य उद्‌देश्य स्थानीय कच्चे माल और ऊर्जा स्रोतों का सदुपयोग, स्थानीय कौशल का उन्नयन कर स्थानीय आवश्यकताओं की आपूर्ति करना तथा अनुसन्धान और विकास के क्षेत्र में कार्य कर रही समस्त प्रयोगशालाओं, शिक्षण संस्थाओं इत्यादि के बीच सहयोग स्थापित करना है। इसमें अनेक योजनाएँ भूमिहीन मजदूरों, दस्तकारों, लघु और सीमान्त किसानों और जनजातीय समुदायों के विकास से सम्बन्धित हैं। भारतीय कृषि अनुसन्धान परिषद् की 'प्रयोगशालाओं से भूमि तक' योजना, सी.एस.आई.आर. के बहु-टेक्नोलॉजी केन्द्र, ट्राइसम, स्वरोजगार के लिए ग्रामीण युवकों की प्रशिक्षण योजना, सबके लिए स्वास्थ्य योजना, एकीकृत ग्रामविकास कार्यक्रम से सम्बन्धित हैं। अनेक क्षेत्रों के लिए औद्योगिक टेक्नोलॉजी

विकसित की जा चुकी है। ये हैं : चमड़े का कमाना, रँगना, मिट्टी के बर्तन बनाना, अनाज और दालों का प्रसंस्करण, कुटीर स्तर पर दियासलाई बनाना, आतिशबाजी, खाद्य तेलों से साबुन बनाना, हाथ का कागज, लुगदी, मधुमक्खी पालन, जटा और रेशा उद्योग, बायोगैस, चूना निर्माण, लोहारी, बढ़ईगिरी इत्यादि हैं। सारे देश में फैले क्षेत्रीय कार्यालयों के माध्यम से खादी ग्रामोद्योग आयोग ने उन्नत तकनीकों को ग्रामीण क्षेत्रों तक पहुँचाया है।

ऊपर के कुछ दृष्टान्तों से स्पष्ट है कि सरकारी और गैर-सरकारी स्वैच्छिक संस्थाएँ किस प्रकार ग्रामीण विकास में अनुसन्धान और प्रौद्योगिकी का प्रयोग कर रही हैं। अभी इस क्षेत्र में अधिक नवप्रवर्तनों और आविष्कारों की आवश्यकता है ताकि ग्रामीण जीवन को उन्नत करने के लिए वैज्ञानिक विधियों का प्रयोग किया जा सके।

चिकित्सा और स्वास्थ्य विज्ञान

चिकित्सा के क्षेत्र में मुख्य अनुसन्धान कार्य भारतीय चिकित्सा अनुसन्धान परिषद् द्वारा किया गया है। इसकी और राष्ट्रीय स्वास्थ्य योजना की प्राथमिकताएँ एक समान हैं। संक्रामक रोगों की रोकथाम, जनसंख्या नियन्त्रण, माताओं और बच्चों की स्वास्थ्य रक्षा, कुपोषण और अन्य शारीरिक विकारों से रक्षा तथा कैंसर जैसे गैर-संक्रामक रोग तथा हृदयरोग, अन्धापन, मधुमेह, विभिन्न चिकित्सा पद्धतियों पर अनुसन्धान, स्वास्थ्य रक्षा को प्राथमिक स्वास्थ्य केन्द्रों द्वारा सुलभ कराने के लिए विभिन्न वैकल्पिक रणनीतियों का निर्माण इसमें सम्मिलित है।

संक्रामक रोगों के क्षेत्र में अनुसन्धान प्रयास मुख्यतः तपेदिक, कोढ़, हैजा, दस्त, वायरस-जन्य रोगों, मलेरिया, फीलपाँव और अन्य कीड़ों के रोगों पर किए जा रहे हैं। अनुसन्धान प्रयासों में तेजी लाई गई है। इन रोगों के नियन्त्रण में पर्याप्त सफलता भी मिली है। कुष्ठ नियन्त्रण के सम्बन्ध में कुष्ठ-विरोधी वैक्सीन बनाने की आशा जगी है। कोढ़ की संक्रमण दर को कम करने के लिए रिफाम्पिसीन, क्लोफेज़ीमाइन, डाइप्रोन और अन्य कैमोथिरेपी तत्त्वों को मिलाकर दिया जा रहा है। एक अनुसन्धान केन्द्र में देखा गया कि घर पर भी तपेदिक का इलाज हो सकता है और घर के अन्य सदस्यों को भी छूत का भय नहीं है। यह खोजें पारम्परिक सेनेटोरियम में उपचार की प्रचलित धारणा से सर्वथा भिन्न हैं और इसने विकसित देशों में तपेदिक के नियन्त्रण को एक नई दिशा दी है। इसी तरह प्रारम्भिक अवस्था में कालाअज़ार रोग को रोकने में महत्त्वपूर्ण सफलता मिली है। यह मलेरिया नियन्त्रण का भी एक आनुषंगिक प्रभाव था।

समाज और मनुष्य के भविष्य के हित में प्रजनन-क्षमता का नियमन इस युग का जटिल प्रश्न है। भारतीय वैज्ञानिक गर्भ निरोध के साधनों को अधिकाधिक व्यापक बनाने का प्रयास कर रहे हैं। उन्होंने एक मितव्ययी निदान किट भी बना लिया है जिससे कि प्रारम्भ में ही पूर्ण सुरक्षा से गर्भपात सम्भव है।

माताओं, शिशुओं और छोटे बच्चों की अत्यधिक मृत्यु-दर और रोगों का मुख्य कारण कुपोषण है। भारतीय वैज्ञानिकों के शोधों ने यह सिद्ध किया है कि शिशुओं के पोषण की अधिकांश आवश्यकताएँ सहज उपलब्ध स्थानीय और स्वीकार्य सस्ते खाद्यों से पूर्ण की जा सकती है। ऐसे भी साधन विकसित कर लिए गए हैं जिनसे ग्रामीण समुदाय में अन्धापन रोका जा सकता है।

भारतीय चिकित्सा पद्धतियों को भी पंचवर्षीय योजना में स्थान दिया गया है और बड़े पैमाने पर जड़ी-बूटियों के उत्पादन और उनके मानकीकरण का प्रयास किया जा रहा है। मुख्यतः ग्राम आधारित अनुसन्धानों पर आधारित यह कार्यक्रम शहरी और ग्रामीण क्षेत्रों में चिकित्सा सुविधाओं की विषमता को कम कर रहा है। सरकार ने राष्ट्रीय स्वास्थ्य नीति अपनाई है जिसमें कुछ रोगों के निवारण और सार्वजनिक स्वास्थ्य पर अधिक बल दिया गया है।

रक्षा अनुसन्धान और विकास

किसी भी युद्ध में अस्त्र-शस्त्र और गोला-बारूद का प्रयोग होता ही है। इन समस्त प्रयासों के पीछे हथियारों, तोपों, उपकरणों आदि पर गहन अनुसन्धान अपेक्षित है। अनेक विस्फोटक, रॉकेट और मिसाइल द्वारा छोड़े जाते हैं। इसके निर्माण के लिए गम्भीर अनुसन्धान करने होते हैं। नए टैंक बनाना और प्रक्षेपास्त्र इसमें शामिल हैं। हाल में हुए पोखरण के परमाणु विस्फोट और अग्नि मिसाइल के परीक्षण लम्बे और सतत अनुसन्धान का परिणाम हैं। इसी प्रकार छोटे हथियारों के सुधार पर भी पर्याप्त अनुसन्धान हो रहा है। रॉकेट और मिसाइल टेक्नोलॉजी में उच्च टेक्नोलॉजी का प्रयोग होता है। इसकी भी क्षमता पर्याप्त सुदृढ़ हो चुकी है। सागरीय युद्धों के लिए ठोस और द्रवीय संचार प्रणाली का विकास किया जा रहा है।

सिर्फ रडार ही नहीं, बल्कि सुरक्षा की सरल संचार प्रणाली भी इलेक्ट्रॉनिकी अनुसन्धान पर निर्भर है। अब भारत में महत्त्वपूर्ण इलेक्ट्रॉनिक उपकरण रडार और ध्वनि उपकरण और संचार पद्धतियाँ निर्मित की गई हैं और अधिक उन्नत रडार और सूक्ष्म उपकरणों पर कार्य हो रहा है। एक द्वितीयक प्रकार के रडार का उत्पादन भी किया जा रहा है।

वैमानिकी की प्रगति के लिए गैस टरबाइन इंजनों और वैकल्पिक वैमानिक उड़न प्रणालियाँ जरूरी हैं। गैस टरबाइन इंजन टेक्नोलॉजी को अधिक उन्नत बनाने पर कार्य हो रहा है। उड़ान अनुरूपण सुविधाएँ विकसित की जा रही हैं। डी.आर.डी.ओ. की एक महत्त्वपूर्ण उपलब्धि है चालकविहीन यान का निर्माण और परीक्षण।

नौसेना की प्रभाव क्षमता भौतिक, रासायनिक धातु के ऐसे हथियारों पर निर्भर करती है जो जल के अन्दर चले जाते हैं। इस क्षेत्र में आत्मनिर्भरता प्राप्त करने के लिए सोनार, तारपीडो और सागरवाहक अन्य उपकरण भी सफलतापूर्वक बनाए जा रहे हैं।

इलेक्ट्रॉनिकी

आज भारत विविध प्रकार के इलेक्ट्रॉनिकी साजो-सामान, जैसे रडार, टेलीविजन प्रसारण, संचार उपकरण, दूर संचार, स्विचिंग और संचारण उपकरण, परमाणु रिएक्टर, जलमग्न प्रणाली इत्यादि बना रहा है। इनके लिए आवश्यक सामग्री और अधिकांश पुरजे भी देश के अन्दर ही तैयार हो रहे हैं।

कम्पोनेंट्स के क्षेत्र में इलेक्ट्रॉनिक इकाइयाँ नए उत्पाद तैयार कर रही हैं। उनमें से कई फर्मों ने पिक्चर ट्यूब, सेमीकंडक्टर उपकरण, कार्बन फिल्मूस रजिस्टर्स, मैगेनिटिक टेप, फेराइट इलेक्ट्रोलाइटिक कैपीसिटर, पी.सी.बी. कनेक्टर्स आदि बना रहे हैं। कम्पोनेंट उद्योग के आधुनिकीकरण की जरूरत है। इनके अतिरिक्त संचार उद्योग के लिए उपयुक्त व्यावसायिक ग्रेड के परिशुद्ध धात्विक फिल्म रेजिस्टर और फिल्म कैपीसिटर बनाने के भी प्रयास जारी हैं। इलेक्ट्रॉनिकी उत्पाद बनाने की दिशा में एक प्रमुख उपलब्धि ताँबा बरेलियम, मिश्र धातु इंगट प्लांट की स्थापना है। अक्रिस्टलीय सिलिकन सुविधा में भी प्रगति हुई है। यह सुविधा शुद्ध पालीसिलिकान सिंगिल क्रिस्टल सिलिकन, सिलिकन वेफर, एमारफर्स सिलिकन तैयार करेगी। इलेक्ट्रॉनिक ग्रेड एलमिना और द्रवशील क्रिस्टल पदार्थ का भी उत्पादन हो रहा है।

सरकार ने दूर संचार उद्योग के आधुनिकीकरण की दिशा में भी कदम उठाया है। विदेशी सहयोग से डिजिटल इलेक्ट्रॉनिक स्विचिंग सिस्टम का निर्माण शुरू हुआ है। अनेक फर्मों ने ग्रामीण क्षेत्रों के लिए स्वचालित एक्सचेंज बनाए हैं। संचार आँकड़ों को भी सुदृढ़ किया गया है और उसके लिए उपभोक्ताओं की आवश्यकताओं के अनुरूप स्विचिंग सिस्टम तैयार किए गए हैं। रक्षा, तार, डाक विभाग और पी.टी.आई. (प्रेस ट्रस्ट ऑफ इंडिया) ने भी देश में विकसित प्रणालियों को अपना लिया है।

स्वदेशी कम्प्यूटर उद्योग में उल्लेखनीय वृद्धि हुई है। लघु कम्प्यूटर क्षेत्र में भी और माइक्रोप्रोसेसर आधारित सिस्टम में भी। ई.सी.आई.एल., आई.सी.आई.एम. मिनी कम्प्यूटर भी बना रहे हैं। लघु कम्प्यूटर लेखा बिल बनाने, प्रोग्रामेबल लॉजिक कंट्रोलरों, शिक्षण सहायक सामग्री आदि की आवश्यकताओं की पूर्ति के लिए इस्तेमाल हो रहे हैं। सी. आर.टी. टर्मिनल, फ्लापी डिस्क डिवाइस और डाटा मैट्रिक्स प्रिंटर यहीं पर बन रहे हैं। इलेक्ट्रॉनिकी विभाग ने क्षेत्रीय केन्द्रों के माध्यम से कम्प्यूटरीकरण को बढ़ावा दिया है। आज देश में इमेज प्रोसेसिंग, चिकित्सा निदान, सिम्यूलेटर प्रशिक्षण, फोटो कम्पोजीशन और संख्या नियन्त्रित मशीनों, बुद्धि परीक्षा मापक उपकरणों आदि में कम्प्यूटर का उपयोग किया जा रहा है। उद्योगों के सभी क्षेत्रों की आवश्यकताओं के लिए आधुनिक उपकरण सिस्टम उपलब्ध हैं। समुद्र से तेल निकालने के प्लेटफार्मों और सीमेंट के कारखानों में नियन्त्रण के लिए कम्प्यूटरों का प्रयोग हो रहा है।

ऊर्जा

देश के ऊर्जा क्षेत्र में अनुसन्धान प्रयासों की मुख्य दिशा उत्पादन, वितरण और सब

प्रकार की ऊर्जा के उपयोग की कार्यक्षमता को बढ़ाना है तथा उचित पदार्थों का उपयोग कर उनके पुनः प्रयोग की तकनीक का विकास करना है। इस क्षेत्र में विज्ञान एवं टेक्नोलॉजी के प्रयास परमाणु ऊर्जा से लेकर पशु ऊर्जा तक किए गए हैं। आजादी के बाद से अब तक ऊर्जा स्टेशन और वितरण की इंजीनियरी में उल्लेखनीय प्रगति हुई है। गैरपारम्परिक ऊर्जा क्षेत्र में हाल में ही अधिक काम हुआ है। पिछले दशकों में कोयला, खनिज क्षेत्रों में मुख्यतः ऊर्जा कार्यक्रम विकसित किए गए हैं।

स्वदेशी तेल संसाधनों की खोज को उच्च प्राथमिकता दी गई और समुद्र से उसको निकालने में महत्त्वपूर्ण सफलता मिली है। इससे आत्मनिर्भरता और आत्मविश्वास भी बढ़ा है। देश में मौसम विज्ञान के सर्वेक्षण, जलाशय इंजीनियरी और सागर तट में प्लेटफार्म, डिजाइन और संचार प्रणाली निर्माण और तेल तथा प्राकृतिक गैस को समुद्री कुँओं से सुदूर स्थानों तक पाईप द्वारा ले जाने में दक्षता विकसित की गई है।

छठी पंचवर्षीय योजना में नए और पुनः प्रयुक्त ऊर्जा संसाधनों के उपयोग के लिए अधिक धन निवेश किया गया। नगरों एवं ग्रामों में सौर ताप ऊर्जा का उपयोग किया गया। इस क्षेत्र में अनेक नई परियोजनाएँ कमीशन फॉर एडीशनल सोर्सेज ऑफ इनर्जी (सी.ए.एस.ई.) द्वारा शुरू की गई हैं। दो प्रकार के सौर ऊर्जा एकत्रक विकसित किए गए हैं और उनकी उत्पादन विधि उद्योगों को दे दी गई है। इस विधि के आधार पर पानी गरम करने के अनेक संयन्त्र लगाए गए हैं। सौर ऊर्जा द्वारा संचालित ताप पम्प रेफ्रीजरेशन में प्रयोग किया गया है।

क्षेत्रीय परीक्षण और प्रदर्शन के लिए पानी गरम करने, फसलों को सुखाने, लकड़ी को सीजन करने, विलवणीकरण, कोल्ड स्टोरेज, ऊर्जा उत्पादन प्रणालियाँ और पम्प लगाए गए हैं। अनेक सोलर कुकर विकसित किए गए हैं जिसमें गरम डिब्बे की किस्म का सोलर कुकर भी है जिसमें एक या कई सौर ओवन और सौर सांद्रक लगे हुए हैं। सेंट्रल इलेक्ट्रॉनिक लि., गाजियाबाद में 1980 से विभिन्न उपयोगों के लिए फोटो-वाल्टेक प्रणाली की सुविधाएँ विकसित की जा रही हैं। इस कार्यक्रम के अन्तर्गत बड़ी संख्या में फोटो-वाल्टेक पम्प और फोटो-वाल्टेक ऊर्जा प्रणालियाँ ओ.एन.जी.सी. के सागर तटीय प्लेटफार्म पर लगा दी गई हैं। इसी प्रकार क्षेत्रीय परीक्षण और प्रदर्शन कार्यक्रम के अन्तर्गत टी.वी. और रेडियो आदि में उसका प्रयोग किया जा रहा है। अभी तक जो सोलर सेल बन रहे थे वह एक क्रिस्टल सिलिकन के पत्तर के रूप में थे। इस दिशा में लागत कम करने और तकनीक की प्रक्रिया सुधारने के लिए तथा कार्यक्षमता को बढ़ाने और वैकल्पिक पदार्थों के प्रयोग के लिए अनुसन्धान और विकास कार्य चल रहा है। अधिक शुद्ध सिलिकन उत्पादन के लिए जो फोटो-वाल्टेक उपकरणों के उपयोग में आता है, नई विधियाँ खोजी जा रही हैं।

पानी उठानेवाली पवन चक्कियों का भी एक प्रदर्शन कार्यक्रम चल रहा है। अनेक प्रतिष्ठानों ने पानी उठाने की पवन चक्कियाँ बनाई हैं। चुने हुए स्थानों पर पुनः प्रयोग में आनेवाली ऊर्जा पर आधारित परियोजनाएँ चल रही हैं ताकि गाँव की पर्याप्त आवश्यकताएँ

उससे पूरी हो सकें। जैव द्रव्य (बायोमास) द्वारा उत्पन्न ऊर्जा के उपयोग पर भी बल दिया जा रहा है। जैव द्रव्य के उत्पादन और रूपान्तरण पर बल दिया जा रहा है। इसमें घटिया लकड़ी, खेती के खरपतवार के प्रयोग भी शामिल हैं। दो नए बायोमास, तथा एक पवन अनुसन्धान केन्द्र स्थापित किया गया है जो ऐसे प्रारूप (प्रोटोटाइप) विकसित करेगा जिन्हें व्यावसायिक उत्पादन के लिए प्रयोग में लाया जा सके।

परमाणु ऊर्जा (अनुसन्धान और विकास)

द्वितीय विश्वयुद्ध के तुरन्त बाद भारतीय वैज्ञानिकों ने देश की ऊर्जा आवश्यकताओं की पूर्ति के लिए परमाणु ऊर्जा के महत्त्व को समझा और इसकी दक्षता विकसित करने के लिए वह कृतसंकल्प हुए। उन्हें सैनिक कारणों से बरती जाने वाली गोपनीयता तथा उच्च स्तर की टेक्नोलॉजी होने के कारण आवश्यक जानकारी पाने में पर्याप्त कठिनाई झेलनी पड़ी। फिर भी मित्र देशों की सहायता से तथा परमाणु ऊर्जा के शान्तिमय उपयोग के लिए भारत परमाणु क्षेत्र में अपनी क्षमता विकसित कर सका।

पिछले चार दशकों में परमाणु खनिजों के खनन, उच्च शुद्धता के यूरेनियम, थोरियम, प्लूटोनियम, जिरकोनियम पदार्थों के निर्माण, रिएक्टरों के ईंधन के तत्त्वों, शक्ति उत्पादन रिएक्टरों के डिजाइन निर्माण नियन्त्रण प्रणाली, भारी पानी के उत्पादन, स्वास्थ्य और सुरक्षा के उपकरण तथा खर्च किए गए ईंधन और अवशिष्ट पदार्थों के पुनर्उपचार इत्यादि पर कार्य हुआ है। इस समय देश में चार पॉवर रिएक्टर हैं जिनकी कुल क्षमता 860 मेगावाट है। इनमें से दो तारापुर एटोमिक पॉवर स्टेशन (मुम्बई के निकट) और राजस्थान एटोमिक पॉवर प्रोजेक्ट कोटा में है। इनमें से पहली इकाई मद्रास एटोमिक पॉवर प्रोजेक्ट थी, जिसकी क्षमता 235 मेगावाट थी जो देश में ही बनी थी। यह 1983 में चालू हुई। मद्रास स्थित दूसरी इकाई 1984 में शुरू हुई। नरोरा एटोमिक प्लांट प्रोजेक्ट 1987-88 में पूरे हुए। पाँचवाँ अनुसन्धान रिएक्टर आर-5 जो 100 मेगावाट क्षमता का है, वह प्राकृतिक यूरेनियम से बना और पूर्णतः स्वदेशी है। यह 1984 में चालू हुआ और इसमें पॉवर रिएक्टरों के लिए आइसोटोप बनते हैं।

परमाणु ऊर्जा विभाग का मुख्य प्रयास आत्मनिर्भरता प्राप्त करना और असुरक्षा को कम करना रहा है। यह कार्य टाटा इंस्टीट्यूट ऑफ फंडामेंटल रिसर्च के एटोमिक मिनरल्स डिवीजन और बाद में मुख्यतः भाभा एटोमिक रिसर्च सेंटर और विभिन्न सार्वजनिक उद्योगों के पॉवर प्रोजेक्ट डिवीजनों द्वारा सम्भव हो सका है। कृषि, चिकित्सा, उद्योग और इलेक्ट्रॉनिक्स व अन्य टेक्नोलॉजियों में रेडियो आइसोटोप के प्रयोग और उससे सम्बद्ध क्षेत्रों में भी सफलतापूर्वक कार्य किया जा रहा है। इसकी एक प्रमुख उपलब्धि मई, 1974 में प्रथम पोखरण परीक्षण और मई, 1998 के इन भूमिगत विस्फोटों का उद्देश्य यह था कि भूमि के अन्दर चट्टानें किस तरह टूटती हैं। इन परीक्षणों ने भारत को परमाणु शक्तियों के साथ लाकर खड़ा कर दिया।

परमाणु क्षेत्र में हो रहे अनुसन्धान और विकास प्रयासों ने परमाणु ऊर्जा के दोहन और राष्ट्रीय विकास में उसके उपयोग में हमें अधिकाधिक आत्मनिर्भर बनाया है।

यातायात और संचार

भारत के द्रुत विकास में यातायात और संचार का भी महत्त्वपूर्ण स्थान है। एक ओर यह आयातित टेक्नोलॉजी द्वारा और दूसरी ओर स्वदेशी प्रयासों से सम्भव हुआ है। इस प्रगति का अनुमान इससे लगाया जा सकता है कि अब मोटर ट्रक, रेल के इंजन और डिब्बे, हवाई जहाज और जलपोत भारत में बन रहे हैं। इसी के साथ-साथ सड़कों, ट्रैफिक सिगनल सिस्टम, पुलों, हवाई अड्डों और बन्दरगाहों का भी विस्तार हुआ है। हमारे यहाँ उपलब्ध दक्षता से कई अन्य विकासशील देश भी लाभ उठा रहे हैं।

इस क्षेत्र में अब हमारा मुख्य ध्यान संचालन की कार्यक्षमता, गुणवत्ता में सुधार करना और ऊर्जा को बचाना तथा पदार्थों के उपयोग में मितव्ययिता करना है। स्वदेशी विकास का एक क्षेत्र रिक्शा, आटोरिक्शा और यन्त्रचालित बेड़े और नाव का निर्माण भी है। इनसे निजी और लघु उद्योगों की जरूरतें पूरी होती हैं।

दूर संचार के क्षेत्र में भारत ने स्वयं अपने सूक्ष्म उपकरण तैयार करने की क्षमता प्राप्त कर ली है। इस सन्दर्भ में स्विचिंग और ट्रांसमीटर प्रणाली और उसकी सहायक सुविधाएँ जैसे टेलीफोन उपकरण, डिजिटल टेलीफोन्स, माइक्रोवेव और लाइन सिस्टम उल्लेखनीय हैं। भारतीय टेलीफोन उद्योग की मुख्य योजना डिजिटल टेलीफोन्स, टेलीमीटर, पॉवर लाइन कैरियर, कम्यूनिकेशन, एकीकृत संचार प्रणालियाँ हैं।

एक विशाल देश होने के कारण भारत के सुदूर ग्रामीण क्षेत्र संचार सुविधाओं से वंचित हैं। उनकी विशिष्ट समस्याएँ भाषा और संस्कृति की भिन्नता से और अधिक तीव्र हो जाती हैं। अनुसन्धान और विकास द्वारा उनके समाधान के लिए उपयुक्त यन्त्र बनाने का कार्य हो रहा है। अहमदाबाद स्थित स्पेस एप्लीकेशन सेंटर ने इन ग्रामीण क्षेत्रों में संचार सेवाओं के विस्तार की दिशा में सफल प्रयोग किया है।

अन्तरिक्ष विज्ञान एवं टेक्नोलॉजी

भारत के अन्तरिक्ष कार्यक्रम का मुख्य उद्देश्य अन्तरिक्ष टेक्नोलॉजी से सम्बद्ध सूक्ष्म यन्त्रों के डिजाइन और निर्माण की स्वदेशी क्षमता को विकसित करना है। इसमें सैद्धान्तिक अनुसन्धान और व्यावहारिक प्रयोग के लिए रॉकेट, उपग्रहों की डिजाइन का निर्माण शामिल है जिससे हर स्थान पर मौसम की सूचनाएँ प्राप्त करने और रिमोट सेंसिंग द्वारा भूमि के संसाधनों का पता लगाना शामिल है। पिछले दो दशकों में इसमें पर्याप्त प्रगति हुई है और इस तरह अन्तरिक्ष विज्ञान एवं टेक्नोलॉजी का स्वदेशी आधार स्थापित हो गया है।

परिणामतः आज अन्तरिक्ष अनुसन्धान संगठन के पास वायुमंडल की विभिन्न ऊँचाइयों को जाँचने के लिए तरह-तरह के रॉकेट और यन्त्र प्रणालियाँ हैं। उदाहरण के

लिए, इनमें से सबसे छोटी एक चरणवाली आर.एच.–125 है जो 10 किलोमीटर ऊँचाई तक सात किलोग्राम भार ले जा सकती है। दो चरणवाला आर.एच. 560 है जो 350 किलोमीटर ऊँचाई पर 100 किलोग्राम भार ले जा सकता है। मध्यम क्षमता वाला एक अन्य यन्त्र मौसम जानने के लिए उपयुक्त है। इसमें लगे चैफ और तापक्रम सेंसर 65 किलोमीटर ऊँचाई तक वायुगति और तापक्रम नापने की क्षमता रखते हैं। मानसून परीक्षण कार्यक्रम के अन्तर्गत ऐसे सैकड़ों रॉकेट छोड़े गए थे।

भारतीय अन्तरिक्ष अनुसन्धान द्वारा पहली पीढ़ी जुलाई 1980 में विकसित एस. एल.बी.-3 देश की अन्तरिक्ष टेक्नोलॉजी इतिहास में एक स्मरणीय घटना थी। यह एस. एल.बी.-3-ई-02 नाम से प्रसिद्ध दूसरा परीक्षण था। 1979 का पहला परीक्षण अंशतः सफल हुआ। दूसरे परीक्षण के बाद पुनः एक विकास उड़ान मई 1981 में हुई। 17 अप्रैल, 1983 को देश ने एक अन्य सफल अन्तरिक्ष उड़ान एस.एल.बी.-3-डी-2 देखी। तीन सफल उड़ानों ने उनके डिजाइन और पुनरावृत्ति के निर्माण की परिपक्वता को प्रमाणित किया। यह उड़ानें भावी उड़ानों की सूत्रधार थीं और इनकी चरम परिणति 1999 में हुई। श्रीहरिकोटा से छोड़े गए उपग्रह माध्यम से अनेक देशों के दृश्य-श्रव्य कार्यक्रम प्रसारित किए जा सकते हैं।

अन्तरिक्ष टेक्नोलॉजी को विकसित करने के लिए इसरो, भारतीय अन्तरिक्ष अनुसन्धान संगठन ने पहला परीक्षण सोवियत रूस में किया। आर्यभट्ट पहला उपग्रह था, जो 1975 में छोड़ा गया और यह अन्तरिक्ष टेक्नोलॉजी निर्माण में एक महत्त्वपूर्ण कदम था। आर्यभट्ट द्वारा अर्जित अनुभव के आधार पर जून 1979 में रूस से ही भास्कर नाम का रिमोट सेंसिंग उपग्रह छोड़ा गया। यह आर्यभट्ट जैसा ही था, अन्तर इसके वजन में था।

नवम्बर 1981 में भास्कर-2 छोड़ा गया जिसने कई हजार टी.वी. चित्र लिए। अन्तरिक्ष माइक्रोवेव, रेडियोमीटर भार, टेपरिकॉर्डरों, सूचना संग्रह प्लेटफार्म, ट्रैकिंग और सोलर सेलों पर परीक्षण जारी है।

बाद में रोहिणी उपग्रह निम्न पृथ्वी कक्षा में अपने भारतीय प्रक्षेपण वाहन से भेजे गए। अभी तक ऐसे तीन उपग्रह छोड़े जा चुके हैं। पहला आर.एस.-1 मुख्य रूप से एक यन्त्र भार ही था, जो एस.एल.बी.-3 चरण की कार्यविधि का मूल्यांकन करने के लिए प्रक्षेपित किया गया था। दूसरा रोहिणी आर.एस.डी.-1 मुख्य यन्त्र भार के रूप में एक महत्त्वपूर्ण सेंसर था, जबकि दूसरे रोहिणी आर.एस.डी.-2 में दो बैंड का एक इमेजरी सिस्टम, एस.एम.ए.आर.टी. सेंसर था, जो बर्फ, बादल, पानी, वनस्पति आदि वस्तुओं की पहचान के लिए विधि विकसित करने में सहायक था।

अन्तरिक्ष अनुसन्धान क्षेत्र में एक अन्य उपलब्धि थी–एरियान पैसेंजर पेलोड एक्सपेरीमेंटल (एपल) का सफल प्रक्षेपण। यह भारत का पहला भूस्थिर संचार उपग्रह था। एपल का उपयोग संचार रेडियो नेटवर्क डेटा प्रसारण आदि के क्षेत्र में सफलतापूर्वक प्रयोग में लाया गया। भूस्थिर कक्षा में भारत का अपना संचार उपग्रह स्थापित करने

के काफी पहले उपग्रह टी.वी. संचार प्रौद्योगिकी तथा सामाजिक पहलुओं का मूल्यांकन करने के लिए प्रयोग किया गया। यह सेटेलाइट इंस्ट्रक्शनल टी.वी. एक्सपेरीमेंट अगस्त, 1975 से साल भर चला। इसके लिए अमेरिका के नेशनल एरोनॉट्क्सि स्पेस एडमिनिस्ट्रेशन और भारतीय अन्तरिक्ष अनुसन्धान संगठन के साथ सहयोग किया गया। यह अहमदाबाद और दिल्ली से प्रसारित होने वाले टी.वी. कार्यक्रमों को सारे भारत के 24,000 सुदूर गाँवों में भेज सकता था। इस जटिल जनसंचार प्रयोग का उद्देश्य, कृषि, स्वास्थ्य, परिवार कल्याण, शिक्षा और राष्ट्रीय एकता और ग्रामीण विकास के लिए टी.वी. कार्यक्रमों का उपयोग करना था।

एक अन्य प्रमुख प्रारम्भिक अन्तरिक्ष संचार प्रयोग था सेटलाइट टेलीकम्यूनिकेशन एक्सपेरीमेंट्स प्रोजेक्ट (स्टेप) जो 1977 से दो वर्ष तक चला। इसमें फ्रेंच, जर्मन भूस्थिर संचार उपग्रह सिम्फनी का उपयोग करके एस.टी.ई.पी. ने सिद्ध कर दिया कि घरेलू दूरसंचार सेवा के लिए उपग्रह का उपयोग किया जा सकता है। उक्त दोनों प्रयोगों ने देश में उपग्रह संचार के उपयोग के लिए एक सुदृढ़ तकनीकी आधार प्रस्तुत कर दिया।

इनसेट-1ए, इनसेट-1बी की योजना मूल रूप से एक द्विउपग्रह के रूप में बनाई गई थी। यह घरेलू दूरसंचार, मौसम विज्ञान, भौतिक पर्यवेक्षण देश भर के ग्रामीण क्षेत्रों में सीधे रेडियो और दूरदर्शन कार्यक्रम के पुनः प्रसार के लिए बहुउद्देश्यीय सिस्टम है। दुर्भाग्य से सितम्बर, 1982 में कुछ अप्रत्याशित घटनाओं और अन्तरिक्ष यान की कुछ त्रुटियों की अन्तर्क्रियाओं के फलस्वरूप यह खो गया। बाद में इसकी त्रुटियों का पता लगाकर इनसेट-1बी में संशोधन कर इसे प्रक्षेपित कर 1983 के अन्त तक इनसेट-1 सिस्टम की संचालन क्षमता पुनः प्राप्त कर ली गई।

पर्यावरण

भारत सरकार पारिस्थितिक अनुकूलता और संगति को भी विकास के लिए अत्यन्त महत्त्वपूर्ण समझती है। परिणामस्वरूप उसने 1980 में एक पृथक पर्यावरण विभाग स्थापित किया। इसमें प्रदूषण और वनों के विनाश को रोकने के लिए कई कानून और प्रबन्धन व्यवस्थाएँ प्रारम्भ की। प्रमुख क्षेत्र जिन्हें प्राथमिकता दी गई, वे हैं : पर्यावरण और पारिस्थितिकी पर अनुसन्धान, पर्यावरणीय प्रभावों का मूल्यांकन, अनुश्रवण, उनकी गुणवत्ता का मापन, पर्यावरणीय सूचनाओं का संकलन, इस विषय में जनता में चेतना पैदा करना, भग्नप्राय पारिस्थितिकी का पुनरुद्धार, पारिस्थितिक विकास के लिए शिविरों का संगठन, पारिस्थितिक संसाधनों की सूचियों का निर्माण, मिट्टी, जल और वनों का संरक्षण, पुनर्नवीकरण, सामाजिक वन रोपण और आर्थिक और औद्योगिक प्रयोग और ईंधन के लिए वृक्षारोपण, पेयजल की आपूर्ति, और स्वच्छता। इन कार्यक्रमों को कार्यान्वित करने के लिए सरकार की गैरसरकारी स्वैच्छिक संस्थाओं और उससे भी अधिक जनसहयोग को सुनिश्चित करना है।

सागर विज्ञान अनुसन्धान

भारत प्रायद्वीप का एक विस्तृत समुद्र तट है और इसमें हिन्द महासागर के अनेक द्वीप समूह हैं। देश के विकास में सागर विज्ञान की महत्त्वपूर्ण भूमिका है। राष्ट्रीय सागर विज्ञान संस्थान की स्थापना के फलस्वरूप पिछले तीन दशकों में सागर विज्ञान में पर्याप्त अभिवृद्धि हुई है। प्राकृतिक गैस आयोग द्वारा अपतटीय हाइड्रोकार्बन और नौ सेना अनुसन्धान समूहों द्वारा आयोजित उपकरण के कार्यक्रम, हिन्द महासागर अभियान, विश्व वायुमंडलीय अनुसन्धान परियोजना 'मोनेक्स' ने भी इसमें महत्त्वपूर्ण योगदान दिया है।

जर्मनी से सागरीय अनुसन्धान पोत लाने की व्यवस्था की गई है। इसी तरह सागर के जैव संसाधनों पर अनुसन्धान करने के लिए एक पोत लाया गया है। इस क्षेत्र की एक महत्त्वपूर्ण उपलब्धि है हिन्द महासागर में बहुतात्विक पिंडों की खोज। इस क्षेत्र में अनुसन्धान और विकास के कार्य की पहल 1977 में गोवा स्थित राष्ट्रीय सागर विज्ञान संस्थान ने की थी। बहुधात्विक पिंडों के नमूनों की जाँच अनुसन्धान प्रयोगशालाओं में हो रही है।

भारतीय विज्ञान ने भूविज्ञान, भूभौतिकी, सागर विज्ञान, मौसम विज्ञान, एस्ट्रोफिजिक्स अन्तरिक्ष विज्ञान और संचार के क्षेत्र में पर्याप्त दक्षता प्राप्त कर ली है और उसने अंटार्कटिका और उसके निकट के इलाके में विस्तृत सागरीय अध्ययन किए हैं। सागर विकास विभाग ने दक्षिण हिन्द महासागर और अंटार्कटिका में 1981-84 के बीच तीन सफल वैज्ञानिक अभियान किए हैं।

उद्योगों के लिए बड़े पैमाने के संयन्त्रों का विकास

रसायन उद्योग अनेक उद्योगों का मूल आधार है और वह किसी देश के औद्योगिक विकास का भी द्योतक है। शुरू में इसकी क्षमता का आधार आयातित टेक्नोलॉजी और भारतीय परिस्थितियों में उसका अनुकूलन था। बाद में उसमें स्वदेशी अनुसन्धान और विकास ने भी अपना योगदान दिया। प्राकृतिक उत्पाद रसायन और संश्लेषित रसायन दोनों ही क्षेत्रों में यह कार्य हुआ। कुटीर लघु उद्योग और बड़े पैमाने के भारी उद्योगों में भी इसका उपयोग हुआ।

भारत का प्रमुख योगदान रंग और पेंट उद्योग में हुआ है जिसने भारत को विश्व बाजार में स्थापित कर दिया है। भारत अकार्बनिक उर्वरक उद्योग स्थापित करने में सफल हुआ। इससे स्वदेशी कीटनाशक उत्पादन की टेक्नोलॉजी भी विकसित हुई जो पहले-पहल यूरोप में शुरू हुई थी, लेकिन वह लाभकर शर्तों पर भारत को उपलब्ध न थी। कीटनाशकों के क्षेत्र में 600 टन वार्षिक क्षमता के मोनोक्रोटोफोस संयन्त्र और 250 टन वार्षिक क्षमता के डाइज़िनोन ओर एंडोसलफान संयन्त्र उल्लेखनीय हैं। औषधि के क्षेत्र में मलेरिया के लिए प्राइमाक्विन, कोढ़ के लिए डेपसोन तथा अनेक बैक्टीरियानाशक दवाएँ पेंसिलीन, एंटीबाइटिक औषधियाँ, स्वदेशी अनुसन्धान और विकास का परिणाम हैं। हाल में टोमरिल नाम से एक सूजननाशक औषधि तैयार की गई है और जो अब

विश्व के बाजारों में उपलब्ध है।

कोयला टेक्नोलॉजी में उसे निकालने, ढोने और विभिन्न प्रयोगों के लिए उपयुक्त बनाने में भारत का तीसरा स्थान है और उसने इसमें विशिष्ट कार्यकुशलता प्राप्त की है। खनिज तेल संकट को देखते हुए उर्वरक, रंगों, रसायनों और ऊर्जा उत्पादन के लिए कोयला अत्यन्त महत्त्वपूर्ण कच्चा माल है। इस क्षेत्र में भारत का योगदान पर्याप्त माना गया है। अनेक कोयला धोने की वाशरी स्थापित हैं और 2700 टन दैनिक क्षमता के कम ताप वाले कार्बनाइजेशन संयन्त्र हैं जो स्वदेशी डिजाइन और स्थानीय साधनों से बनाए गए हैं।

राष्ट्रीय सुविधाएँ

जो कोई भी देश टेक्नोलॉजी और उद्योगों को विकसित करना चाहता है, उसे कुछ बुनियादी सुविधाएँ और अवस्थापना जुटाना जरूरी है। गत वर्षों में भारत ने सूक्ष्म आवश्यकताओं को पूरा करने के लिए व्यापक राष्ट्रीय सुविधाएँ विकसित की हैं। इस सम्बन्ध में भौतिक और इलेक्ट्रॉनिकी और अन्य मानकों, विभिन्न आकारों की वायु सुरंगों की राष्ट्रीय सुविधाओं, वायुयानों के धातुक्षरण, उनके मॉडलों का परीक्षण, वायुयान मॉडलों इत्यादि का जिक्र किया जा सकता है। पृथ्वी के वाह्य आवरण, वायु जल प्रदूषण के हवाई सर्वेक्षण की सुविधाएँ और गहन सागर अनुसन्धान और उत्खनन की सुविधाएँ विकसित की गई हैं और अनुसन्धानों और सूक्ष्म उपकरणों के रखरखाव और मरम्मत के लिए राष्ट्रीय केन्द्रों का एक ताना-बाना स्थापित किया गया है।

विभिन्न प्रकार के रसायनों, औषधियों और खाद्य संरक्षकों के बड़े पैमाने पर उत्पादन ने वनस्पतियों और पशु-पक्षियों के मानव पर प्रभावों के अध्ययनों को आवश्यक बना दिया है। इन कार्यों के लिए जटिल और समयबद्ध क्रमिक प्रयोगों की जरूरत पड़ती है। इसलिए रसायनों और औद्योगिक पदार्थों के प्रयोग से होने वाले पेशेगत जोखिमों के उपाय ढूँढ़ने के परीक्षणों की आवश्यक सुविधाएँ स्थापित की गई हैं।

10

अन्तर्राष्ट्रीय सहयोग

वैज्ञानिक ज्ञान की चमत्कारिक प्रगति ने विज्ञान के अन्तर्राष्ट्रीय पक्ष को और साथ ही अन्तर्राष्ट्रीय वैज्ञानिक सहयोग की तीव्रता को भी उजागर किया है। आधुनिक वैज्ञानिक और टेक्नोलॉजी अनुसन्धान की जटिलता और अत्यधिक व्यय के कारण यह अधिकाधिक अनुभव किया जा रहा है कि अल्प विकसित देश अपने बहुमूल्य संसाधनों में बहुत बचत कर सकते हैं, यदि वह विभिन्न क्षेत्रों के वैज्ञानिक प्रयासों में एक-दूसरे का लाभ उठा सकें। अतीत में यह वैज्ञानिक संपर्क मूलतः व्यक्तिगत स्तर पर था और कभी-कभी संस्थागत स्तर पर। लेकिन यह मूलतः बुनियादी विज्ञानों तक ही सीमित था। हाल में विकसित और विकासशील देशों में यह जागरूकता हुई कि विज्ञान एवं टेक्नोलॉजी के क्षेत्र में, यदि यह सहयोग सरकारों के बीच के सहयोग से हो तो वह बेहतर होगा, विशेषकर जब विज्ञान एवं टेक्नोलॉजी के प्रयोग का मूल उद्देश्य सर्वांगीण राष्ट्रीय विकास हो। फलस्वरूप विभिन्न देशों के बीच विज्ञान एवं टेक्नोलॉजी अनुबन्धों में तेजी आ गई है। भारत ने भी इसका अनुसरण किया। इन द्विपक्षीय अनुबन्धों की दृष्टि थी कि अधिकतर जो देश सहयोग कर रहे थे वह विकास के समकक्ष अवस्था में थे और वह इस सहयोग से बराबर की साझेदारी के आधार पर लाभ उठाएँगे। इस प्रकार द्विपक्षीय अनुबन्धों में बहुत हद तक गैर बराबरी की साझेदारी या दानी-याचक सम्बन्धों को प्रायः समाप्त कर दिया।

भारत ने सदैव ऐसे प्रयासों में भाग लिया है और उनका स्वागत किया है जिनका उद्देश्य अन्तर्राष्ट्रीय सहयोग को बढ़ावा, सामान्य जनजीवन को बेहतर बनाना रहा है, चाहे उन देशों की राजनीतिक विचारधाराएँ आर्थिक और सामाजिक प्रणालियाँ और भौगोलिक स्थितियाँ भिन्न भी क्यों न रही हों। भारत को इस सम्भावना का पूरा अहसास है कि द्विपक्षीय और बहुपक्षीय सहयोग से हमें अपने आर्थिक विकास में मदद मिलेगी। इसे ध्यान में रखकर भारत ने संयुक्त राष्ट्र के विभिन्न विशिष्ट अभिकरणों, जैसे संयुक्त राष्ट्र का आर्थिक सामाजिक सांस्कृतिक संगठन, यूनेस्को, खाद्य और कृषि संगठन, विश्व स्वास्थ्य संगठन या अन्य अन्तर्राष्ट्रीय परमाणु ऊर्जा अभिकरण आदि से सहयोग स्थापित कर प्रभावकारी योगदान दिया है। भारत की यह सहभागिता विज्ञान

एवं टेक्नोलॉजी की नीतियों और कार्यक्रमों के निर्धारण और कार्यान्वयन में व्यक्त हुई है। उक्त अभिकरणों के तत्त्वावधान में भारत विज्ञान की नीति, समस्याएँ, अनुसन्धान, विकास, प्रबन्ध आदि के क्षेत्र में प्रशिक्षण कार्यक्रम, कार्यशालाएँ, गोष्ठियाँ और सम्मेलन इत्यादि चलाता है।

भारत में विज्ञान एवं टेक्नोलॉजी के क्षेत्र में अन्तर्राष्ट्रीय सहयोग के विविध प्रकार के कार्यक्रम चलाए जाते हैं, जैसे द्विपक्षीय अनुबन्ध वैज्ञानिकों के विनिमय के कार्यक्रम, अन्तर्राष्ट्रीय वैज्ञानिक संघों में सहभागिता, तकनीकी सहयोग के कार्यक्रम। अनेक देशों के साथ विज्ञान एवं टेक्नोलॉजी के क्षेत्र में भारत के अनुबन्ध हैं। इनमें से अधिकांश पिछले दो दशकों में हुए हैं। इन द्विपक्षीय अनुबन्धों में अधिकतर विज्ञान एवं तकनीकी कर्मियों का आदान-प्रदान तथा वैज्ञानिक सूचनाओं का आदान-प्रदान, संयुक्त अनुसन्धान, परियोजनाओं का संचालन तथा सम्मेलन और कार्यशालाओं का आयोजन है। अनेक देशों के साथ अनुबन्धों के अनुसार पारस्परिक सम्बद्धता और लाभ के सहयोग कार्यक्रम बनाए गए हैं। आशा की जाती है कि इससे भारत और अन्य विकासशील और विकसित देशों के साथ भारतीय और विदेशी वैज्ञानिकों का निकट सम्पर्क होगा और वह एक-दूसरे की क्षमता को समझ सकेंगे। इससे उपयोगी वैज्ञानिक और तकनीकी सूचनाएँ और प्रलेखन सृजित होगा और संयुक्त परियोजनाएँ सफलतापूर्वक पूरी होकर अन्तर्राष्ट्रीय आत्मनिर्भरता को बढ़ावा देंगी। आत्मनिर्भरता और अन्तर्राष्ट्रीय सहयोग परस्पर पृथक नहीं हैं।

विदेशी सहकारों के साथ अनुबन्धों के अलावा राष्ट्रीय वैज्ञानिक अभिकरण, जैसे वैज्ञानिक और औद्योगिक अनुसन्धान परिषद्, भारतीय कृषि अनुसन्धान परिषद् ने भी समरूप विदेशी संस्थाओं के साथ सहयोग किया है। अन्ततः इंडियन नेशनल साइंस एकेडमी जैसी वैज्ञानिक संस्थाओं के भी विदेशी संस्थाओं और एकेडमियों के साथ विनिमय और सहयोग के कार्यक्रम हैं। इस सम्बन्ध में इस बात पर बल देना जरूरी है कि विकसित देशों के साथ अन्तर्राष्ट्रीय सहयोग का लक्ष्य उनकी उन्नत और सूक्ष्म तकनीकों को प्राप्त करना है जो हमारे राष्ट्रीय विकास के लिए अनिवार्य हो सकती हैं। बुनियादी आवश्यकताओं को पूरा करने के राष्ट्रीय कार्यक्रम में उसकी प्राथमिकताओं को ध्यान में रखते हुए भारत सबके लिए राष्ट्रीय विकास में उपलब्ध सब उपयुक्त तकनीकों के प्रयोग का इच्छुक है। विज्ञान एवं टेक्नोलॉजी की उपलब्ध अवस्थापना मोटे तौर पर हमारी साक्षरता, प्रौढ़ शिक्षा, ग्रामीण जलापूर्ति, ग्रामीण विद्युतीकरण, सड़कों के निर्माण इत्यादि के लिए पर्याप्त है। उसे सिर्फ अधिक समन्वित करने की जरूरत है। उच्च और सूक्ष्म तकनीकों में सरकारी प्रयासों का जिक्र करते हुए हमें इसमें आवश्यक साजो-सामान, उपकरणों और तकनीकों की कठिनाइयों का भी उल्लेख करना होगा।

गैरसरकारी संगठन विशिष्ट देशों के अन्तर्राष्ट्रीय संघ, अकादमियाँ, वैज्ञानिक और तकनीकी समितियाँ ऐसे मंच हैं जहाँ वैज्ञानिक और टेक्नोलॉजिस्ट आपस में मिलकर समस्याओं पर स्वतन्त्र रूप से बौद्धिक चर्चा करते हैं। विभिन्न क्षेत्रों में अपनी श्रेष्ठता

के कारण भारतीय वैज्ञानिक इन संगठनों में अनेक प्रकार से प्रमुख भूमिका निभा रहे हैं। अनेक भारतीय इन संगठनों में जिम्मेदारी के पदों पर काम कर रहे हैं। वैज्ञानिक कर्मियों का विश्व संघ और 'पुगवाश आन्दोलन' जैसे संगठन वैज्ञानिक आवश्यकताओं को पूरा करने के लिए बनाए गए हैं। भारतीय वैज्ञानिकों ने भी इनके सृजन और कार्यों में प्रोत्साहन देने के लिए महत्त्वपूर्ण भूमिका निभाई है।

1964 में पंडित नेहरू के नेतृत्व में एशिया और अफ्रीका के विकासशील देशों के वैज्ञानिकों को एक राष्ट्रीय सम्मेलन में आमन्त्रित किया गया जहाँ वह राष्ट्रीय विकास में वैज्ञानिक और टेक्नोलॉजी की भूमिका पर विचार विनिमय कर सकें। इसके लिए 1966 में एक बड़ा सम्मेलन एशिया, अफ्रीका, लैटिन अमेरिका के विकासशील देशों के बीच विज्ञान एवं टेक्नोलॉजी में सहभागिता के लिए बुलाया गया। उक्त दो सम्मेलनों ने विकासशील देशों के बीच सहयोग की दिशा में पहल की। यूनाइटेड नेशन्स कांफ्रेंस ऑन साइंस एण्ड टेक्नोलॉजी फॉर डेवलपमेंट, वियना, 1979 में भारत ने विकासशील देशों के बीच तकनीकी सहयोग की नीति का निरूपण किया।

उक्त सम्मेलन ने निम्न टिप्पणी दर्ज की : भारत ने विकासशील देशों के बीच वैज्ञानिक और टेक्नोलॉजीय अन्तर्राष्ट्रीय कार्यक्रमों को प्राथमिकता दी है। यह इसलिए भी अधिक महत्त्वपूर्ण है, चूँकि जब एक विशिष्ट क्षेत्र या उप क्षेत्र के विकासशील देश जिनकी एक जैसी समान समस्याएँ हैं, वे मिलकर अपनी समस्याओं को सरलता से सुलझा सकते हैं। विकासशील देश के रूप में भारत ने विज्ञान एवं टेक्नोलॉजी के क्षेत्र में खासी प्रगति की है। उसने विज्ञान एवं टेक्नोलॉजी के माध्यम से समाजार्थिक विकास की कल्पना को साकार रूप दिया है। संयुक्त राष्ट्र संघ और उसके विशिष्ट अभिकरणों तथा राष्ट्रमंडल के गुटनिरपेक्ष देशों के मंचों पर भारत ने पारस्परिक आदान-प्रदान के आधार पर अपने अनुभवों में उन्हें साझीदार बनाया है। उदाहरण के लिए, बहुपक्षीय स्तर पर एक ऐसी परियोजना विकास सुविधा को स्थापित करने का विचार है जो गुट निरपेक्ष देशों के बीच व्यवहार योग्य अध्ययनों, प्रोजेक्ट रिपोर्टों और इन देशों गें उपलब्ध उपकरणों के माध्यम से उन्हें कार्यान्वित कर सकें। सार्क देशों के बीच भी इस प्रकार के सहयोग को बढ़ाने का प्रयास हो रहा है। भारत ने इस तरह की सुविधा की तैयारी में गहरी अभिरुचि दिखाई है।

अन्य विकासशील देशों के साथ परियोजनाएँ बनाने और साझेदारी को कार्यान्वित करने के लिए निम्न बातों पर बल दिया है :

(1) दोनों देशों के राष्ट्रीय हितों के ऐसे क्षेत्रों की सावधानीपूर्वक पहचान की जाती है जो दोनों के लिए लाभदायक हों। साथ ही उपलब्ध भौतिक सुविधाओं और कुशल मानव शक्ति का भी सावधानी से आकलन किया जाता है ताकि दोनों देशों की विभिन्न समस्याओं का परस्पर पूरक आधार पर समाधान ढूँढ़ा जा सके। इससे इच्छित उद्देश्य पर शीघ्रता से पहुँचा जा सकता है और वैज्ञानिक और टेक्नोलॉजिकल क्षमता का भी बेहतर उपयोग होता है। इससे दोनों देशों में आत्मनिर्भरता और आत्मविश्वास भी बढ़ता है।

(2) दोनों देशों में तकनीकी दक्षता के कर्मियों को घनिष्ट परामर्श से पहचान कर यह प्रयास किया जाता है कि द्विपक्षीय आधार पर उन्हें संयुक्त राष्ट्र संघ और उसके विशिष्ट अभिकरणों के माध्यम से उन्हें अपेक्षित सेवाएँ उपलब्ध कराई जाएँ। जहाँ तकनीकी परामर्श सेवा की जरूरत होती वह उस देश को उपलब्ध करा दी जाती है। इसके अलावा वैज्ञानिक और टेक्नोलॉजीय सूचनाओं और अभिलेखों का आदान-प्रदान भी होता है।

(3) टेक्नोलॉजी के अनुकूलन और स्थानान्तरण में उपयुक्त तकनीकों की सूचनाओं और अनुभवों का आदान-प्रदान किया जाता है।

(4) विकासशील देशों में डिजाइन इंजीनियरी संगठनों से परामर्श कर उनकी स्थापना में सहयोग लेना।

(5) विज्ञान एवं टेक्नोलॉजी के संगठन, विज्ञान नीति और आयोजन में भारत के अनुभव में हिस्सेदारी।

जैसा कि ऊपर बताया गया है सावधानी से किए गए इस नियोजन का उद्देश्य विकासशील देशों की वैज्ञानिक एवं टेक्नोलॉजी पर बाहरी मदद की निर्भरता को कम करना है और स्वदेशी वैज्ञानिक दक्षता और भौतिक सुविधाएँ बढ़ाना है। हमें उन मानसिक बाधाओं पर भी अंकुश लगाना होगा जो विकासशील देशों के सहयोग की अभिवृद्धि में बाधक हैं। यह मनोवृत्ति तब अभिव्यक्त होती है जब हम विकसित देशों से अपनी परियोजनाओं के नियोजन एवं कार्यान्वयन के लिए विदेशी विशेषज्ञों की सेवाएँ लेते हैं, जबकि ऐसी दक्षता अन्य विकासशील देशों में भी उपलब्ध है।

विदेशों में भारत के संयुक्त उपक्रम

विकासशील देशों के बीच संयुक्त उपक्रम, आर्थिक सहयोग और टेक्नोलॉजी की भागीदारी का एक प्रमुख साधन है। भारत ने नियोजित आर्थिक विकास और वैज्ञानिक, तकनीकी, शिक्षा, अनुसन्धान पर बल देकर आधुनिक टेक्नोलॉजी का सुदृढ़ आधार अर्जित कर लिया है। उसने आधुनिक टेक्नोलॉजी के अनेक क्षेत्रों में तथा उद्योगों के प्रबन्धन में अनुभव और दक्षता प्राप्त की है। वह आज इस स्थिति में है कि अपने इस अनुभव का लाभ अन्य विकासशील देशों को देकर उनकी आर्थिक प्रगति की प्रक्रिया में सहायता दे सके। भारत द्वारा विकसित टेक्नोलॉजी को विकासशील देशों में व्यापक स्वीकृति मिली है। भारतीय टेक्नोलॉजी पर आधारित अनेक संयुक्त उपक्रम जिनमें पूँजी की साझेदारी भी है, अनेक विकासशील देशों में चल रहे हैं। कुछ संयुक्त उपक्रम भी हैं जो विकसित देशों में स्थापित किए गए हैं।

1983 तक ऐसे 228 प्रभावकारी/संयुक्त उपक्रम के प्रस्ताव आए जिनमें से 140 में उत्पादन शुरू हो गया है और 88 कार्यान्वयन के विभिन्न चरणों में थे। क्षेत्रानुसार अधिकतम भारतीय संयुक्त उपक्रम एशिया के पड़ोसी देशों में 72 तथा अफ्रीका में 22 थे। इस तरह के उपक्रम 27 देशों में फैले हुए हैं। इनमें से लगभग 80 प्रतिशत 10

देशों में स्थित हैं।

विदेशों में कार्यरत संयुक्त उपक्रम अनेक प्रकार के औद्योगिक उत्पादों में संलग्न हैं—उपभोक्ता सामान से लेकर इंजीनियरी के उत्पादों तक। इनमें कपड़ा, हल्की इंजीनियरी का सामान, लोहे और इस्पात की वस्तुएँ, स्वचालित वाहनों के उपकरण, मशीन और हाथ के औजार, इंस्ट्रूमेंट, व्यापारिक वाहन, स्कूटर, भारी इंजीनियरी का सामान, अलौह धातुओं की वस्तुएँ, रसायन और फार्मेसी के सामान, प्लास्टिक पदार्थ, सीमेंट और काँच का सामान, लुगदी और कागज, चीनी, संसाधित खाद्य पदार्थ, मिठाई, मृदु पेय, तिलहन परिशोधन, हार्ड बोर्ड, मोजेक टाइल्स, रबर, चमड़े की वस्तुएँ, इनेमल के तार और सामान, इलेक्ट्रॉनिक उपकरण, होटल-रेस्तराँ निर्माण परियोजनाओं में परामर्श देना जैसे उपक्रम सम्मिलित हैं। इनमें रसायन और फार्मेसी उद्योगों का सर्वोच्च अनुपात है और उसके बाद निर्माण, व्यापार और परामर्श कार्य।

तकनीकी परामर्श सेवाएँ

विभिन्न औद्योगिक क्षेत्रों में भारतीय निर्माण क्षमता के सर्वांगीण विकास ने भारत को तकनीकी परामर्श सेवाओं में नई उच्चता प्रदान की है। अनेक इंजीनियरी परामर्शदात्री प्रतिष्ठान विदेशी परियोजनाओं में प्रारम्भिक कल्पना, डिजाइन, सम्यक जानकारी से लेकर उत्पादन तक की इंजीनियरी और टेक्नोलॉजिकल परामर्श सेवाएँ दे रहे हैं। उपलब्ध सेवाओं में एकीकृत परामर्शदात्री सेवाएँ भी शामिल हैं जो विकास, नियोजन के सभी पक्षों पर आर्थिक पर्यावरण के अध्ययन, समाजार्थिक सर्वेक्षण, परियोजनाओं की पहचान, प्रोजेक्ट की रूपरेखा तैयार करना, बाजार की पड़ताल, तकनीकी व आर्थिक उपयुक्तता के अध्ययन, टर्न-की कार्य, इंजीनियरी उत्पादन चालू करना, प्रबन्धन, जनशक्ति विकास प्रशिक्षण सेवा, संयन्त्र और उपकरणों की आपूर्ति और मूल्यांकन भी करती हैं।

परियोजना निर्यात

टेक्नोलॉजी के स्थानान्तरण का एक रूप परियोजनाओं का निर्यात है। भारतीय उद्यमता ने विविध क्षेत्रों में अनेक परियोजनाओं को अनेक विकासशील देशों में सफलतापूर्वक सम्पादित किया है, जैसे लीबिया, कुवैत, संयुक्त अरब अमीरात, इराक, नाइजीरिया, तंजानिया, मारीशस, थाईलैंड और मलेशिया में।

अन्य देशों में जो भारतीय परियोजनाएँ स्थापित की गई हैं, उनमें सम्मिलित हैं : ऊर्जा संयन्त्र, चीनी मिलें, कपड़े, सीमेंट, कागज, लुगदी के कारखाने, खनिज और इंजीनियरी उद्योग, रासायनिक और फार्मेसिटिकल संयन्त्र। यहाँ भारतीय कम्पनियों द्वारा परियोजनाओं के चयन, नियोजन, आपूर्ति, निर्माण और उत्पादन प्रारम्भ करने, स्थानीय कर्मियों के प्रशिक्षण, और निश्चित समय तक परियोजनाओं को चलाने आदि की सेवाएँ दी जा रही हैं। कठोर अन्तर्राष्ट्रीय प्रतियोगिता के बीच भारतीय उद्यमता ने यह

परियोजनाएँ चलाई हैं। इनमें से अनेक विश्व बैंक और एशियन डेवलपमेंट बैंक जैसी अन्तर्राष्ट्रीय वित्तीय संस्थाओं द्वारा वित्तपोषित हैं।

अन्तर्राष्ट्रीय कम्पनियों से सहयोग

यूरोपीय, अमेरिकी और जापानी परियोजनाओं का ठेका लेने वाले ठेकेदार जो पश्चिमी पूर्व एशिया और अफ्रीका इत्यादि देशों में ठेकों के लिए आवेदन करते हैं, उन्हें तकनीकी दक्षता प्राप्त प्रबन्ध कर्मियों के अभाव का सामना करना पड़ता है। कुछ मामलों में तो यह व्यावसायिक लागत अत्याधिक होती है और आर्थिक रूप से लाभदायक नहीं होती है।

विकासशील देशों में सुविधाओं के अभाव और कष्टकर जलवायु के कारण प्रमुख अन्तर्राष्ट्रीय ठेकेदारों को उपयुक्त परियोजना कर्मियों को जुटाने में समस्याएँ आती हैं।

कुछ स्थितियों में यूरोप, अमेरिका और जापान से आयातित संयन्त्रों और मशीनें भारतीय स्रोतों से उपलब्ध आपूर्ति की तुलना में अलाभकर होती हैं। इस परिस्थिति ने अनेक अमेरिकी, यूरोपीय और जापानी ठेकेदारों को यह समझने पर बाध्य किया है कि वह तीसरे विश्व की परियोजना का कुछ अंश भारतीयों को सौंप दें। इस तरह के कुछ दीर्घकालीन अनुबन्ध प्रसिद्ध ब्रिटिश कम्पनी समूह ने भारत के साथ किया है। एक अन्य भारतीय सार्वजनिक क्षेत्र की कम्पनी ने कुछ ठेके मिलकर लेने का निश्चय किया है। ये कम्पनियाँ हैं अमेरिका की जनरल इलेक्ट्रॉनिक कम्पनी, जर्मनी की सीमेन और ब्रिटेन की जनरल इलेक्ट्रॉनिक कम्पनी। एक ब्रिटिश कम्पनी दक्षिण भारत की एक फर्म के साथ दुबई में होजरी कारखाना स्थापित कर रही है।

कुछ निजी क्षेत्र की कम्पनियों ने यूरोप के अग्रणी परियोजना ठेकेदारों के साथ सहमति के स्मृतिपत्र और गठबन्धन स्थापित कर लिए हैं जिससे कि वह मिलकर तीसरे विश्व के देशों में परियोजनाओं के ठेके ले सकें।

भारतीय तकनीकी और आर्थिक सहयोग कार्यक्रम

अपेक्षतया अधिक बहुमुखी और विविधतापूर्ण औद्योगिक आधार, उन्नत टेक्नोलॉजिकल क्षमता और कुशल श्रम की उपलब्धता के कारण भारत अपने अर्जित अनुभव का लाभ 1964 से अन्य विकासशील देशों के साथ भारतीय तकनीकी और आर्थिक कार्यक्रम के अन्तर्गत उठा रहा है।

इस कार्यक्रम में निम्न बातों का समावेश है :

(क) भारत में विकासशील देशों के नागरिकों के लिए प्रशिक्षण की सुविधाएँ,

(ख) विदेशों में भारतीय विशेषज्ञों की प्रतिनियुक्ति,

(ग) मशीनों और संयन्त्रों का दान,

(घ) उपयुक्तता अध्ययनों के संचालन में सहायता और

(ड) विशिष्ट परियोजनाओं को हाथ में लेना।

भारतीय तकनीकी और आर्थिक सहयोग कार्यक्रम के अन्तर्गत लिए गए तकनीकी सहायता व अन्य कार्यक्रमों की गृहीता देशों ने सराहना की है। श्रीलंका, म्यामार, अफगानिस्तान, वियतनाम, मारीशस, तंजानिया, और फिजी में सहयोग के व्यापक कार्यक्रम लिए गए। विदेशों में भारतीय दूतावासों की सिफारिश पर विकासशील देशों से प्राप्त आवेदनों के आधार पर वहाँ के कुशल कार्मिकों को विशिष्ट प्रशिक्षण कार्यक्रमों में लिया जाता है। विभिन्न देशों को सहायता देते समय अल्पतम विकसित देशों को विशेष तरजीह दी जाती है।

नागरिक उड्डयन के क्षेत्र में नागरिक उड्डयन विभाग प्रशिक्षण देता है। इसमें उड़ान, वायुयानों का रखरखाव, वैमानिकी इंजीनियरी, दूरसंचार, नौचालन, वायुयान यातायात और अग्निशमन शामिल हैं। यह प्रशिक्षण नियमित पाठ्यक्रम द्वारा इलाहाबाद के सिविल एविएशन ट्रेनिंग सेंटर पर दिया जाता है। इसके अलावा क्षेत्रीय प्रशिक्षण विभिन्न स्थानों, हवाई अड्डों और वायु यातायात नियन्त्रण केन्द्रों, बेतार केन्द्रों और नौचालन इकाइयों पर दिया जाता है। कलकत्ता के फायर सर्विस ट्रेनिंग सेंटर पर, हवाई अड्डों पर अग्निशामन सेवा का प्रशिक्षण दिया जाता है। अनेक फ्लाइंग और ग्लाइडिंग क्लबों को भी प्रशिक्षण पाठयक्रमों के लिए इस्तेमाल किया जाता है।

भारतीय मौसम विभाग द्वारा मौसम विज्ञान के क्षेत्र में प्रशिक्षण दिया जाता है। इसमें नाइजीरिया और केनिया के मौसम विज्ञान के कर्मियों के लिए पुणे के कृषि मौसम विज्ञान विभाग ने प्रशिक्षण की व्यवस्था की। नाइजीरिया और केनिया के मौसम विभाग के अलावा अफ्रीकी, एशियाई और अरब देशों को भी यह सुविधाएँ दी गईं। संयुक्त राष्ट्र विकास कार्यक्रम के अन्तर्गत विभिन्न देशों के प्रतिनिधियों को भारत में प्रशिक्षण देने के अनुरोध प्राप्त हो रहे हैं।

कृषि के क्षेत्र में आधुनिक टेक्नोलॉजी के प्रयोग का भारतीय अनुभव एशिया और अफ्रीकी देशों के विकास में सहायक सिद्ध हुआ है। सेंट्रल प्लांट प्रोटेक्शन ट्रेनिंग इंस्टीट्यूट ने दक्षिण-पूर्वी एशिया के अनेक कर्मिगों को प्रशिक्षित किया है। भारत ने पशुधन, भैंसों के विकास कार्यक्रम में श्रीलंका और वियतनाम को सहायता दी है। श्रीलंका को दुग्ध पशुशाला स्थापित करने के लिए प्रसिद्ध गीर और सुरती भैंसें दी गईं। भारतीय कृषि अनुसन्धान परिषद् ने वियतनाम में चारा संसाधनों के विकास के लिए मदद की जो वहाँ के पशुधन विकास कार्यक्रम का अंग है। तकनीकी कौशल के अलावा उन्हें अधिक उपजवाली चारा फसलों के बीज भी दिए गए। खाद्य कृषि संगठन के तत्त्वावधान में कुछ अन्य देशों को भी तकनीकी मार्गदर्शन दिया गया। झाँसी के भारतीय चारागाह और चारा अनुसन्धान को एक अन्तर्राष्ट्रीय प्रशिक्षण केन्द्र के रूप में मान्यता देने पर विचार हो रहा है। इस संस्थान में चारागाहों और चारा उत्पादन के सब पहलुओं पर व्यापक प्रशिक्षण दिया जाता है। भारत आज इस स्थिति में है कि वह विदेशों में दुग्ध उत्पादन की टर्नकी परियोजना लेने में सक्षम है। राष्ट्रीय डेयरी विकास बोर्ड ने अनेक उपयुक्तता अध्ययनों और परियोजना मूल्यांकन तैयार करने में अनेक देशों को

सहायता दी है। इनमें मारीशस, सूडान, फिलीपीन, इंडोनेशिया, भूटान और तंजानिया शामिल हैं। नाईजीरिया, थाईलैंड, श्रीलंका, तंजानिया, नेपाल और फिलीपींस जैसे अनेक विकासशील देशों के कर्मियों को यूनीसेफ, डेनीडा, एफ.ए.ओ. आदि अभिकरणों की मदद से यहाँ प्रशिक्षण प्रदान किया गया है। इसी प्रकार बंगलौर के निकट हसरगट्ठा में मुर्गीपालन के प्रशिक्षण की सुविधा बंगलादेश, पापुआ, न्यूगिनी और श्रीलंका के प्रशिक्षणार्थियों को प्रदान की गई है। कृषि और सहकारिता मन्त्रालय ने भूटान में मुर्गी पालन के विकास के लिए विशेष परियोजना तैयार की। विभिन्न विकासशील देशों के वन विस्तार कार्यक्रम की परियोजना बनाने और उनके कार्यान्वयन के लिए द्विपक्षीय और बहुपक्षीय सहायक कार्यक्रमों में भारत मदद दे रहा है।

स्वास्थ्य के क्षेत्र में भी भारत विकासशील देशों के कार्यकर्ताओं को नर्सों, डॉक्टरों और चिकित्सा के सभी क्षेत्रों के विशेषज्ञों के प्रशिक्षण में अपना योगदान दे रहा है और साथ ही अनेक विकासशील देशों को चिकित्सा यन्त्र और मशीनें भी दे रहा है।

उच्च शिक्षा और उससे सम्बन्धित क्रियाकलापों में भी भारत एशिया के अनेक विकासशील देशों को सहयोग कर रहा है। इनमें से कुछ सहयोग द्विपक्षीय आधार पर और कुछ यूनेस्को जैसे अन्तर्राष्ट्रीय संगठनों के तत्त्वावधान में दिया जा रहा है। उदाहरण के लिए, भारत ने अनेक अन्तर्राष्ट्रीय स्नातकोत्तर पाठ्यक्रम संचालित किए हैं जिनमें रसायन, शरीर क्रिया विज्ञान, सूक्ष्म जीवाश्म विज्ञान, हिमालय भूविज्ञान, जल विज्ञान आदि के पाठ्यक्रम शामिल हैं। उष्णकटिबंधीय पोषकता भौतिक इंजीनियरी, ठोस अवस्था भौतिकी, सागर भूविज्ञान आदि के पाठ्यक्रमों की योजनाएँ भी बनाई जा रही हैं।

शिक्षा, नियोजन, डेयरी विकास, लघु उद्योग, इंजीनियरी और चिकित्सा आदि विविध क्षेत्रों में भारत ने विकासशील देशों में अपने विशेषज्ञ नियुक्त किए हैं।

विज्ञान एवं टेक्नोलॉजी के क्षेत्र में भारत एक ऐसा देश है जिसने टेक्नोलॉजी ट्रांसफर के विषय में क्षेत्रीय केन्द्र स्थापित करने की पहल की जहाँ ई.एस.सी.ए.पी. क्षेत्र के देशों को यह सहायता उपलब्ध हो सकी। यह केन्द्र बंगलौर में अवस्थित है और यह अनेक राष्ट्रीय केन्द्रों को टेक्नोलॉजी ट्रांसफर जैसे विविध आर्थिक कार्यकलापों के लिए तकनीकी आवश्यकता की पहचान, आवश्यकता आधारित सूचनाओं का इकट्ठा करना और वैकल्पिक टेक्नोलॉजी के बीच चुनाव उनका मूल्यांकन और आयातित टेक्नोलॉजी का विश्लेषण, आयातित टेक्नोलॉजी के लिए यथासम्भव आकर्षक मोलभाव और स्वदेशी टेक्नोलॉजी का निर्माण इसके प्रमुख कार्य हैं।

वैज्ञानिक ज्ञान और टेक्नोलॉजी अनुसन्धान की जटिलताओं को देखते हुए जिनमें अत्यधिक पूँजी विनियोग अपेक्षित है अब यह अनुभव किया जा रहा है कि यह कहीं अधिक कारगर होगी, यदि विभिन्न देशों में उपलब्ध संसाधनों को एक स्थान पर एकत्रित कर लिया जाए और उससे अनुसन्धान और विकास में अधिकाधिक लाभ उठाया जाए। इसके अलावा, विनिमय कार्यक्रमों को प्रोत्साहित करने के लिए विज्ञान एवं टेक्नोलॉजी के क्षेत्र में द्विपक्षीय सहयोग संयुक्त विचार गोष्ठियों, कार्यशालाओं और

संयुक्त अनुसन्धान कार्यक्रमों से लाभ उठाया गया है जिसमें अनेक विकासशील और गुटनिरपेक्ष देशों ने अपना योगदान दिया है।

भारत ने म्यामार में अनेक अवस्थापना सुविधाओं की कार्यशालाएँ, गत्ता, फिल्टर कागज, गामा इररेडियेस्टर मैंग्नीजडायऑक्साईड, मेंथा की पैदावार से सम्बन्धित कई अग्रगामी परियोजनाएँ स्थापित की हैं। इनमें से 16 अग्रगामी संयन्त्र, परियोजनाएँ जिन पर दो करोड़ रुपए से अधिक लगा है, क्रियान्वित हुई हैं। यह आशा की जाती है कि इन संयन्त्रों के चालू होने पर म्यामार अपनी आवश्यकताओं तथा उपलब्ध प्राकृतिक संसाधनों के अनुरूप उपयुक्त टेक्नोलॉजी ढूँढ़ सकेगा।

यह संक्षिप्त विवरण यह दर्शाता है कि भारत ने उन्मुक्त द्वार नीति अपनाई है। विज्ञान और टेक्नोलॉजी के क्षेत्र में वह दाता और गृहीता दोनों रहा है। आज भी वह सभ्यताओं और संस्कृतियों के चौराहे पर खड़ा है और विभिन्न स्रोतों से अपने को समृद्ध कर रहा है।

उपसंहार

क्या विज्ञान एवं टेक्नोलॉजी का विकास अपने आप में एक लक्ष्य है? उसके लाभ किसे मिले हैं? यह ऐसे गम्भीर प्रश्न हैं जो राष्ट्र के सामने हैं और जब वह अपने समाजार्थिक विकास की दसवीं पंचवर्षीय योजना शुरू करने जा रहा है। पिछले अध्यायों पर विहंगम दृष्टि डालने से हमें इस बात का कुछ अनुमान हो जाता है कि हमारी विज्ञान एवं टेक्नोलॉजी की गतिविधियों का कितना विस्तार है। इससे यह भी स्पष्ट होता है कि विज्ञान एवं टेक्नोलॉजी ने हमारे देश की जनता के जीवन को कितना प्रभावित किया है। किसी ऐसे देश का सामाजिक रूपान्तरण और सांस्कृतिक पुनरुथान कोई सहज काम नहीं है जो लगभग 200 वर्ष औपनिवेशिक राज्य रहा है। यह बात विशेष रूप से वहाँ लागू होती है जबकि देश गरीब हो और वह मात्र निर्धनता और निरक्षरता से ही ग्रसित नहीं बल्कि भाग्यवादिता, निष्क्रियता और जड़ता से ग्रसित हो और जहाँ पहल करने की प्रवृत्ति का अभाव हो।

गत 50 वर्षों में जो इतिहास में मात्र एक क्षण ही कहा जाएगा, महत्त्वपूर्ण परिवर्तन घटित हुए हैं। इस अल्पकाल में उल्लेखनीय विकास हुआ है। देश के किसी भी भाग में एक छोर से दूसरे छोर तक 24 से 30 घंटों में रेल या मोटर मार्ग से पहुँचा जा सकता है। स्वतन्त्रता से पहले इसमें 45 से 60 घंटे लगते थे। आज देश के प्रायः सभी शहर और कस्बे टेलीफोन सेवा से जुड़े हुए हैं। विश्व में अन्यत्र हो रहे समकालीन परिवर्तनों के बीच चाहे वह कितने ही सूक्ष्म और जटिल क्यों न हों भारत ने एक विकासशील देश के रूप में अपना स्थान बना लिया है और वह तेजी से उन्नत देशों के मुकाबले आगे बढ़ रहा है।

हरित क्रान्ति और ग्रामीण क्षेत्रों में समृद्धि का सूत्रपात्र किया है। कृषि उत्पादन में वृद्धि और उसमें आधुनिक यन्त्रों के प्रयोग ने न सिर्फ नया आत्मविश्वास पैदा किया है बल्कि उसने जनता की भावनाओं को भी बहुत बदल दिया। ट्रांजिस्टर और टेलीविजन ने जनता के मानसिक क्षितिज का विस्तार किया है और उसमें ग्रामीण क्षेत्रों को भी विकास का नया आयाम प्रदान किया है। प्रसुप्त गाँव अब अतीत की बात बन गए हैं। उपग्रह संचार के आ जाने से यह परिवर्तन और भी अधिक स्पष्ट हो जाएगा। स्वतन्त्रता से पहले हमारे यहाँ थोड़े ही बड़े उद्योग थे और वह भी अधिकतर यूरोपियनों के ही अधीन थे। आज हमारे यहाँ सैकड़ों अत्यन्त जटिल उद्योग स्थापित हो चुके हैं और

उनका प्रबन्ध भी मुख्यतः भारतीयों के हाथ में है। और उनकी टेक्नोलॉजी भी स्वदेश में ही विकसित हुई है।

नए उन्नत उद्योगों ने जनता को नए सामान और उपभोक्ता वस्तुएँ दी हैं। जनता ने नया कौशल और तकनीक विकसित की है और उनमें नया आत्मविश्वास पैदा हुआ है कि उनका देश अन्य देशों के समकक्ष है और आगे बढ़ने में सक्षम है।

फिर भी यह परिवर्तन हमें यह स्मरण कराते हैं कि विकास सिर्फ चन्द लोगों के लिए ही नहीं है जो सम्पन्न हैं। अभी भी हमारे यहाँ अत्यन्त विषमता है और विकास के लाभ अभी सामान्य जनता तक नहीं पहुँचे हैं जो उसे मिलने चाहिए थे। निरक्षरता और पुराणपन्थी बौद्धिक धारणाएँ अभी भी हमारी जनता के मन पर हावी हैं जिससे तनाव और समस्याएँ पैदा हो रही हैं। इस प्रकार की विपन्नता विकास का एक नकारात्मक पक्ष है। इसका उन्मूलन करना प्रमुख कार्य है जो कहीं अधिक कठिन और जटिल है। क्या भारत के लिए यह सब करना सम्भव होगा? क्या वह अल्प समय में प्रगति कर सकेगा? सिर्फ समय ही यह बता सकता है। किन्तु ऐसे संकेत हैं कि यह मात्र सम्भव ही नहीं बल्कि थोड़े समय में हमारे यह लक्ष्य पूरे हो जाएँगे। स्वतन्त्रता के समय कौन यह सोच सकता था कि 50 वर्ष के अल्प समय में हम परमाणु शक्ति उत्पन्न कर सकेंगे या अन्तरिक्ष में उपग्रह और यान छोड़कर दूरसंचार सेटलाईट उपग्रह स्थापित कर सकेंगे।

पूर्ववर्ती विकास का लाभ उठाकर स्वतन्त्रता प्राप्ति के बाद हममें असाधारण उत्साह और आक्रामकता पैदा हुई है जो स्वास्थ्यकर है और जिसने समाज के उन सभी अंगों को प्रभावित किया है जो हमारे लिए भविष्य में हानिकर हो सकते थे। भविष्य में आस्था पैदा करने में समय लगता है और जब तक जनता को यह विश्वास न हो जाए कि वह समान रूप से विकास के लाभों का उपभोग कर सकती है तब तक लाभ की सम्भावनाएँ क्षीण होती रहती हैं।

जीवनकाल थोड़ा है पर जीने की कला लम्बी है। मानवता के सामने महान कार्य पड़े हुए हैं और उसकी प्राप्ति के साधन थोड़े ही हैं। लघु जीवन अवधि में हम कुछ थोड़े ही तात्कालिक लाभ देख सकते हैं। और हम यह अनुभव नहीं करते हैं कि जो हमें दिख रहा है वह एक उठती लहर का उतार है। हम दोषों, सीमाओं और अव्यवस्थाओं को ही देखते रहते हैं। हमारी आकांक्षाओं की तुलना में हमारी उपलब्धियाँ कम हैं किन्तु जब हम एक विशिष्ट कार्य पर नजर डालते हैं तब हमें अहसास होता है कि हमने कितना सफर तय कर लिया है, हम कहाँ पहुँचे हैं और हमारी क्या उपलब्धियाँ हैं? यही दृष्टि हमें आशा और सहारा देती है और तब हम आशा और आत्मविश्वास के साथ भविष्य की तरफ देखते हैं और नए जोश और उत्साह के साथ आगे बढ़ते हैं। भारत फिलहाल संक्रमणकाल की इसी स्थिति में है।

परिशिष्ट

भारतीय वैज्ञानिक संगठन सूची

वैज्ञानिक और औद्योगिक अनुसन्धान परिषद्

1. केन्द्रीय भवन अनुसन्धान संस्थान,
   रुड़की-247667
2. केन्द्रीय औषधि अनुसन्धान संस्थान,
   छतर मंजिल पैलेस,
   पोस्ट बॉक्स-173
   लखनऊ-226001
3. केन्द्रीय विद्युत रसायन अनुसन्धान संस्थान,
   सी.ई.सी.आर.आई. नगर,
   कराईकुड़ी-623006
4. केन्द्रीय इलेक्ट्रॉनिक इंजीनियरी अनुसन्धान संस्थान,
   पिलानी-333031
5. केन्द्रीय खाद्य प्रौद्योगिक अनुसन्धान संस्थान,
   मैसूर-570013
6. केन्द्रीय ईंधन अनुसन्धान संस्थान,
   पी.ओ. एफ.आर.आई.,
   धनबाद-828108
7. केन्द्रीय काँच और सिरेमिक अनुसन्धान संस्थान,
   पी.ओ. जादवपुर विश्वविद्यालय,
   कलकत्ता-700032
8. केन्द्रीय औषधि और सुगंधित पौधा संस्थान,
   पोस्ट बॉक्स-1,
   पो. राम सागर मिश्र नगर,
   लखनऊ-226016
9. केन्द्रीय चमड़ा अनुसन्धान संस्थान,
   अडयार, मद्रास-600020

10. केन्द्रीय यान्त्रिक इंजीनियरी अनुसन्धान संस्थान,
महात्मा गाँधी एवेन्यू,
दुर्गापुर-713209
11. केन्द्रीय खनन अनुसन्धान केन्द्र,
बरवा रोड,
धनबाद-826001
12. केन्द्रीय सड़क अनुसन्धान संस्थान,
मथुरा रोड
नई दिल्ली-110020
13. केन्द्रीय नमक और समुद्री रसायन अनुसन्धान संस्थान,
गिजूभाई बड़ेका मार्ग,
भावनगर-364002
14. केन्द्रीय वैज्ञानिक उपकरण संगठन,
सेक्टर-30,
चंडीगढ़-160020
15. कोशकीय और आण्विक जीवविज्ञान केन्द्र,
रीजनल रिसर्च लैबोरेटरी कैम्पस,
उप्पल रोड, हैदराबाद-110007
16. सी.एस.आई.आर. जैव रासायनिक केन्द्र,
वल्लभभाई पटेल चैस्ट इंस्टीट्यूट,
दिल्ली विश्वविद्यालय कैम्पस,
दिल्ली-110007
17. सी.एस.आई.आर. कॉम्पलेक्स इंडस्ट्रियल एस्टेट,
पो. पेपानाम कोड,
त्रिवेन्द्रम-695018
18. सी.एस.आई.आर. मद्रास कॉम्पलेक्स
तारामणी, आई.आई.टी. पोस्ट ओ.,
मद्रास-600113
19. विद्युत अनुसन्धान और विकास एसोसिएशन,
इंडस्ट्रियल एस्टेट, वडोदरा-390010
20. भारतीय रासायनिक जीवविज्ञान संस्थान,
4 राजा एस.सी. मलिक रोड,
जादवपुर, कलकत्ता-700032
21. भारतीय पेट्रोलियम संस्थान,
देहरादून-248005

22. भारतीय राष्ट्रीय वैज्ञानिक प्रलेख पोषण केन्द्र (इन्सडॉक),
14 सत्संग विहार मार्ग,
नई दिल्ली-110067
23. सूक्ष्म ज़ीवी टेक्नोलॉजी संस्थान,
मकान नं. 1383,
सेक्टर-33 सी,
चंडीगढ़-160031
24. औद्योगिक विषविज्ञान अनुसन्धान केन्द्र,
महात्मा गांधी मार्ग,
लखनऊ-226001
25. राष्ट्रीय वैमानिक प्रयोगशाला,
पोस्ट बॉक्स-1779
बंगलौर-560017
26. राष्ट्रीय वानस्पतिक अनुसन्धान संस्थान,
राणाप्रताप मार्ग,
लखनऊ-226001
27. राष्ट्रीय रासायनिक प्रयोगशाला,
पुणे-411008
28. राष्ट्रीय पर्यावरणीय इंजीनियरी अनुसन्धान संस्थान,
नेहरू मार्ग,
नागपुर-440020
29. राष्ट्रीय भूभौतिक अनुसन्धान संस्थान,
उप्पल रोड,
हैदराबाद-500007
30. राष्ट्रीय सागर विज्ञान संस्थान,
दोना पाला,
गोवा-403004
31. राष्ट्रीय विज्ञान प्रौद्योगिकी और विकास अध्ययन संस्थान,
हिलसाइड रोड, नई दिल्ली-110012
32. राष्ट्रीय धातुकर्म प्रयोगशाला,
पो. बरमामाइन्स,
जमशेदपुर-831007
33. राष्ट्रीय भौतिक प्रयोगशाला,
हिलसाइड रोड, नई दिल्ली-110012
34. प्रकाशन और सूचना निदेशालय,

हिलसाइड रोड, नई दिल्ली-110012

35. क्षेत्रीय अनुसन्धान प्रयोगशाला,
    पुस्तकालय भवन,
    भोपाल विश्वविद्यालय, भोपाल (म.प्र.)
36. क्षेत्रीय अनुसन्धान प्रयोगशाला,
    भुवनेश्वर-751013
37. क्षेत्रीय अनुसन्धान प्रयोगशाला,
    उप्पल रोड, हैदराबाद-500007
38. क्षेत्रीय अनुसन्धान प्रयोगशाला,
    कनाल रोड, जम्मू-तवी-180001
39. क्षेत्रीय अनुसन्धान प्रयोगशाला,
    जोरहाट-785006 (असम)
40. क्षेत्रीय अनुसन्धान प्रयोगशाला,
    इंडस्ट्रियल एस्टेट, त्रिवेन्द्रम-695019
41. संरचना इंजीनियरी अनुसन्धान केन्द्र,
    सी.एस.आई.आर. कॉम्पलेक्स,
    तारामणि, मद्रास-600113
42. संरचना इंजीनियरी अनुसन्धान केन्द्र,
    रुड़की-247672
43. टोकलाई एक्पेरिमेंटल स्टेशन,
    टी रिसर्च एसोसिएशन,
    जोरहाट-785008 (असम)
44. सी.एस.आई.आर. कॉम्पलेक्स,
    पालमपुर, हिमाचल प्रदेश।

भारतीय कृषि अनुसन्धान परिषद्

1. ऑल इंडिया कोओरडिनेटेड राइस इम्प्रूवमेंट प्रोजेक्ट,
   राजेन्द्र नगर, हैदराबाद-500030
2. ऑल इंडिया कोओरडिनेट रिसर्च प्रोजेक्ट ऑन ड्राईलैंड एग्रीकल्चर,
   2-2-58/60 अम्बरपेट, हैदराबाद-500013
3. सेंट्रल एग्रीकल्चरल रिसर्च इंस्टीट्यूट,
   अंडमान-निकोबार,
   पोर्ट ब्लेअर-744101
4. केन्द्रीय पक्षी विज्ञान अनुसन्धान संस्थान,
   आईजेटनगर-243122

5. केन्द्रीय मरु क्षेत्र अनुसन्धान संस्थान,
जोधपुर-342001
6. सेंट्रल इनलैंड फिशरीज रिसर्च इंस्टीट्यूट,
बैरकपुर-743101
7. केन्द्रीय कृषि संस्थान,
श्री गुरुतेग बहादुर कॉम्पलेक्स,
ए ब्लाक, न्यू मार्केट, टी.टी. नगर,
भोपाल-462003
8. केन्द्रीय कपास अनुसन्धान संस्थान,
95 पुष्प कुंज, कैनाल रोड,
नया रामदास पेठ, नागपुर-440010
9. सेंट्रल इंस्टीट्यूट ऑफ फिशरीज एजूकेशन,
पोस्ट बॉक्स-7392, काकोरी कैम्प,
जयप्रकाश रोड, मुम्बई-400061
10. सेंट्रल इंस्टीट्यूट ऑफ फिशरीज टेक्नोलॉजी,
पोस्ट मत्स्यपुरी,
कोचीन-682029
11. सेंट्रल मेरीन फिशरीज रिसर्च इंस्टीट्यूट,
पोस्ट बॉक्स-1912,
कोचीन-682018
12. सेंट्रल प्लांटेशन क्राप्स रिसर्च इंस्टीट्यूट,
पोस्ट कुडलू, कैसर गोड-675017
13. केन्द्रीय आलू अनुसन्धान संस्थान,
शिमला-171001
14. केन्द्रीय चावल अनुसन्धान संस्थान,
कटक-753006
15. केन्द्रीय भेड़ और ऊन अनुसन्धान संस्थान,
भाया-जयपुर।
पोस्ट अविकर नगर-304501
16. केन्द्रीय मृदा लवणता अनुसन्धान संस्थान,
करनाल-132001
17. सेंट्रल सॉयल एंड वाटर कंजरवेशन रिसर्च एंड ट्रेनिंग इंस्टीट्यूट,
218 कालागढ़ रोड, देहरादून-248195
18. सेंट्रल टोबैको रिसर्च इंस्टीट्यूट,
राजामुन्द्री-533104

19. सेंट्रल ट्यूबर क्रांप्स रिसर्च इंस्टीट्यूट,
श्रीकारियम, त्रिवेन्द्रम-695017
20. कपास प्रौद्योगिक अनुसन्धान प्रयोगशाला,
एडनवाला रोड, माटुंगा,
मुम्बई-400019
21. डायरेक्टोरेट ऑफ आयलसीड्स रिसर्च,
डी ब्लॉक, कॉलेज ऑफ एग्रीकल्चर,
राजेन्द्र नगर, हैदराबाद-500030
22. भारतीय कृषि अनुसन्धान संस्थान,
हिलसाइड रोड, नई दिल्ली-100012
23. भारतीय कृषि अनुसन्धान संस्थान,
लाइब्रेरी एवेन्यू,
नई दिल्ली-110012
24. आई.सी.ए.आर. रिसर्च कॉम्पलेक्स फॉर नार्थ ईस्टर्न, हिल रीजन,
कडार लाज, जवाई रोड,
शिलांग-793003
25. भारतीय चारागाह और चारा अनुसन्धान संस्थान,
ग्वालियर रोड, झाँसी-234001
26. इंडियन इंस्टीट्यूट ऑफ हार्टीकल्चरल रिसर्च,
255 अपर पैलेस आर्चड्र्स,
बंगलौर-560080
27. भारतीय गन्ना अनुसन्धान संस्थान,
पो. दिलकुशा, लखनऊ-226002
28. भारतीय लाख अनुसन्धान संस्थान,
पो. नामकुम, राँची-834010
29. भारतीय पशुचिकित्सा अनुसन्धान संस्थान,
आईजेटनगर-243122
30. जूट एग्रीकल्चरल रिसर्च इंस्टीट्यूट,
पो. 24 परगना, बैरकपुर-743101
31. जूट टेक्नोलॉजिकल रिसर्च लैबोरेटरी,
12 रीजेंट पार्क, कलकत्ता-700040
32. नेशनल एकेडेमी फॉर एग्रीकल्चरल रिसर्च मैनेजमेंट,
राजेन्द्र नगर, हैदराबाद-500030
33. नेशनल ब्यूरो ऑफ प्लांट जैनेटिक रिसर्च,
एफ.सी.आई. बिल्डिंग,

सी.टी.ओ, कॉम्पलेक्स पूसा,
नई दिल्ली-110012

34. नेशनल ब्यूरो ऑफ सॉयल सर्वे एंड लैंड यूज प्लानिंग,
सेमीनरी हिल्स,
नागपुर-440006
35. राष्ट्रीय डेयरी अनुसन्धान संस्थान,
करनाल-132001
36. राष्ट्रीय बकरी अनुसन्धान संस्थान,
मखदूम, पो. पराह,
जिला मथुरा-132001
37. राष्ट्रीय मूँगफली अनुसन्धान केन्द्र,
महर्षि दयानन्द फार्म,
गुजरात कृषि विश्वविद्यालय कैम्पस, जूनागढ़।
38. शुगरकेन ब्रीडिंग इंस्टीट्यूट,
लाअले रोड, कोयम्बटूर-641007
39. विवेकानन्द पर्वतीय कृषि अनुसन्धानशाला,
अल्मोड़ा-263601

भारतीय चिकित्सा अनुसन्धान संस्थान

स्थाई संस्थान/केन्द्र

1. नेशनल इंस्टीट्यूट ऑफ न्यूट्रीशन,
जमिया-उस्मानिया, हैदराबाद-500007
2. नेशनल इंस्टीट्यूट ऑफ बायरोलॉजी,
20ए-डॉ. अम्बेडकर रोड, पुणे-411001
3. इंस्टीट्यूट ऑफ रिसर्च इन रिप्रोडक्शन,
जहाँगीर मेरवणजी स्ट्रीट,
परेल, मुम्बई-400012
4. टुबरकुलोसिस रिसर्च सेंटर,
स्परटैक रोड, मद्रास-600031
5. इंस्टीट्यूट ऑफ इम्युनोहेमाटोलॉजी,
सेठ जी.सी. मेडिकल कॉलेज,
परेल, मुम्बई-400012
6. नेशनल इंस्टीट्यूट ऑफ कॉलरा एंड एन्टेरिक डिजीज़ेज,
3-डॉ. एम. ईशाक रोड,
कलकत्ता-700016

7. इंस्टीट्यूट ऑफ पैथालॉजी,
   सफदरजंग अस्पताल,
   नई दिल्ली-110029
8. नेशनल इंस्टीट्यूट ऑफ आकुपेशनल हैल्थ,
   मेघानी नगर, अहमदाबाद-380016
9. वैक्टर कंट्रोल रिसर्च सेंटर,
   इन्दिरानगर, गोरीमेड़,
   पॉण्डिचेरी-605006
10. लेबोरेटरी एनिमल इन्फार्मेशन सर्विस,
    नेशनल इंस्टीट्यूट ऑफ न्यूट्रीशन,
    जमिया-उस्मानिया, हैदराबाद-500007
11. फूड एंड ड्रग टॉक्सीकोलॉजी रिसर्च सेंटर,
    नेशनल इंस्टीट्यूट ऑफ न्यूट्रीशन,
    जमिया-उस्मानिया, हैदराबाद-500007
12. सेंट्रल जाल्मा इंस्टीट्यूट फॉर लेपरोसी,
    ताजगंज, आगरा-282001
13. मलेरिया अनुसन्धान केन्द्र,
    22 शामनाथ मार्ग,
    दिल्ली-110054
14. इंस्टीट्यूट फॉर रिसर्च एंड मेडिकल स्टेटिस्टिक्स,
    आई.सी.एम.आर. कैम्पस,
    अंसारी नगर, नई दिल्ली-110029
15. इंस्टीट्यूट फार रिसर्च एंड मेडिकल स्टेटिस्टिक्स,
    सत्यमूर्ति रोड, मद्रास-600031
16. साइटोलॉजी रिसर्च सेंटर,
    मौलाना आजाद चिकित्सा विज्ञान कॉलेज,
    नई दिल्ली-110002
17. एंटरोवायरस रिसर्च सेंटर, हैफकिन इंस्टीट्यूट,
    परेल, मुम्बई-400012
18. राजेन्द्र स्मारक चिकित्सा विज्ञान अनुसन्धान केन्द्र,
    कदम कुँआ, पटना-800007

क्षेत्रीय चिकित्सा अनुसन्धान केन्द्र

1. रीजनल मेडिकल रिसर्च सेंटर,
   बेलगाँव।

2. रीजनल मेडिकल रिसर्च सेंटर,
भुवनेश्वर।
3. रीजनल मेडिकल रिसर्च सेंटर,
डिब्रुगढ़।
4. रीजनल मेडिकल रिसर्च सेंटर,
जबलपुर।
5. रीजनल मेडिकल रिसर्च सेंटर,
जयपुर।
6. रीजनल मेडिकल रिसर्च सेंटर,
पोर्टब्लेअर।

उच्च अनुसन्धान केन्द्र

1. सेंटर फॉर एडवांस्ड रिसर्च इन रिप्रोडक्टिव बायोलॉजी,
इंडियन इंस्टीट्यूट ऑफ साइंस,
बंगलौर-560012
2. सेंटर फॉर एडवांस्ड रिसर्च इन जेनेटिक्स एंड सेल बायोलॉजी,
इंडियन इंस्टीट्यूट ऑफ साइंस,
बंगलौर-560012
3. सेंटर फॉर एडवांस्ड रिसर्च इन न्यूरेफार्माकोलॉजी,
के.जी. मेडिकल कॉलेज, लखनऊ-226003
4. सेंटर फॉर एडवांस्ड रिसर्च इन वायरोलॉजी,
क्रिश्चियन मेडिकल कॉलेज, बेलूर-632004
5. सेंटर फॉर एडवांस्ड रिसर्च इन कम्यूनिटी साइकेट्री,
नेशनल इंस्टीट्यूट ऑफ मेडिकल हैल्थ एंड न्यूरोसाइंसेज़,
बंगलौर-560029
6. सेंटर फॉर एडवांस्ड रिसर्च इन हेमाटोलॉजी,
पोस्ट ग्रेजुएट इंस्टीट्यूट ऑफ मेडिकल एजूकेशन ऑफ रिसर्च,
चंड़ीगढ़-160012
7. सेंटर फॉर एडवांस्ड रिसर्च इन न्यूरोबायोकेमिस्ट्री,
उस्मानिया मेडिकल कॉलेज,
हैदराबाद-560007

रक्षा अनुसन्धान और विकास संगठन

1. आर्ममेंट रिसर्च एंड डेवलपमेंट एस्टेब्लिशमेंट,
पाशन, पुणे-411021

2. एक्सप्लोसिव्स रिसर्च एंड डेवलपमेंट लेबोरेटरी,
पाशन, पुणे-411021
3. इंस्ट्रूमेंट्स रिसर्च एंड डेवलपमेंट एस्टेब्लिशमेंट,
रायपुर, देहरादून-248001
4. टर्मिनल बेलिस्टिक्स रिसर्च लेबोरेटरी,
सेक्टर-30, चंडीगढ़-160020
5. प्रूफ एंड एक्सपेरीमेंटल एस्टेंब्लिशमेंट,
बालासोर-756001
6. डिफेंस रिसर्च डेवलपमेंट लेबोरेटरी,
फिसलबंदा, पी.ओ. एम.आर.एल.,
हैदराबाद-500258
7. इलेक्ट्रानिक्स एंड रडार एस्टेब्लिशमेंट,
पोस्ट बॉक्स-5108,
हाई ग्राउंड्स, बंगलौर-560001
8. सालिड टेस्ट फिजिक्स लेबोरेटरी,
लखनऊ रोड, तिमारपुर,
दिल्ली-110007
9. डिफेंस इलेक्ट्रॉनिक्स रिसर्च लेबोरेटरी,
चन्द्रायण गुट्टा लाइन्स, हैदराबाद-500005
10. डिफेंस इलेक्ट्रॉनिक्स एप्लीकेशन्स लेबोरेटरी,
पो. सुन्दरवाला कैम्प,
रायपुर, देहरादून-248008
11. रिसर्च एंड डेवलपमेंट एस्टेब्लिशमेंट (इंजीनियर्स),
पायोनियर लाइन्स-दिघी,
पुणे-411015
12. स्नो एंड एवलांच स्टडी एस्टेब्लिशमेंट,
द्वारा-56 ए.पी.ओ.
13. डिफेंस इंस्टीट्यूट ऑफ फायर रिसर्च,
प्रोबिन रोड, दिल्ली-110007
14. कॉम्बेट व्हीकल्स रिसर्च एंड डेवलपमेंट एस्टेब्लिशमेंट,
अवाड़ी, मद्रास-600054
15. एयरोनाटिकल डेवलपमेंट एस्टेब्लिशमेंट,
जीवन भीमनगर, बंगलौर-560075
16. व्हीकल्स रिसर्च एंड डेवलपमेंट एस्टेब्लिशमेंट,
अहमदनगर-414001

17. गैस टरबाईन रिसर्च एस्टेब्लिशमेंट,
सुरंजनदास रोड, पोस्ट बॉक्स-1777
बंगलौर-560075
18. सेंटर फॉर एयरोनाटिकल सिस्टम्स, स्टडीज एंड एनालिसिस,
263 महालक्ष्मी ले-आउट, बंगलौर-560010
19. डिफेंस बायो-इंजीनियरिंग एंड इलेक्ट्रो-मेडिकल लेबोरेटरी,
इन्दिरा नगर, बंगलौर-560038
20. नेवल केमिकल एंड मेटलर्जिकल लेबोरेटरी,
नेवल डॉकयार्ड, मुम्बई-400001
21. नेवल फिजिकल एंड ओश्नोग्राफिक लेबोरटरी,
नेवल बेस, कोचीन-400001
22. नेवल साइंस एंड टेक्नोलॉजिकल लेबोरेटरी,
विशाखापट्टनम।
23. डिफेंस साइंस सेंटर,
मेटकाफ हाऊस, दिल्ली-110054
24. डिफेंस मेटीरियल्स एंड स्टोर्स रिसर्च एंड डेवलपमेंट एस्टेब्लिशमेंट,
पोस्ट बॉक्स-320,
कानपुर-208004
25. डिफेंस मेटलर्जिकल रिसर्च लेबोरेटरी,
पी.ओ.डी.एम.आर.एल,
हैदराबाद-500258
26. डिफेंस लेबोरेटरी,
पोस्ट बॉक्स-136, जोधपुर
27. एरिएल डिलीवरी रिसर्च एंड डेवलपमेंट एस्टेब्लिशमेंट,
पोस्ट बॉक्स-51, स्टेशन रोड, आगरा कैंट
28. डिफेंस रिसर्च एंड डेवलपमेंट एस्टेब्लिशमेंट,
तानसेन रोड, ग्वालियर-474002
29. डिफेंस फूड रिसर्च लेबोरेटरी,
ज्योतिनगर, मैसूर-570010
30. डिफेंस रिसर्च लेबोरेटरी,
पोस्ट बॉक्स-2, तेजपुर, असम-784001
31. फील्ड रिसर्च लेबोरेटरी,
द्वारा 56, ए.पी.ओ.
32. डिफेंस साइंटिफिक इंफार्मेशन एंड डाक्यूमेंटेशन सेंटर,
मैटकाफ हाऊस, दिल्ली-110054

33. इंस्टीट्यूट ऑफ न्यूक्लियर मेडिसिन एंड एलाइड साइसेंज,
प्रोबिन रोड, दिल्ली-110007
34. डिफेंस इंस्टीट्यूट ऑफ फिजियोलॉजी एंड एलाइड साइसेंज,
दिल्ली कैंट-110010
35. एग्रीकल्चरल रिसर्च यूनिट,
अल्मोड़ा।
36. डिफेंस रिसर्च एंड डेवलपमेंट यूनिट
एस-2/2 कमीसरिएट रोड,
हेस्टिंग्स, कलकत्ता-700022
37. इंस्टीट्यूट ऑफ आर्मामेंट टेक्नोलॉजी,
सिगबाद रोड, गिरिनगर, पुणे-411025
38. डिफेंस इंस्टीट्यूट ऑफ वर्क स्टडी,
लेंडोर कैंट, मसूरी-248179
39. इंस्टीट्यूट ऑफ सिस्टम्स स्टडीज एंड एनालिसिस,
मेटकाफ हाऊस, दिल्ली-110054
40. डिफेंस टेरेन रिसर्च लेबोरेटरी,
मेटकाफ हाऊस, दिल्ली-110054
41. डायरेक्टोरेट ऑफ साइकोलोजिकल रिसर्च,
वेस्ट ब्लाक-8, विंग-1
रामकृष्णपुरम, नई दिल्ली-22

विज्ञान एवं प्रौद्योगिकी विभाग

अनुसन्धान संगठन/संस्था

1. बीरबल साहनी पुरावनस्पतिशास्त्र संस्थान,
53, विश्वविद्यालय रोड, लखनऊ-226007
2. बोस इंस्टीट्यूट,
93/1, आचार्य प्रफुल्लचन्द्र रोड,
कलकत्ता-700009
3. नेशनल इंस्टीट्यूट ऑफ इम्यूनोलॉजी,
जवाहरलाल नेहरू विश्वविद्यालय कैम्पस,
नई दिल्ली-110067
4. रमन रिसर्च इंस्टीट्यूट,
हेबल पी.ओ., बंगलौर-560006
5. श्री चित्रा तिरुनेल मेडिकल इंस्टीट्यूट फॉर साइंस एंड टेक्नोलॉजी,
त्रिवेन्द्रम।

6. वाडिया इंस्टीट्यूट ऑफ हिमालयन जिओलोजी,
13, म्युनिसपल रोड, देहरादून-248001
7. नेशनल एटलस एंड थिमेटिक मैपिंग सेंटर,
50-ए, गरीहाट रोड, कलकत्ता-700019

सर्वेक्षण

8. सर्वे ऑफ इंडिया,
ब्लाक नं.-8
हाथी-बरकला एस्टेट,
देहरादून-248001

पार्क

9. पद्‌मजा नायडू हिमालयन जूलोजी पार्क,
जवाहर पार्क, जवाहर पर्वत, दार्जिलिंग।
10. भारतीय राष्ट्रीय विज्ञान अकादमी,
बहादुरशाह जफर मार्ग, नई दिल्ली-110002
11. इंडियन साइंस कांग्रेस एसोसिएशन,
डॉ. बिरेशुहा स्ट्रीट, कलकत्ता-700017
12. इंडियन एसोसिएशन फॉर दि कल्टिवेशन ऑफ साइंस,
जादवपुर, कलकत्ता-700032
13. महाराष्ट्र एसोसिएशन फॉर दि कल्टिवेशन ऑफ साइंस,
लॉ कॉलेज रोड, पुणे-411004
14. मुम्बई नेचुरल हिस्ट्री सोसायटी,
हार्नबिल हाऊस, शहीद भगतसिंह रोड,
मुम्बई-400023
15. इंडियन एकेडमी ऑफ साइंस,
बंगलौर।

सार्वजनिक क्षेत्र निगम

16. सेंट्रल इलेक्ट्रॉनिक्स लिमिटेड,
इंडस्ट्रियल एरिया, साहिबाबाद-201005
17. राष्ट्रीय अनुसन्धान विकास निगम,
20-22, जमरूदपुर कम्यूनिटी सेंटर,
कैलाश कॉलोनी एक्सटेंशन, नई दिल्ली-110048

परमाणु और ऊर्जा विभाग

अनुसन्धान और विकास यूनिट

1. भाभा परमाणु अनुसन्धान केन्द्र,
   छत्रपति शिवाजी मार्ग, मुम्बई-400085
2. रिएक्टर रिसर्च सेंटर,
   कलापक्कम (तमिलनाडु)
3. गौरीबिटूनर सिसमिक स्टेशन,
   बंगलौर।
4. हाई एल्टीट्यूट रिसर्च लेबोरेटरी,
   गुलमर्ग (कश्मीर)
5. न्यूक्लीयर रिसर्च लेबोरेटरी,
   श्रीनगर।
6. वेरीएबल एनर्जी साइक्लोट्रान सेंटर,
   विधान नगर, कलकत्ता-700064

शक्ति क्षेत्र

1. एटोमिक मिनरल्स डिवीजन,
   1-11-1200 बेगमपेठ, हैदराबाद-500016
2. न्यूक्लीयर फ्यूल कॉम्पलेक्स,
   पोस्ट-ई.सी.आई.एल., हैदराबाद-500762
3. नांगल हैवी वाटर प्लांट,
   नांगल (पंजाब)।
4. बड़ौदा हैवी वाटर प्लांट,
   बड़ौदा, गुजरात।
5. कोटा हैवी वाटर प्लांट,
   कोटा (राजस्थान)।
6. तूतीकोरन हैवी वाटर प्लांट,
   तूतीकोरन (तमिलनाडु)।
7. तलचर हैवी वाटर प्लांट,
   तलचर (उड़ीसा)।
8. थाल-वैशिष्ट हैवी वाटर प्लांट,
   महाराष्ट्र।
9. मनुगुरु हैवी वाटर प्लांट,
   विजयवाड़ा (आन्ध्र प्रदेश)।

10. पावर प्रोजेक्ट्स इंजीनियरिंग डिवीजन,
    कोलाबा, मुम्बई-400005
11. तारापुर परमाणु बिजलीघर,
    तारापुर (महाराष्ट्र)।
12. राजस्थान परमाणु बिजलीघर,
    कोटा (राजस्थान)।
13. मद्रास परमाणु बिजलीघर,
    कलापक्कम (तमिलनाडु)।
14. नरोरा परमाणु बिजलीघर,
    नरोरा (उत्तरप्रदेश)।
15. ककड़ापुर परमाणु बिजलीघर,
    ककड़ापुर (गुजरात)।

औद्योगिक यूनिट

1. इंडियन रेअर अर्थ्स लिमिटेड,
   अलवाय (केरल)।
2. इलेक्ट्रॉनिक्स कारपोरेशन ऑफ इंडिया लिमिटेड,
   चेरलापल्ली, हैदराबाद-500040
3. यूरेनियम कारपोरेशन ऑफ इंडिया लिमिटेड,
   जादुगुड़ा माइन्स, सिंहभूम-832102

सहायता प्राप्त संस्थान

1. टाटा इंस्टीट्यूट ऑफ फंडामेंटल रिसर्च,
   होमीभाभा रोड, कोलाबा, मुम्बई-400005
2. टाटा मेमोरियल सेंटर,
   डे अर्नेस्ट बोरगेज मार्ग,
   परेल, मुम्बई-400012
3. साहा इंस्टीट्यूट ऑफ न्यूक्लीयर फिजिक्स,
   ब्लाक-ए, एफ. सेक्टर-1,
   विधान नगर, कलकत्ता-700064

इलेक्ट्रानिक विभाग

विभागीय केन्द्र

1. नेशनल इन्फॉर्मेटिक्स सेंटर,
   पुष्प भवन, ई विंग, मदनगीर रोड,
   नई दिल्ली-110062

सार्वजनिक क्षेत्र के उद्यम

1. इलेक्ट्रॉनिक ट्रेड एंड टेक्नोलॉजी,
   डेवलपमेंट कारपोरेशन,
   154/49, मालवा मार्ग, नई दिल्ली-110021
2. कम्प्यूटर मेनटेनंस कारपोरेशन,
   8वीं मंजिल, एयर इंडिया बिल्डिंग,
   नरीमन प्वाइंट, मुम्बई-400001
3. सेमीकंडक्टर कॉम्पलेक्स लिमिटेड,
   चंडीगढ़।

पर्यावरण विभाग

1. भारतीय प्राणिविज्ञान सर्वेक्षण,
   34 चितरंजन एवेन्यू, कलकत्ता-700012
2. भारतीय वनस्पति विज्ञान सर्वेक्षण,
   बॉटैनिकल गार्डेन्स, शिवपुर, हावड़ा-700003
3. राष्ट्रीय प्राकृतिक इतिहास संग्रहालय,
   बाराखम्बा रोड, नई दिल्ली-110001
4. केन्द्रीय जल प्रदूषण नियन्त्रण एवं रोकथाम बोर्ड,
   6 वीं मंजिल, स्काई लार्क बिल्डिंग,
   60 नेहरू प्लेस, नई दिल्ली-110019

अन्तरिक्ष विभाग

1. इन्सेट-1, स्पेस सेगमेंट प्रोजेक्ट ऑफिस,
   चन्द्र किरण बिल्डिंग,
   कस्तूरबा रोड, बंगलौर-560001
2. नेशनल रिमोट सेंसिंग एजेंसी,
   4 सरदार पटेल रोड,
   सिकन्दराबाद-500003

3. भौतिक अनुसन्धान प्रयोगशाला,
   नवरंगपुरा, अहमदाबाद-380009
4. भारतीय अन्तरिक्ष अनुसन्धान संगठन,
   हेडक्वार्टर्स, कावेरी भवन,
   काम्पेगोवडा रोड, बंगलौर-560009
5. आई.एस.आर.ओ. सैटलाइट सेंटर,
   ए-16, पीनया इंडस्ट्रियल एस्टेट,
   बंगलौर-560058
6. स्पेस एप्लीकेशन्स सेंटर,
   जोधपुरा, तेखड़ा, अहमदाबाद-380053
7. एस.एच.ए.आर., सेंटर,
   श्रीहरिकोटा, सुलुरूपेट, जिला-नेलोर-524124
8. विक्रम साराभाई स्पेस सेंटर,
   त्रिवेन्द्रम-695002
9. अग़्जिल्यरी प्रोपलशन सिस्टम यूनिट,
   बंगलौर।

कृषि मन्त्रालय

कृषि और सहकारिता विभाग सम्बद्ध कार्यालय

1. कृषि मूल्य आयोग,
   कृषि भवन, नई दिल्ली-110001
2. डायरेक्टोरेट ऑफ इकोनामिक्स एंड स्टेटिस्टिक्स,
   कृषि भवन, नई दिल्ली-110001
3. डायरेक्टोरेट ऑफ प्लांट प्रोटेक्शन क्वारनटाइन एंड स्टोरेज,
   एन.एच. चार, फरीदाबाद, हरियाणा।

अधीनस्थ कार्यालय

1. डायरेक्टोरेट ऑफ एक्सटेंशन,
   सेक्टर-1, रामकृष्णपुरम, नई दिल्ली-110022
2. गन्ना विकास निदेशालय,
   1, श्याम इंक्लेव,
   गिआनी बार्डर, साहिबाबाद,
   गाजियाबाद, (उत्तर प्रदेश)।

3. डायरेक्टोरेट ऑफ जूट डेवलपमेंट,
234/4 आचार्य जगदीश बोस रोड,
निजाम पैलेस, कलकत्ता-700020
4. डायरेक्टोरेट टोबैको डेवलपमेंट,
27 चल्डामस रोड, तेयनामपेठ, मद्रास-600018
5. डायरेक्टोरेट ऑफ आयल सीड्स डेवलपमेंट,
तेलहर भवन, हिमायतनगर, हैदराबाद-500029
6. चावल विकास निदेशालय,
241 पाटलीपुत्र कॉलोनी, पटना-800013
7. डायरेक्टोरेट ऑफ मिलेट डेवलपमेंट,
19 कृष्णमाचारी रोड, मद्रास-600034
8. कपास विकास निदेशालय,
14 रामजी भाई कम्पनी मार्ग, बेलार्ड एस्टेट,
पोस्ट बॉक्स-1002, मुम्बई-400038
9. दाल विकास निदेशालय,
बी-2, सेक्टर-सी, अलीगंज स्कीम, लखनऊ-226006
10. डायरेक्टोरेट ऑफ कोकोनट डेवलपमेंट,
पोस्ट बॉक्स-1027, एरनाकुलम, कोचीन-682011
11. डायरेक्टोरेट ऑफ कोका एरिकानट एंड स्पाइसेज डेवलपमेंट,
पोस्ट बॉक्स-14, 1/500 कन्नानोर रोड, कालीकट-673006
12. डायरेक्टोरेट ऑफ कैशुनट डेवलपमेंट,
एम.जी.रोड, कोचीन-682011
13. भारतीय दूतावास,
रोम, इटली।
14. भारतीय वन सर्वेक्षण,
25 सुभाष रोड, ओल्ड फारेस्ट रेंजर रोड,
देहरादून।
15. लागिंग डेवलपमेंट इंस्टीट्यूट,
25 सुभाष रोड, ओल्ड फारेस्ट रेंजर रोड,
देहरादून।
16. वन अनुसन्धान संस्थान एवं कॉलेज,
पी.ओ. न्यू फारेस्ट, देहरादून
17. लाख विकास निदेशालय,
सरकुलर रोड, राँची

18. कृषि विमानन निदेशालय,
सफदरजंग हवाई अड्डा, नई दिल्ली-110003
19. केन्द्रीय उर्वरक नियन्त्रण प्रयोगशाला,
एन.एच.-चार, फरीदाबाद, हरियाणा।
20. ट्रैक्टर ट्रेनिंग एंड टेस्टिंग स्टेशन,
ट्रैक्टर नगर, बुदनी (मध्यप्रदेश)।
21. ट्रैक्टर ट्रेनिंग सेंटर,
ट्रैक्टरनगर, हिसार (हरियाणा)
22. दिल्ली दुग्ध योजना,
पश्चिमी पटेल नगर, नई दिल्ली-110008
23. सेंट्रल कैटल ब्रीडिंग फार्म,
धाम रोड, जिला सूरत, गुजरात।
24. सेंट्रल कैटल ब्रीडिंग फार्म,
अंदेशनगर, जिला–लखीमपुर (उत्तर प्रदेश)।
25. सेंट्रल कैटल ब्रीडिंग फार्म,
सूरतगंज (राजस्थान)।
26. सेंट्रल कैटल ब्रीडिंग फार्म,
सिमिलीगुड़ा, पो. सुनोबड़ा, कोरापट (उड़ीसा)
27. सेंट्रल कैटल ब्रीडिंग फार्म,
चिपलिमा, पो. कलामती,
जिला–सम्बलपुर, (उड़ीसा)।
28. सेंट्रल कैटल ब्रीडिंग फार्म,
पी.ओ. अवाड़ी, अलमाघी, मद्रास-600052
29. सेंट्रल कैटल ब्रीडिंग फार्म,
हेस्सरघाट, बंगलौर नार्थ।
30. सेंट्रल फ्रोजन सीमन प्रोडक्शन एंड ट्रेनिंग इंस्टीट्यूट,
हेस्सरघाट, बंगलौर नार्थ।
31. सेंट्रल हर्ड रजिस्ट्रेशन यूनिट,
10 गौतम विहार सहकारी सोसायटी बिल्डिंग,
उस्मानपुरा, अहमदाबाद-380013
32. सेंट्रल हर्ड रजिस्ट्रेशन यूनिट,
ठुल्लू-15 जगदीश कॉलोनी, रोहतक (हरियाणा)।
33. सेंट्रल हर्ड रजिस्ट्रेशन यूनिट,
34 जी.एन.एम. कॉलोनी,
क्रिश्चिन गंज, अजमेर-305001

34. सेंट्रल हर्ड रजिस्ट्रेशन यूनिट,
संथापेट, ओंगल-523001
35. रीजनल स्टेशन ऑन फोरेज प्रोडक्शन एंड डिमांस्ट्रेशन,
पो. नेताजी सुभाष सेनीटोरियम,
कल्याणी, जिला नादिया, (पश्चिम बंगाल)।
36. रीजनल स्टेशन ऑन फोरेज प्रोडक्शन एंड डिमांस्ट्रेशन,
48 राजबाग (एक्सटेंशन) श्रीनगर।
37. रीजनल स्टेशन ऑन फोरेज प्रोडक्शन एंड डिमांस्ट्रेशन,
सूरतगढ़ (राजस्थान)।
38. रीजनल स्टेशन ऑन फोरेज प्रोडक्शन एंड डिमांस्ट्रेशन,
पो. टेक्सटाइल मिल, हिसार (हरियाणा)।
39. रीजनल स्टेशन ऑन फोरेज प्रोडक्शन एंड डिमांस्ट्रेशन,
जीए 128/2 सेक्टर नं. 30, गांधीनगर (गुजरात)।
40. रीजनल स्टेशन ऑन फोरेज प्रोडक्शन एंड डिमांस्ट्रेशन,
ममी दिपल्ली, द्वारा देशवगिरी हैदराबाद-500005
41. रीजनल स्टेशन ऑन फोरेज प्रोडक्शन एंड डिमांस्ट्रेशन,
अबड़ी अलामधी, मद्रास-600052
42. एनीमल क्वारनटाइन एंड सर्टीफिकेशन सर्विस स्टेशन,
दिल्ली-गुड़गाँव रोड, कपासहेड़ा गाँव, नई दिल्ली।
43. एनीमल क्वारनटाइन एंड सर्टीफिकेशन सर्विस स्टेशन,
1 नैकर्स कॉलोनी, पल्लवरमू, मद्रास-600043
44. एनीमल क्वारनटाइन एंड सर्टीफिकेशन सर्विस स्टेशन,
10, एच.एल. सरकार रोड, बन्सद्रोणी,
जिला–24 परगना (पश्चिमी बंगाल)
45. एनीमल क्वारनटाइन एंड सर्टीफिकेशन सर्विस स्टेशन,
मार्फत सेंट्रल पाल्ट्री ब्रीडिंग फार्म,
ऐरे मिल्क कॉलोनी, मुम्बई-400065
46. सेंट्रल शीप ब्रीडिंग फार्म,
258-एन मॉडल टाउन, हिसार (हरियाणा)।
47. सेंट्रल पाल्ट्री ब्रीडिंग फार्म,
ऐरे मिल्क कॉलोनी, मुम्बई-400065
48. सेंट्रल पाल्ट्री ब्रीडिंग फार्म,
भुवनेश्वर-751012
49. सेंट्रल पाल्ट्री ब्रीडिंग फार्म,
हेस्सर घाट, बंगलौर नार्थ

50. सेंट्रल पाल्ट्री ब्रीडिंग फार्म,
इंडस्ट्रियल एरिया, चंडीगढ़
51. सेंट्रल डक ब्रीडिंग फार्म,
हेस्सरघाट, बंगलौर नार्थ।
52. सेंट्रल इंस्टीट्यूट ऑफ पाल्ट्री प्रोडक्शन एंड मैनेजमेंट,
हैस्सरघाट, बंगलौर नार्थ।
53. रेंडम सैम्पल लेइंग टेस्ट यूनिट,
हैस्सरघाट, बंगलौर नार्थ।
54. रेंडम सैम्पल लेइंग टेस्ट यूनिट,
भुवनेश्वर-751012
55. रेंडम सैम्पल लेइंग टेस्ट यूनिट,
मार्फत ऐरे मिल्क कॉलोनी, मुम्बई-400065
56. रेंडम सैम्पल लेइंग टेस्ट यूनिट,
गुड़गाँव, (हरियाणा)।
57. लार्ज फीडर सीड प्रोडक्शन फार्म,
हैस्सरघाट, बंगलौर नार्थ।
58. एक्सप्लोरेटरी फिशरीज प्रोजेक्ट,
बोटवाला चैम्बर्स,
सर फिरोजशाह मेहता रोड,
मुम्बई-400001
59. सेंट्रल इंस्टीट्यूट ऑफ नाटिकल इंजीनियरिंग एंड ट्रेनिंग,
देवानत रोड, एरनाकुलम, कोचीन-682016
60. प्रि-इन्वेस्टमेंट सर्वे ऑफ फिशिंग प्रोजेक्ट,
64 पैलेस रोड, बंगलौर-560042
61. इंटीग्रेटेड फिशरीज प्रोजेक्ट,
पोस्ट बॉक्स-1801, कोचीन-682016
62. ऑल इंडिया सॉयल एंड लैंड यूज सर्वे आर्गेनाइजेशन,
आई.ए.आर.आई. बिल्डिंग, नई दिल्ली-110012
63. सॉयल कंजरवेशन रिसर्च डिमांस्ट्रेशन एंड ट्रेनिंग सेंटर,
चतरा पी.ओ. जोगबानी, जिला पूर्णिया, (बिहार)।

सार्वजनिक क्षेत्र के उद्यम

1. स्टेट फार्मर्स कारपोरेशन ऑफ इंडिया,
बीज भवन, पूसा इंस्टीट्यूट कॉम्पलेक्स, नई दिल्ली-110012

2. राष्ट्रीय बीज निगम,
बीज भवन, पूसा इंस्टीट्यूट, नई दिल्ली-110012
3. अंडमान एंड निकोबार प्लांटेशन डेवलपमेंट कारपोरेशन,
पोर्टब्लेअर।
4. भारतीय डेयरी निगम,
'यशकमल' 7वीं मंजिल, पी.ओ. सयाईगंज,
बड़ौदा-309995
5. सेंट्रल फिशरीज कारपोरेशन,
62 रोज मेरी लेन, पोस्ट बॉक्स-86,
जी.पी.ओ. हावड़ा, कलकत्ता।

स्वायत्त संगठन

1. राष्ट्रीय सहकारी विकास निगम,
4 सीरी इंस्टीट्यूशनल एरिया,
हौज खास, नई दिल्ली-110016
2. एनीमल वेलफेयर बोर्ड,
फर्स्ट मैन रोड, गाँधी नगर,
मद्रास-600020
3. नेशनल डेयरी डेवलपमेंट बोर्ड,
आनन्द (गुजरात)।
4. कोकोनट डेवलपमेंट बोर्ड,
महात्मा गाँधी रोड, एरनाकुलम, कोचीन-682011
5. इंडियन इंस्टीट्यूट ऑफ फॉरेस्ट मैनेजमेंट,
ई-5 120, अरेरा कॉलोनी, भोपाल।

राष्ट्रीय स्तर के सहकारी फेडरेशन

1. नेशनल कोऑपरेशन यूनियन ऑफ इंडिया,
3 सीरी इंस्टीट्यूशनल एरिया, नई दिल्ली-110016
2. नेशनल एग्रीकल्चरल कोऑपरेटिव मार्केटिंग फेडरेशन ऑफ इंडिया लि.,
साओना बिल्डिंग, 54 ईस्ट ऑफ कैलाश, नई दिल्ली-110024
3. नेशनल कोऑपरेटिव कंज्यूमर्स फेडरेशन लि.,
दीपाली, 92 नेहरू प्लेस, नई दिल्ली-110019
4. इंडियन फार्मर्स फर्टीलाइजर कोऑपरेटिव लिमिटेड,
34 नेहरू प्लेस, नई दिल्ली-110019

5. नेशनल फेडरेशन कोऑपरेटिव शुगर फैक्ट्रीज लि.,
बैकुंठ, 82-83 नेहरू प्लेस, नई दिल्ली-110019
6. नेशनल फेडरेशन ऑफ इंडस्ट्रियल कोऑपरेटिव लि.,
2046 प्रभात किरण, राजेन्द्र प्लेस, नई दिल्ली-110008
7. पेट्रोफिल्स कोऑपरेटिव लिमिटेड,
न्यू दिल्ली हाऊस, 27 बाराखम्भा रोड, नई दिल्ली-110001
8. नेशनल हैवी इंजीनियरिंग कोऑपरेटिव लि.,
16 महात्मा गाँधी रोड, पुणे-411001
9. नेशनल कोऑपरेटिव हाऊसिंग फेडरेशन लि.,
34 दक्षिण पटेल नगर, नई दिल्ली-110008
10. नेशनल फेडरेशन ऑफ अरबन कोऑपरेशन्स बैंक एंड क्रेडिट सोसायटीज,
3 नेताजी सुभाष मार्ग, नई दिल्ली-110002
11. नेशनल कोऑपरेटिव डेयरी फेडरेशन ऑफ इंडिया,
आई.डी.ए. हाऊस, सैक्टर-4, रामकृष्णपुरम,
नई दिल्ली-110022
12. ऑल इंडिया फेडरेशन ऑफ कोआपरेटिव स्पिनिंग मिल्स लि.,
14 मुर्जबन रोड, मुम्बई-400001
13. नेशनल कोऑपरेटिव लैंड डेवलपमेंट बैंक्स फेडरेशन,
शिव शक्ति, बी.सी. खरे रोड, वर्ली,
मुम्बई-400018
14. नेशनल फेडरेशन ऑफ स्टेट कोऑपरेटिव बैंक्स,
पोस्ट बॉक्स-9921, गॉरमेंट हाऊस,
डॉ. एनी बेसेंट रोड, वर्ली, मुम्बई-400018
15. ऑल इंडिया इंडस्ट्रियल कोऑपरेटिव बैंक्स फेडरेशन,
11 बुल टेम्पल रोड, बसवनगुडी, बंगलौर-560004
16. ऑल इंडिया हैंडलूम फेब्रिक्स मार्केटिंग कोऑपरेटिव
सोसायटी लिमिटेड, जी.पी.ओ. पोस्ट बॉक्स-1121,
56-58 मित्तल चैम्बर्स, नरीमन पाइंट, मुम्बई-400021
17. ऑल इंडिया फिशरमैन कोऑपरेटिव फेडरेशन लि.,
3 सीरी इंस्टीट्यूशनल एरिया, नई दिल्ली-110016
18. कृषक भारत कोऑपरेटिव लिमिटेड,
34 नेहरू प्लेस, नई दिल्ली-110019
19. नेशनल फेडरेशन ऑफ लेबर कोऑपरेशन लि.,
4 जन्तर मन्तर रोड, नई दिल्ली-110001

कृषि अनुसन्धान एवं शिक्षा विभाग

1. नेशनल एकेडमी ऑफ एग्रीकल्चरल रिसर्च मैनेजमेंट,
   हैदराबाद-500030
2. कृषि वैज्ञानिक भरती बोर्ड,
   हिलसाइड रोड, नई दिल्ली-110012

वाणिज्य मन्त्रालय

वाणिज्य विभाग

अनुसन्धान एवं प्रशिक्षण संस्थान

1. सेंट्रल सेरीकल्चर स्टेशन,
   बेहरामपुर-142101
2. सेंट्रल सेरीकल्चरल रिसर्च एंड ट्रेनिंग इंस्टीट्यूट,
   78 देवी निवास, नजरबाद, मैसूर-587010
3. सेंट्रल टसर रिसर्च स्टेशन,
   हेबल, राँची-834005
4. सेंट्रल मुगा एंड एरी रिसर्च स्टेशन,
   टीटाबर-785632
5. सेंट्रल कॉफी रिसर्च इंस्टीट्यूट,
   चिकमंगलूर (कर्नाटक)
6. रबड़ रिसर्च इंस्टीट्यूट ऑफ इंडिया,
   रबड़ बोर्ड कोट्टायम।
7. यू.पी.ए.एस.आई.टी. रिसर्च स्टेशन,
   पोस्ट सिनकोना-642106

स्वायत्त संस्थाएँ

1. इंडियन इंस्टीट्यूट ऑफ फॉरेन ट्रेड,
   अशोक भवन, 93 नेहरू प्लेस, नई दिल्ली-110019
2. इंडियन इंस्टीट्यूट ऑफ पैकेजिंग, मुम्बई।
3. फेडरेशन ऑफ इंडियन एक्सपोर्ट आर्गेनाइजेशंस,
   पी-एच.डी. हाऊस, 4/2 सीरी इंस्टीट्यूशनल एरिया,
   हौज खास, नई दिल्ली-110016

4. इंडियन फेडरेशन ऑफ आर्बीट्रेशन,
फेडरेशन हाऊस, नई दिल्ली-110001
5. ट्रेड डेवलपमेंट अथारिटी,
बैंक ऑफ बड़ौदा बिल्डिंग, 16 संसद मार्ग,
नई दिल्ली-110001
6. मेरीन प्रोडक्ट्स एक्सपोर्ट,
डेवलपमेंट अथारिटी, कोचीन (केरल)।
7. ट्रेड फेयर अथारिटी ऑफ इंडिया,
प्रशासनिक भवन, प्रगति मैदान,
नई दिल्ली-110001

सार्वजनिक क्षेत्र के उद्यम

1. स्टेट ट्रेडिंग कारपोरेशन ऑफ इंडिया,
चन्द्रलोक, 36 जनपथ, नई दिल्ली-110001
2. कैशू कारपोरेशन ऑफ इंडिया लि.,
पोस्ट बॉक्स-1216, महात्मा गाँधी रोड, कोचीन-682011
3. प्रोजेक्ट्स एंड इक्विपमेंट कारपोरेशन लि.,
हंसालय, 15 बाराखम्भा रोड, नई दिल्ली-110001
4. हैंडीक्राफ्ट्स एंड हैंडलूम, एक्सपोर्ट कारपोरेशन लि.,
लोक कल्याण भवन, 11-ए राऊज लेन, नई दिल्ली-110001
5. मिनरल्स एंड मेटल्स कारपोरेशन ऑफ इंडिया लि.,
एक्सप्रेस बिल्डिंग, बहादुरशाह जफर मार्ग, नई दिल्ली-110001
6. माइका ट्रेडिंग कारपोरेशन,
137 पाटलीपुत्र कॉलोनी, पटना-800013
7. एक्सपोर्ट क्रेडिट एंड गारंटी कारपोरेशन लिमिटेड,
एक्सप्रेस टावर्स, नरीमन पाइंट, मुम्बई-400021
8. ट्रेडिंग कारपोरेशन ऑफ इंडिया,
225 एफ. आचार्य जे.सी. रोड, कलकत्ता-700020

वस्त्र विभाग

सार्वजनिक क्षेत्र के उद्यम

1. नेशनल टैक्सटाइल कारपोरेशन लि.,
आठवीं मंजिल, सूर्यकिरण बिल्डिंग,
कस्तूरबा गाँधी मार्ग, नई दिल्ली-110001

2. कॉटन कारपोरेशन ऑफ इंडिया लि.,
   एयर एंडिया बिल्डिंग, नरीमन पाइंट,
   मुम्बई-400021
3. जूट कारपोरेशन ऑफ इंडिया लि.,
   1 शेक्सपीयर सरणी, कलकत्ता-700071
4. नेशनल जूट मैन्यूफैक्चरर्स कारपोरेशन,
   कलकत्ता।
5. हैंडीक्राफ्ट्स एंड हैंडलूम्स एक्सपोर्ट कारपोरेशन,
   लोककल्याण भवन, 11ए राऊज लेन, नई दिल्ली-110001
6. सेंट्रल कॉटेज इंडस्ट्रीज कारपोरेशन ऑफ इंडिया लि.,
   जनपथ, नई दिल्ली-110001
7. नार्थ ईस्टर्न हैंडीक्राफ्ट्स एंड हैंडलूम्स डेवलपमेंट कारपोरेशन,
   बामफिले रोड, शिलांग-793001
8. ब्रिटिश इंडिया कारपोरेशन, कानपुर।
9. नेशनल हैंडलूम डेवलपमेंट कारपोरेशन,
   लखनऊ।

वस्त्र अनुसन्धान एसोसिएशन

1. अहमदाबाद टेक्सटाइल इंडस्ट्रीज रिसर्च एसोसिएशन,
   पो. पालीटेक्नीक, अहमदाबाद-380015
2. मुम्बई टेक्सटाइल रिसर्च एसोसिएशन,
   लालबहादुर शास्त्री मार्ग, घाटकोपर (पश्चिम) मुम्बई-400086
3. साऊथ इंडिया टेक्सटाइल रिसर्च एसोसिएशन,
   पो. एयरोड्रोम, कोयम्बटूर-641014
4. नार्दर्न इंडिया टेक्सटाइल रिसर्च एसोसिएशन,
   गाजियाबाद, उत्तर प्रदेश।
5. सिल्क एंड आर्ट मिल्क मिल्स रिसर्च एसोसिएशन,
   सासमीरा मार्ग, वर्ली, मुम्बई-400025
6. मैन मेड टेक्सटाइल रिसर्च एसोसिएशन,
   सूरत।
7. इंडियन जूट इंडस्ट्रीज रिसर्च एसोसिएशन,
   17 टारटोला रोड, कलकत्ता-700053
8. वूल रिसर्च एसोसिएशन,
   मार्फत सासमीरा, डॉ. एनी बेसेंट रोड,
   वर्ली, मुम्बई-400025

निर्यात संवर्धन परिषद्

1. हैंडलूम एक्सपोर्ट प्रोमोशन काउंसिल,
   मद्रास।
2. ऐपॅरल्स एक्सपोर्ट प्रोमोशन काउंसिल,
   चौथी मंजिल, सहयोग बिल्डिंग,
   58 नेहरू प्लेस, नई दिल्ली-110019
3. कॉटन टेक्सटाइल्स एक्सपोर्ट प्रोमोशन काउंसिल,
   मुम्बई।
4. सिल्क एंड रेयन टेक्सटाइल्स,
   एक्सपोर्ट प्रोमोशन कॉउंसिल, मुम्बई।
5. वूल एंड वूलेन्स एक्सपोर्ट प्रोमेशन काउंसिल,
   मुम्बई।

संचार मन्त्रालय

मुख्य मन्त्रालय

1. विदेश संचार सेवा,
   विदेश संचार भवन,
   एन.आई.जी.रोड, फोर्ट, मुम्बई-400001

सार्वजनिक क्षेत्र की यूनिट

1. हिन्दुस्तान टेलीप्रिंटर्स लि.,
   गिंडी, मद्रास-600032
2. इंडियन टेलीफोन इंडस्ट्रीज लि.,
   16 म्यूजियम रोड, बंगलौर-560001

भारतीय डाक और तार विभाग

सार्वजनिक यूनिट

1. टेलीकम्यूनिकेशन कंसल्टेंट्स इंडिया लि.,
   चिरंजीव टॉवर, 43 नेहरू प्लेस, नई दिल्ली-110019

अनुसन्धान और विकास संस्था

1. टेलीकम्यूनिकेशन रिसर्च सेंटर,
   खुर्शीद लाल भवन, जनपथ,
   नई दिल्ली-110001

रक्षा मन्त्रालय

रक्षा उत्पादन विभाग

1. हिन्दुस्तान एयरोनाटिक्स लि.,
   पोस्ट बॉक्स-1789, बंगलौर-560017
2. भारत इलेक्ट्रॉनिक्स लि.,
   29 रेस कोर्स रोड, बंगलौर-560002
3. भारत अर्थ मूवर्स लि.,
   जे.सी.रोड, बंगलौर-560002
4. मझगाँव डाक लि.,
   डाक यार्ड रोड, मझगाँव, मुम्बई-400010
5. गार्डन रीच शिप बिल्डर्स एंड इंजीनियर्स लि.,
   43/46, गार्डन रीच, कलकत्ता-700024
6. गोवा शिपयार्ड लि.,
   वास्को-द-गामा, गोवा।
7. प्राग टूल्स लि.,
   6-68/32, विविदुगुड़े रोड, सिकन्दराबाद-500003
8. भारत डायनेमिक्स लि.
   10-3-310 मसब टैंक, हैदराबाद-500028
9. मिश्र धातु निगम लि.
   कंचनबाग, हैदराबाद-500258

रक्षा अनुसन्धान और विकास संगठन

1. रक्षा अनुसन्धान और विकास संगठन,
   साउथ ब्लॉक, नई दिल्ली-110011

रक्षा विभाग

1. इंस्टीट्यूट ऑफ एविएशन मेडीसिन,
   इंडियन एयर फोर्स,
   पो. विमानपुर,
   बंगलौर-560017

शिक्षा और संस्कृति मन्त्रालय

शिक्षा/विभाग, संगठन संस्था

1. भारतीय राष्ट्रीय संग्रहालय,
   जनपथ, नई दिल्ली-110001
2. राष्ट्रीय शैक्षिक अनुसन्धान और प्रशिक्षण परिषद्,
   श्री अरविन्द मार्ग, नई दिल्ली-110016
3. इंडियन इंस्टीट्यूट ऑफ एडवांस्ड स्टडीज़,
   शिमला (हिमाचल प्रदेश)
4. राष्ट्रीय शैक्षिक योजना और प्रशासनिक संस्थान,
   178-श्री अरविन्द मार्ग,
   नई दिल्ली-110016
5. इंडियन इंस्टीट्यूट ऑफ टेक्नोलॉजी (पाँच)।
6. इंडियन इंस्टीटयूट ऑफ साइंस, बंगलौर।
7. क्षेत्रीय इंजीनियरी कॉलेज (पन्द्रह)
8. इंडियन इंस्टीट्यूट ऑफ मैनेजमेंट (तीन)
9. तकनीकी शिक्षक प्रशिक्षण संस्थान (चार)
10. भारतीय खनन विद्यापीठ,
    धनबाद (बिहार)।
11. स्कूल ऑफ प्लॉनिंग एंड आर्कीटेक्चर,
    इन्द्रप्रस्थ एस्टेट, नई दिल्ली-110002
12. नेशनल इंस्टीट्यूट ऑफ ट्रेनिंग इन इंडस्ट्रियल इंजीनियरी,
    मुम्बई
13. नेशनल इंस्टीट्यूट ऑफ फाउंड्री एंड फोर्ज टेक्नोलॉजी,
    राँची।
14. भारतीय समाजविज्ञान अनुसन्धान परिषद्,
    होस्टल बिल्डिंग, इन्द्रप्रस्थ एस्टेट, नई दिल्ली-110002
15. भारतीय इतिहास अनुसन्धान परिषद्,
    33 फिरोजशाह रोड, नई दिल्ली-110001

संस्कृति विभाग

1. भारतीय पुरातत्व सर्वेक्षण,
   जनपथ, नई दिल्ली-110001
2. नेशनल काउंसिल ऑफ साइंस म्यूजियम्स,
   196 गुरुसदे रोड, कलकत्ता-700019

3. बिरला इंडस्ट्रियल एंड टेक्नोलॉजी म्यूजियम,
   कलकत्ता।
4. विश्वेश्वरैया इंडस्ट्रियल एंड टेक्नोलॉजिकल म्यूजियम,
   बंगलौर।
5. नेहरू साइंस सेंटर, मुम्बई।

ऊर्जा मन्त्रालय

पेट्रोलियम विभाग

सार्वजनिक क्षेत्र के उद्यम

1. तेल और प्राकृतिक गैस निगम,
   कालागढ़ रोड, देहरादून-248005
2. इंडियन ऑयल कारपोरेशन लि.,
   आयल भवन, जनपथ, नई दिल्ली-110001
3. भारत पेट्रोलियम कारपोरेशन लि.,
   ई.सी.ई. हाऊस, कनाट सर्कस, नई दिल्ली-110001
4. हिन्दुस्तान पेट्रोलियम कारपोरेशन लि.,
   जे. टाटा रोड, मुम्बई-400020
5. कोचीन रिफाइनरीज लि.,
   पोस्ट बॉक्स-1751, कोचीन।
6. मद्रास रिफाइनरीज लि.,
   मद्रास-600068
7. इंडो-बरमा पेट्रोलियम कम्पनी लि.,
   11वीं मंजिल, हिन्दुस्तान टाइम्स हाऊस,
   कस्तूरबा गाँधी मार्ग,
   नई दिल्ली-110001
8. इंजीनियर्स इंडिया लि.,
   पी.टी.आई. बिल्डिंग, 4 संसद मार्ग,
   नई दिल्ली-110001
9. लुब्रीजोल इंडिया लि.,
   डिलेटर-9 ए.एस. पटकर मार्ग,
   मुम्बई-400036
10. इंडियन पेट्रोकेमिकल्स कारपोरेशन लि.,
    पोस्ट पेट्रोकेमिकल्स बड़ोदरा, बगाई गाँव।

11. बोंगाई गाँव रिफाइनरी एंड पेट्रोकेमिकल्स लि.
    पी.ओ. घालीगाँव (वाया) न्यू बोंगाई गाँव,
    रेलवे स्टेशन, असम-783385
12. बीको लावरी लिमिटेड,
    21, नेताजी सुभाष रोड, कलकत्ता-700001
13. ब्रिज एंड रुफ कं. (इंडिया) लि.,
    21, नेताजी सुभाष रोड, कलकत्ता-700001
14. पेट्रोफिल्स कोऑपरेटिव लि.,
    नई दिल्ली हाऊस, बाराखम्भा रोड, नई दिल्ली-110001

अधीनस्थ संगठन

1. हाइड्रोकार्बन्स इंडिया लि.,
   बैंक ऑफ बड़ौदा बिल्डिंग, 7वीं मंजिल,
   संसद मार्ग, नई दिल्ली-110001
2. इंडियन ऑयल बिल्डिंग लि.,
   फरपुर, कलकत्ता-700043
3. बालमर लारी एंड कम्पनी लि.
   पी-4/1 ऑयल इंस्टालेशन रोड, कलकत्ता-700043

संयुक्त क्षेत्र की कम्पनी

1. ऑयल इंडिया लि.,
   17, संसद मार्ग,
   नई दिल्ली-110001

अन्य संस्थाएँ

1. ऑयल कोओरडिनेशन कमेटी,
   कैलाश बिल्डिंग, 26 कस्तूरबा गाँधी मार्ग,
   नई दिल्ली-110001
2. पेट्रोलियम कंजरवेशन रिसर्च एसोसिएशन,
   709 सूर्य किरण बिल्डिंग, 19 कस्तूरबा गाँधी मार्ग,
   नई दिल्ली-110001
3. सेंट्रल इंस्टीट्यूट ऑफ प्लास्टिक इंजीनियरिंग एंड टूल्स,
   मद्रास।

शक्ति विभाग

1. केन्द्रीय विद्युत प्राधिकरण,
   सेवाभवन, नार्थ विंग, रामकृष्णपुरम,
   नई दिल्ली-110022

सार्वजनिक क्षेत्र के उपक्रम

1. नेशनल थर्मल पॉवर कारपोरेशन,
   62-स्कीपर हाऊस, नेहरू प्लेस, नई दिल्ली-110019
2. नेशनल हाइड्रोइलेक्ट्रिक पॉवर कारपोरेशन,
   मंजूषा बिल्डिंग, 57 नेहरू प्लेस, नई दिल्ली-110019
3. नेशनल प्रोजेक्ट्स कंस्ट्रक्शन कारपोरेशन लि.,
   राजा हाऊस, 13 नेहरू प्लेस, नई दिल्ली-110019
4. रूरल इलेक्ट्रिफिकेशन कारपोरेशन लि.,
   डी.डी.ए. बिल्डिंग, नेहरू प्लेस, नई दिल्ली-110019
5. दामोदर वैली कारपोरेशन,
   कलकत्ता।
6. भाखड़ा व्यास मैनेजमेंट बोर्ड,
   चंडीगढ़।

अन्य संगठन

1. सेंट्रल पावर रिसर्च इंस्टीट्यूट,
   बंगलौर।
2. पॉवर इंजीनियर्स ट्रेडिंग सोसायटी,
   फरीदाबाद (हरियाणा)।
3. केन्द्रीय सिंचाई और शक्ति बोर्ड,
   मालचा मार्ग, चाणक्यपुरी, नई दिल्ली-110021

कोयला विभाग

सहायक संस्थाएँ

1. नैवेली लिग्नाइट कारपोरेशन,
   नैवेली-607801 (तमिलनाडु)
2. कोल इंडिया लिमिटेड,
   10, नेताजी सुभाष रोड, कलकत्ता-700001

सार्वजनिक क्षेत्र की उद्यम संस्थाएँ

1. सेंट्रल कोलफील्ड्स लि.,
   पोस्ट सनाटोरिआ, दिशेरगढ़-718333
2. वैस्टर्न कोलफील्ड्स लि.
   बिसेसर हाऊस, टेम्पल रोड, नागपुर-440001
3. ईस्टर्न कोलफील्ड्स लिमिटेड,
   पोस्ट-संगाटोरिआ, दिशेरगढ़-718333
4. भारत कोकिंग कोल लिमिटेड,
   भुग्गतदीन बिल्डिंग, झरिया-627111 (धनबाद)
5. सेंट्रल माइन प्लानिंग डिजाइन इंस्टीट्यूट
   गोंडवाना प्लेस, कांके रोड, राँची-834008
6. सिंगरौली कोलरीज कम्पनी लिमिटेड,
   कोठगुडम (आन्ध्र प्रदेश)

गैर परम्परागत ऊर्जा विभाग स्रोत

1. अतिरिक्त ऊर्जा स्रोत आयोग,
   नई दिल्ली-110001

खाद्य एवं नागरिक आपूर्ति मन्त्रालय

खाद्य विभाग

सार्वजनिक क्षेत्र के उद्यम

1. भारतीय खाद्य निगम,
   16-20 बाराखम्भा रोड, नई दिल्ली-110001
2. सेंट्रल वेयर हाऊसिंग कारपोरेशन,
   4/1 सीरी इंस्टीट्यूशनल एरिया,
   हौज खास, नई दिल्ली-110016
3. नार्थ-ईस्टर्न एग्रीकल्चरल मार्केटिंग कारपोरेशन लि.
4. माडर्न बेकरीज लिमिटेड,
   वसन्त विहार, नई दिल्ली-110057

अनुसन्धान और प्रशिक्षण संस्थाएँ

1. भारतीय अनाज भंडारण संस्थान,
   हापुड़ (उत्तर प्रदेश)
2. राष्ट्रीय शर्करा संस्थान,
   कानपुर-208057
3. इंस्टीट्यूट ऑफ होटल मैनेजमेंट,
   कैटरिंग टेक्नोलॉजी एंड एपलाइड न्यूट्रीशन (चार)
4. मॉडर्न बेकरिज लिमिटेड,
   वसंत विहार,
   नई दिल्ली-110057

नागरिक आपूर्ति विभाग

1. भारतीय मानक संस्थान,
   मानक भवन, 9-बहाहदुरशाह जफर मार्ग,
   नई दिल्ली-110001

स्वास्थ्य एवं परिवार कल्याण मन्त्रालय

स्वास्थ्य मन्त्रालय

खाद्य मिलावट रोकथाम अनुसन्धान प्रयोगशाला

1. सेंट्रल फूड लेबोरेटरी,
   3 किड स्ट्रीट, कलकत्ता-700016
2. सेंट्रल इंडियन कार्माकोपिया लेबोरेटरी, गाजियाबाद

चिकित्सा शिक्षा प्रशिक्षण

1. भारतीय चिकित्सा परिषद् मेडिकल काउंसिल बिल्डिंग,
   दीवाने-ए-गालिब मार्ग, कोटला रोड, नई दिल्ली-110002
2. नेशनल ऐकेडमी ऑफ मेडिकल साइंसेज,
   सी11/16 अंसारीनगर, नई दिल्ली-110029
3. भारतीय दन्त चिकित्सा परिषद्,
   टेम्पल ला कोटला रोड, नई दिल्ली-110002
4. इंडियन नर्सिंग काउंसिल, कम्बाइंड काउंसिल बिल्डिंग,
   टेम्पल ला कोटला रोड, नई दिल्ली-110002

5. फार्मेसी काउंसिल ऑफ इंडिया,
टेम्पल ला कोटला रोड, नई दिल्ली-110002

प्रमुख संस्थाएँ

6. अखिल भारतीय आयुर्विज्ञान संस्थान,
अंसारीनगर, नई दिल्ली-1100016
7. पोस्ट ग्रेजुएट इंस्टीट्यूट ऑफ मेडिकल एजूकेशन एंड रिसर्च,
सेक्टर-12, चंडीगढ़-160001
8. जवाहरलाल नेहरू इंस्टीट्यूट ऑफ पोस्ट ग्रेजुएट
मेडिकल एजूकेशन एंड रिसर्च,
पाण्डिचेरी-605006
9. वल्लभ भाई पटेल चैस्ट इंस्टीट्यूट,
पोस्ट बैग नं. 2101, नई दिल्ली-110007

अनुसन्धान संस्थान

10. राष्ट्रीय संचारी रोग संस्थान,
22 शामनाथ मार्ग, दिल्ली-110006
11. केन्द्रीय अनुसन्धान संस्थान, पी.ओ.-कसौली (हि. प्र.)
12. नेशनल टी.बी. इंस्टीट्यूट,
8 बेल्लारी रोड, बंगलौर-560003
13. सेंट्रल लेपरोसी टीचिंग एंड रिसर्च इंस्टीट्यूट,
पोस्ट बॉक्स 1, चिंगलपेठ-603001
14. नेशनल इंस्टीट्यूट ऑफ मेंटल एंड न्यूरो साइंसेज,
पी.ओ. लाल बाग, शान्ति नगर, बंगलौर-560027
15. ऑल इंडिया इंस्टीट्यूट ऑफ फिजिकल मेडीसिन एंड
रिहेबिलिटेशन, क्लार्क रोड, महालक्ष्मी, मुम्बई-400034
16. ऑल इंडिया इंस्टीट्यूट ऑफ स्पीच हियरिंग,
महाराजा कॉलेज, सेंटेनरी हाल, मैसूर-570005
17. ऑल इंडिया इंस्टीट्यूट ऑफ हाइजीन एंड पब्लिक हेल्थ,
110 चितरंजन एवेन्यू, कलकत्ता-700073
18. पाश्चुर इंस्टीट्यूट ऑफ इंडिया, कुनुर-643103
19. सेंट्रल इंस्टीट्यूट ऑफ साइक्रेट्री, राँची (बिहार)
20. सेंट्रल हेल्थ एजूकेशन ब्यूरो,
निर्माण भवन, नई दिल्ली-110001

21. सेंट्रल ब्यूरो ऑफ हेल्थ इंटेलीजेंस, नई दिल्ली
22. भारतीय चिकित्सा अनुसन्धान परिषद्,
    मेडिकल इंकलेव, अंसारीनगर, नई दिल्ली-110029

भारतीय चिकित्सा पद्धति एवं होम्योपैथी

1. केन्द्रीय आयुर्वेद एवं सिद्ध अनुसन्धान परिषद्,
   एस-10, ग्रीन पार्क, नई दिल्ली-110016
2. इंस्टीट्यूट ऑफ हिस्ट्री ऑफ मेडिसिन एंड मेडिकल रिसर्च,
   तुगलकाबाद, पी.ओ. मदनगीर, नई दिल्ली-110062
3. राष्ट्रीय आयुर्वेद संस्थान, जयपुर
4. केन्द्रीय यूनानी औषधि अनुसन्धान परिषद्,
   5 पंचशील शापिंग सेंटर, नई दिल्ली-110017
5. केन्द्रीय होम्योपैथी अनुसन्धान परिषद्,
   10 कम्यूनिटी सेंटर, वसंत लोक, वसंत विहार,
   नई दिल्ली-110057
6. नेशनल इंस्टीट्यूट ऑफ होम्योपैथिक, कलकत्ता
7. होम्योपैथिक फार्मोकोपिया लेबोरेटरी, गाजियाबाद
8. केन्द्रीय योग और प्राकृतिक चिकित्सा अनुसन्धान परिषद्,
   नई दिल्ली-110001
9. केन्द्रीय योग अनुसन्धान संस्थान,
   नई दिल्ली-110001

परिवार कल्याण

स्वायत्त और अधीनस्थ संगठन

1. राष्ट्रीय स्वास्थ्य एवं परिवार कल्याण संस्थान,
   डी.डी.ए. फ्लैट्स के निकट, मुनीरका,
   नई दिल्ली-110067
2. इंटरनेशनल इंस्टीट्यूट ऑफ पापुलेशन स्टडीज,
   देवनर, मुम्बई-400088
3. हिन्दुस्तान लेटेक्स लि., त्रिवेन्द्रम
4. परिवार कल्याण प्रशिक्षण एवं अनुसन्धान केन्द्र,
   381 सरदार बल्लभ भाई पटेल रोड,
   मुम्बई-400004

गृह मन्त्रालय

1. पुलिस अनुसन्धान एवं विकास ब्यूरो,
   8-168 कर्जन रोड, बैरक, नई दिल्ली-110001
2. सेंट्रल फोरेन्सिक साइंस लेबोरेटरी,
   सेंट्रल ब्यूरो ऑफ इन्वेस्टीगेशन,
   ईस्ट ब्लाक-7, रामकृष्णपुरम, नई दिल्ली-1100022
3. सेंट्रल फोरेन्सिक साइंस लेबोरेटरी,
   30 गोरायन रोड, कलकत्ता-700014
4. सेंट्रल फोरेन्सिक साइंस लेब्रोरेटरी,
   5-9-20/2 चिरागअली लेन, हैदराबाद
5. इंस्टीट्यूट ऑफ क्रिमिनोलॉजी एंड फारेन्सिक साइंस,
   ए-2/19 सफदरजंग एन्कलेव, नई दिल्ली-110029

सूचना एवं प्रसारण मन्त्रालय

1. अनुसन्धान विभाग, आकाशवाणी,
   इन्द्रप्रस्थ एस्टेट, रिंग रोड, नई दिल्ली-110002
2. भारतीय जनसंचार संस्थान,
   डी-13 एन.डी.एस.ई.
   पार्ट-II,
   नई दिल्ली-110049

उद्योग मन्त्रालय

औद्योगिक विकास विभाग सम्बद्ध कार्यालय

1. महानिदेशक तकनीकी विकास,
   उद्योग भवन, नई दिल्ली-110001
2. लघु उद्योग विकास कमिश्नर,
   निर्माण भवन, नई दिल्ली-110001
3. ब्यूरो ऑफ इंडस्ट्रियल कॉस्ट्स एंड प्राइसेज,
   7वीं मंजिल, लोकनायक भवन, नई दिल्ली-110003
4. डायरेक्टर जनरल ऑफ इंडस्ट्रियल कंटिंजेंसी, नई दिल्ली
5. सीमेंट कंट्रोलर,
   7 राजेन्द्र प्लेस, नई दिल्ली-110008

अधीनस्थ कार्यालय

1. चीफ कंट्रोलर ऑफ एक्सप्लोजिव्स,
   नागपुर
2. पेटेंट ऑफिस, नागपुर
3. इंटीग्रेटेड ट्रेनिंग सेंटर, निलोखड़ी (हरियाणा)

सार्वजनिक क्षेत्र के उद्यम

1. राष्ट्रीय औद्योगिक विकास निगम लि.,
   चाणक्य भवन, विनय मार्ग, नई दिल्ली-110021
2. राष्ट्रीय लघु उद्योग निगम लि.
   न्यू ओखला इंडस्ट्रियल एस्टेट, नई दिल्ली-110020
3. सीमेंट कारपोरेशन ऑफ इंडिया लि.,
   59 नेहरू प्लेस, नई दिल्ली-110019
4. हिन्दुस्तान फोटो फिल्म्स मैन्युफैक्चरिंग कम्पनी लि.,
   इन्दु नगर, उटकमंड-643005
5. भारत आप्थेलेमिक ग्लास लि.,
   दुर्गापुर (पश्चिम बंगाल)
6. नेशनल इंस्ट्रूमेंट्स लिमिटेड,
   1/1, राजा सुबोधचन्द्र मलिक रोड,
   कलकत्ता-700032
7. इंस्ट्रूमेंटेशन लिमिटेड, कोटा-324995
8. हिन्दुस्तान केबल्स लिमिटेड,
   रूपनारायणपुर, बर्दवान जिला (पश्चिमी बंगाल)
9. नेशनल न्यूज प्रिंट एंड पेपर मिल्स लिमिटेड,
   नेपानगर-450221 (मध्य प्रदेश)
10. हिन्दुस्तान पेपर कारपोरेशन लि.,
    सी-75 पार्क स्ट्रीट, कलकत्ता-700016
11. हिन्दुस्तान साल्ट्स लिमिटेड,
    पारिजात भवन, अशोक मार्ग, जयपुर-392998
12. साम्भर साल्ट्स लिमिटेड,
    पारिजात भवन, अशोक मार्ग, जयपुर-392928
13. टैनरी एंड फुटवियर कारपोरेशन लिमिटेड,
    सिविल लाइंस, कानपुर (उ.प्र.)
14. भारत लैदर कापोरेशन लिमिटेड, नोएडा

15. एंड्रू यूल एंड कम्पनी लिमिटेड, कलकत्ता
16. नेशनल बाइसिकिल कारपोरेशन ऑफ इंडिया लि., मुम्बई

अन्य कार्यालय/संस्थान

1. कॅयर बोर्ड, कोचीन
2. सेंट्रल बायलर्स बोर्ड, नई दिल्ली
3. राष्ट्रीय उत्पादकता परिषद्,
   इंस्टीट्यूशनल एरिया, लोधी रोड, नई दिल्ली-110003
4. स्माल इंडस्ट्रीज एक्सटेंशन ट्रेनिंग इंस्टीट्यूट, हैदराबाद
5. सेंट्रल इंस्टीट्यूट ऑफ टूल डिजाइन, हैदराबाद
6. इंस्टीट्यूट फॉर डिजाइन ऑफ इलेक्ट्रिकल मेजरिंग इंस्ट्रूमेंट्स,
   मुम्बई
7. सेंट्रल टूल रूम एंड ट्रेनिंग सेंटर, कलकत्ता
8. टूलरूम एंड ट्रेनिंग सेंटर, लुधियाना
9. हैंड टूल इंस्टीट्यूट, जालंधर
10. टूलरूम एंड ट्रेनिंग सेंटर, नई दिल्ली
11. नेशनल इंस्टीट्यूट ऑफ डिजाइन, पाल्डी, अहमदाबाद
12. नेशनल फेडरेशन ऑफ इंडस्ट्रियल को-ऑपरेटिव्स, नई दिल्ली
13. सीमेंट रिसर्च इंस्टीट्यूट ऑफ इंडिया,
    बल्लभगढ़ (हरियाणा)
14. इंडियन प्लाईवुड इंडस्ट्रीज रिसर्च इंस्टीट्यूट,
    पो.बॉ.नं. 2273, तुमकर रोड, बंगलौर-560022
15. खादी एवं ग्रामोद्योग आयोग,
    3, इरला रोड, विले पार्ले (पश्चिम), मुम्बई-400056
16. सेंट्रल पल्प एंड पेपर रिसर्च इंस्टीट्यूट, देहरादून
17. इंडियन रबर मेन्यूफैक्चर्स रिसर्च एसोसिएशन,
    प्लाट नं. 88, रोड-4 वागले इंडस्ट्रीज,
    एस्टेट, थाणे (महाराष्ट्र)

भारी उद्योग विभाग

अनुसन्धान संस्थान

1. आटोमैटिव रिसर्च एसोसिएशन ऑफ इंडिया,
   पोस्ट बॉक्स नं. 825 पुणे-411004

2. सेंट्रल मेटल फार्मिंग इंस्टीट्यूट, हैदराबाद
3. सेंट्रल मशीन टूल इंस्टीट्यूट,
   तुमकुर रोड, बंगलौर-569923

सार्वजनिक क्षेत्र के उद्यम

1. भारत हैवी इलैक्ट्रिकल्स लिमिटेड,
   हिन्दुस्तान टाइम्स हाऊस, 18-20 कस्तूरबा गाँधी मार्ग,
   नई दिल्ली-110001
2. भारत हैवी प्लैट्स एंड वेसल्स लिमिटेड,
   पोस्ट बॉक्स नं. 100, विशाखापत्तनम-530012
3. भारत पम्प्स एंड कम्प्रेसर लिमिटेड,
   नैनी, इलाहाबाद-211919
4. भारत वैगन इंजीनियरिंग कम्पनी लिमिटेड,
   66, पाटलीपुत्र कॉलोनी, पटना-800013
5. ब्रेथवेट एंड कम्पनी लिमिटेड,
   5, हाइड रोड, कलकत्ता-700043
6. बर्न स्टेंडर्ड कम्पनी लिमिटेड,
   10-सी हंगरफोर्ड स्ट्रीट,
   कलकत्ता-700017
7. हैवी इंजीनियरिंग कारपोरेशन लिमिटेड,
   राँची-834004
8. हिन्दुस्तान मशीन टूल्स लिमिटेड,
   36 कनिनगम रोड, बंगलौर-560052
9. जेसप एंड कम्पनी लिमिटेड,
   63 नेताजी सुभाष रोड, कलकत्ता-700001
10. लगन जूट मशीनरी कम्पनी लिमिटेड, कलकत्ता
11. माइनिंग एंड एलाइड मशीनरी कारपोरेशन लिमिटेड,
    पोस्ट दुर्गापुर-10
12. रिचर्डसन एंड क्राडास लिमिटेड,
    बायकला आयरन वर्क्स पोस्ट बॉक्स-4503,
    मुम्बई-400008
13. स्कूटर इंडिया लिमिटेड,
    पोस्ट सरोजनी नगर, लखनऊ-226008
14. त्रिवेणी स्ट्रक्चरल लिमिटेड,
    नैनी, इलाहाबाद-211919

15. तुंगभद्रा स्टील प्रोडक्ट्स लिमिटेड,
    पोस्ट तुंगभद्रा डैम-583225
16. इंजीनियरिंग प्रोजेक्ट (इंडिया) लिमिटेड,
    कैलाश बिल्डिंग, कस्तूरबा गाँधी मार्ग,
    नई दिल्ली-110001
17. मारुति उद्योग लिमिटेड,
    पालम गुड़गाँव रोड,
    गुड़गाँव (हरियाणा)

सिंचाई मन्त्रालय

सम्बद्ध कार्यालय

1. केन्द्रीय जल आयोग,
   सेवा भवन, रामकृष्णपुरम,
   नई दिल्ली-110022
2. सेंट्रल सॉयल एंड मेटीरियल्स रिसर्च स्टेशन,
   आई.आई.टी. होस्टल के निकट,
   हौज खास,
   नई दिल्ली-110016

अधीनस्थ संस्थाएँ

1. केन्द्रीय जल और शक्ति आयोग,
   रिसर्च स्टेशन, खड़कवासला,
   पुणे-411024
2. सेंट्रल ग्राउंड वाटर बोर्ड,
   जामनगर हाऊस, मानसिंह रोड,
   नई दिल्ली-110001
3. गंगा बाढ़ नियन्त्रण आयोग, पटना
4. सोन नदी आयोग, पटना
5. वाणसागर नियन्त्रण बोर्ड, रीवा
6. माही नियन्त्रण बोर्ड,
   उदयपुर

पेट्रोलियम, रसायन और उर्वरक मन्त्रालय

रसायन और उर्वरक विभाग

सार्वजनिक क्षेत्र के उद्यम

1. फर्टिलाइजर कारपोरेशन ऑफ इंडिया लि.,
   मधुबन, 55, नेहरू प्लेस, नई दिल्ली-110019
2. फर्टिलाइजर एंड केमिकल्स त्रावणकोर लिमिटेड,
   उद्योग मंडल, अलबाई-683501
3. नेशनल फर्टिलाइजर लिमिटेड,
   20 कम्यूनिटी सेंटर, ईस्ट ऑफ कैलाश, नई दिल्ली-110065
4. राष्ट्रीय कैमिकल्स एंड फर्टिलाइजर लि.
   मारवली, चेम्बूर, मुम्बई-400074
5. मद्रास फर्टिलाइजर्स लिमिटेड,
   मनाली, मद्रास-600068
6. पायराइट्स फास्फेट एंड कैमिकल्स लिमिटेड,
   6 कम्यूनिटी सेंटर, ईस्ट ऑफ कैलाश, नई दिल्ली-110065
7. फर्टिलाइजर्स (पी. एंड डी.) इंडिया लिमिटेड,
   सी.आई.एफ.टी. बिल्डिंग, पोस्ट सिंदरी-828122, (बिहार)
8. हिन्दुस्तान फर्टिलाइजर कारपोरेशन लिमिटेड,
   नेहरू प्लेस, नई दिल्ली-110019
9. परादीप फास्फेट लिमिटेड
10. हिन्दुस्तान आर्गेनिक कैमिकल्स लिमिटेड,
    पोस्ट रासायनी-410207
11. हिन्दुस्तान इन्सेक्टीसाइड्स लिमिटेड,
    हंस भवन, बहादुरशाह जफर मार्ग,
    नई दिल्ली-110001
12. इंडियन ड्रग्स एंड फार्मास्यूटिकल्स लिमिटेड,
    डुन्डाहेरा इंडस्ट्रियल काम्पलेक्स,
13. हिन्दुस्तान एंटीबायोटिक्स लिमिटेड,
    पिम्परी, पुणे-411018
14. स्मिथ स्टेनीस्ट्रीट फार्मास्यूटिकल लिमिटेड,
    कलकत्ता-700014
15. बंगाल केमिकल्स एंड फार्मास्यूटिकल्स लि.,
    6, गणेश चन्द्र एवेन्यू, कलकत्ता-700013

16. बंगाल इम्यूनिटी कम्पनी लि.
153, धरमटोला स्ट्रीट कलकत्ता-700013

योजना मन्त्रालय

सांख्यिकी विभाग

1. सेंट्रल स्टेटिस्टिकल आर्गेनाइजेशन,
सरदार पटेल भवन, संसद मार्ग,
नई दिल्ली-110001
2. कम्प्यूटर सेंटर,
ईस्ट ब्लाक-10, रामकृष्णपुरम,
नई दिल्ली-110022
3. नेशनल सैम्पल सर्वे आर्गेनाइजेशन,
सरदार पटेल भवन, संसद मार्ग,
नई दिल्ली-110001
4. इंडियन स्टेटिस्टिकल इंस्टीट्यूट
203 बी.टी. रोड, कलकत्ता-700035

रेल मन्त्रालय

रेल बोर्ड सार्वजनिक क्षेत्र के उद्यम

1. रेल इंडिया टेक्निकल एंड इकोनामिक सर्विसेज लि.
पहली मंजिल, नई दिल्ली हाऊस, 27 बाराखम्भा रोड, नई दिल्ली-110001
2. इंडियन रेलवेज कंस्ट्रवेशन कम्पनी लि.,
रतन ज्योति बिल्डिंग, दूसरी मंजिल, 18 राजेन्द्र, प्लेस, नई दिल्ली-110008

अनुसन्धान और विकास यूनिट

1. रिसर्च, डिजाइन एंड स्टैंडर्डस् आर्गेनाइजेशन,
मानक नगर, लखनऊ-226011

बोर्ड

1. सेंट्रल बोर्ड ऑफ रेलवे रिसर्च,
रेल भवन, नई दिल्ली-110001

उत्पादन यूनिट

1. चितरन्जन लोकोमोटिव,
   चितरन्जन (पश्चिमी बंगाल)
2. डीजल लोकोमोटिव वर्क्स, वाराणसी-221001
3. इंटीग्रल कोच फैक्टरी,
   पेराम्बुर, मद्रास-600038

ग्रामीण विकास मन्त्रालय

संस्था सोसायटी

1. विपणन एवं निरीक्षण निदेशालय, फरीदाबाद
2. नेशनल इंस्टीट्यूट ऑफ रूरल डेवलपमेंट, हैदराबाद
3. पीपुल्स एक्शन फॉर डेवलपमेंट (इंडिया)
   ए-1, निजामुद्दीन पश्चिम,
   नई दिल्ली-110013
4. काउंसिल फार एडवांसमेंट ऑफ रूरल टेक्नोलॉजी,
   नई दिल्ली

जहाजरानी और परिवहन मन्त्रालय

सार्वजनिक क्षेत्र के उद्यम

1. भारतीय जहाजरानी निगम,
   शिपिंग हाऊस, 245, मैडम कामा रोड, मुम्बई-400021
2. मोगल लाइन लिमिटेड, 16 बैंक स्ट्रीट, मुम्बई-400023
3. हिन्दुस्तान शिपयार्ड लिमिटेड, विशाखापत्तनम-530005
4. कोचीन शिपयार्ड लिमिटेड, पोस्ट बॉक्स-1653, कोचीन-682015
5. सेंट्रल इन लैंडवाटर ट्रांसपोर्ट कारपोरेशन लिमिटेड,
   4 फेयरली प्लेस, कलकत्ता-700001
6. इंडियन रोड कंस्ट्रक्शन्स कारपोरेशन,
   राजा हाऊस, नेहरू प्लेस,
   नई दिल्ली-1100019

इस्पात एवं खान मन्त्रालय इस्पात विभाग

सार्वजनिक क्षेत्र के उद्यम

1. स्टील अथारिटी ऑफ इंडिया लि.
   इस्पात भवन, लोदी रोड, नई दिल्ली-110003
2. इंडियन आयरन एंड स्टील कम्पनी लिमिटेड,
   इस्को हाऊस, 50-चौरंगी रोड, कलकत्ता-700071
3. मेटल स्क्रैप ट्रेड कारपोरेशन लि.,
   225 एफ, आचार्य जगदीश बोस रोड, कलकत्ता-700020
4. विश्वेश्वरैया आयरन एंड स्टील लिमिटेड,
   भद्रावती-577301, (कर्नाटक)
5. आर. एंड डी. सेंटर फॉर आयरन एंड स्टील,
   हिन्दुस्तान स्टील लिमिटेड, राँची-834002
6. राष्ट्रीय खनिज विकास निगम लि.,
   109 सूर्य किरण बिल्डिंग,
   कस्तूरबा गाँधी मार्ग, नई दिल्ली-110001
7. मैंगनीज एंड इंडिया लि.
   3 माउंट रोड एक्सटेंशन,
   पी.ओ.-34, नागपुर-440001
8. मेटालर्जिकल एंड इंजीनियरिंग कंसलटेंट (इंडिया) लि.
   पोस्ट-हिनू, राँची-834002
9. हिन्दुस्तान स्टील वर्क्स कंस्ट्रक्शन लि.
   1 शेक्सपीयर सरणी, (आठवीं मंजिल)
   कलकत्ता-700071

खान विभाग

सर्वेक्षण एवं ब्यूरो

1. भारतीय भूवैज्ञानिक सर्वेक्षण,
   27, जवाहरलाल नेहरू रोड,
   कलकत्ता-700013
2. इंडियन ब्यूरो ऑफ माइंस,
   न्यू सेक्रेटेरिएट बिल्डिंग,
   नागपुर-440001

सार्वजनिक क्षेत्र के उद्यम

1. मिनरल एक्सप्लोरेशन कारपोरेशन लि.
   सेमीनरी हिल्स, नागपुर-440006
2. भारत एल्यूमीनियम कम्पनी लि.
   पुंज हाऊस,18 नेहरू प्लेस,
   नई दिल्ली-110019
3. हिन्दुस्तान कॉपर लिमिटेड,
   इंडियन कॉपर काम्पलेक्स, सिंहभूम-832102
4. हिन्दुस्तान जिंक लिमिटेड,
   जेड.एस. डेबरी, उदयपुर-313024
5. भारत गोल्ड माइंस लिमिटेड,
   सुवर्ण भवन, ओरगाम,
   पोस्ट कोलार गोल्ड फील्ड्स-563120
6. सिक्किम माइनिंग कारपोरेशन,
   रांगपो, सिक्किम

पर्यटन एवं नागरिक विमानन मन्त्रालय

नागरिक विमानन विभाग

1. टेक्नीकल केन्द्र,
   अनुसन्धान और विकास निदेशालय,
   सफदरजंग, नई दिल्ली-110003
2. इंडियन इंस्टीट्यूट ऑफ ट्रापिकल मेटिओरोलॉजी,
   रामदुर्ग हाऊस, विश्वविद्यालय मार्ग,
   पुणे-411005
3. इंडियन इंस्टीट्यूट ऑफ एस्ट्रोफिजिक्स,
   बंगलौर-560034
4. इंडियन इंस्टीट्यूट ऑफ जियोमेग्नेटिज्म,
   कोलाबा, मुम्बई-400005
5. भारतीय मौसम विज्ञान विभाग,
   मौसम भवन, लोदी रोड,
   नई दिल्ली-110003

निर्माण एवं आवास मन्त्रालय

सम्बद्ध कार्यालय

1. राष्ट्रीय भवन संगठन,
   9-विंग, निर्माण भवन,
   नई दिल्ली-110001

अधीनस्थ कार्यालय

1. टाउन एंड कंट्री प्लानिंग आर्गेनाइजेशन,
   ई-ब्लाक, दिल्ली विकास भवन,
   इन्द्रप्रस्थ एस्टेट, नई दिल्ली-110002
2. हाउसिंग अरबन डेवलपमेंट कारपोरेशन लि.,
   18-ए जामनगर हाऊस, नई दिल्ली-110001
3. हिन्दुस्तान प्रिफैब लिमिटेड,
   जंगपुरा, नई दिल्ली-110014

वैधानिक संस्थाएँ (स्टेट्यूटरी बाडीज)

1. दिल्ली विकास प्राधिकरण,
   विकास मीनार, इन्द्रप्रस्थ एस्टेट,
   नई दिल्ली-2
2. दिल्ली अरबन आर्ट कमीशन,
   लोकनायक भवन, खान मार्केट,
   नई दिल्ली-110003

विश्वविद्यालयों की सूची

आंध्र प्रदेश

1. आंध्र विश्वविद्यालय, वाल्टेअर, विशाखापत्तनम
2. आंध्र प्रदेश (मुक्त) विश्वविद्यालय, 6-3-345 सोमाजीगूड़ा,
   हैदराबाद-500004
3. आंध्र प्रदेश कृषि विश्वविद्यालय,
   राजेन्द्र नगर, हैदराबाद-500030
4. हैदराबाद विश्वविद्यालय, हैदराबाद-500001
5. जवाहरलाल नेहरू टेक्नालॉजिकल विश्वविद्यालय,
   हैदराबाद-500008

6. काकाटिया विश्वविद्यालय, हैदराबाद-506009
7. नागार्जुन विश्वविद्यालय, गुन्टूर (आं.प्र.)-500007
8. ओसमानिया विश्वविद्यालय, हैदराबाद-500007
9. श्री कृष्णदेवरया विश्वविद्यालय, अनन्तपुर, आंध्र प्रदेश
10. श्री वेंकेटेश्वर विश्वविद्यालय, तिरुपति-517602

असम

11. असम कृषि विश्वविद्यालय, जोहरट-785013
12. डिबरूगढ़ विश्वविद्यालय, डिबरूगढ़-736004
13. गोहाटी विश्वविद्यालय, गोहाटी-701004

बिहार

14. भागलपुर विश्वविद्यालय, भागलपुर-812007
15. बिहार विश्वविद्यालय, मुजफ्फरपुर
16. बिरसा कृषि विश्वविद्यालय, काँके, राँची-834006
17. कामेश्वर सिंह दरभंगा संस्कृत विश्वविद्यालय, दरभंगा
18. ललित नारायण मिथिला विश्वविद्यालय, दरभंगा
19. पटना विश्वविद्यालय, पटना-800005
20. राजेन्द्र कृषि विश्वविद्यालय, समस्तीपुर-848125
21. राँची विश्वविद्यालय, राँची-834006

गुजरात

22. भावनगर विश्वविद्यालय, भावनगर-364002
23. गुजरात विश्वविद्यालय, अहमदाबाद-380009
24. गुजरात कृषि विश्वविद्यालय,
    बनस कंठा, सरदार कुशीनगर, दंतीवाड़ा-385506
25. गुजरात आयुर्वेद विश्वविद्यालय, जामनगर
26. बड़ौदा महाराजा सयाजीराव विश्वविद्यालय, बड़ौदा-390002
27. सरदार पटेल विश्वविद्यालय, वल्लभ विद्यानगर,
    वाया-आनन्द-388120
28. सौराष्ट्र विश्वविद्यालय, राजकोट-360005
29. साउथ गुजरात विश्वविद्यालय, पी.बी. नं. 49,
    सूरत-395007

हरियाणा

30. हरियाणा कृषि विश्वविद्यालय, हिसार-125004
31. कुरुक्षेत्र विश्वविद्यालय, कुरुक्षेत्र-132119
32. महर्षि दयानन्द विश्वविद्यालय, रोहतक-124001

हिमाचल प्रदेश

33. हिमाचल प्रदेश विश्वविद्यालय, शिमला-171005
34. हिमाचल प्रदेश कृषि विश्वविद्यालय, पालमपुर-176062

जम्मू एवं कश्मीर

35. जम्मू विश्वविद्यालय, जम्मू-180001
36. कश्मीर विश्वविद्यालय, श्रीनगर-196006
37. कृषि विज्ञान एवं टेक्नालॉजी शेरे कश्मीर विश्वविद्यालय, पी.बी. नं. 262, श्रीनगर-190001

कर्नाटक

38. बंगलौर विश्वविद्यालय, बंगलौर-560056
39. गुलबर्ग विश्वविद्यालय, गुलबर्ग, कर्नाटक
40. कर्नाटक विश्वविद्यालय, धारवाड़-580033
41. मंगलौर विश्वविद्यालय, लाइट हाऊस हिल, मंगलौर-3
42. मैसूर विश्वविद्यालय, मैसूर-570005
43. कृषि विज्ञान विश्वविद्यालय, गाँधी कृषि विगनाना केन्द्र, बंगलौर-560024

केरल

44. कालीकट विश्वविद्यालय, कालीकट-673635
45. कोचीन विश्वविद्यालय, कोचीन-682301
46. केरल विश्वविद्यालय, त्रिवेन्द्रम-1
47. केरल कृषि विश्वविद्यालय, मुख्य परिसर, वेल्लानिकाड़ा, त्रिचूर-51

मध्य प्रदेश

48. अवधेश प्रताप सिंह विश्वविद्यालय, रीवा-486003
49. भोपाल विश्वविद्यालय, भोपाल
50. देवी अहिल्या विश्वविद्यालय, इन्दौर-452001

51. जवाहरलाल नेहरू कृषि विश्वविद्यालय, जबलपुर-482004
52. जीवाजी विश्वविद्यालय, ग्वालियर-474002
53. रानी दुर्गावती विश्वविद्यालय, जबलपुर-482001
54. रविशंकर विश्वविद्यालय, रायपुर-492002
55. डॉ. हरिसिंह गौड़ विश्वविद्यालय, सागर-470003
56. इन्द्रकला संगीत विश्वविद्यालय, खैरगढ़, मध्यप्रदेश
57. विक्रम विश्वविद्यालय, उज्जैन-456010

महाराष्ट्र

58. मुम्बई विश्वविद्यालय, मुम्बई-400032
59. कांकर कृषि विश्वविद्यालय, डपोली, रत्नगिरी-415712
60. महात्मा फूले कृषि विद्यापीठ, राहुरी जिला अहमदनगर
61. मराठवाड़ा विश्वविद्यालय, औरंगाबाद-431004
62. मराठवाड़ा कृषि विद्यापीठ, परभानी-2
63. नागपुर विश्वविद्यालय, नागपुर
64. पूना विश्वविद्यालय, पूना-410007
65. पंजाबराव कृषि विद्यापीठ, अकोला-444104
66. श्रीमती नाथीबाई दामोदर थाकेरसी महिला विश्वविद्यालय, मुम्बई-400020
67. शिवाजी विश्वविद्यालय, कोल्हापुर-416004

मणिपुर

68. मणिपुर विश्वविद्यालय, कांचीपुर, इम्फाल-795003
69. नार्थ ईस्टर्न हिल विश्वविद्यालय, पी.ओ लोअर लछुमिअरे, शिलांग-793001

उड़ीसा

70. बेरहमपुर विश्वविद्यालय, बेरहमपुर-767007
71. कृषि एवं टेक्नालॉजी उड़ीसा विश्वविद्यालय, भुवनेश्वर-453001
72. सम्बलपुर विश्वविद्यालय, ज्योति बिहार, बुरला, जिला सम्बलपुर-768017

73. श्री जगन्नाथ संस्कृत विश्वविद्यालय,
पुरी
74. उत्कल विश्वविद्यालय,
वाणी विहार, भुवनेश्वर-751004

पंजाब

75. गुरु नानकदेव विश्वविद्यालय,
अमृतसर
76. पंजाब विश्वविद्यालय,
चंडीगढ़-160014
77. पंजाब कृषि विश्वविद्यालय,
लुधियाना
78. पंजाबी विश्वविद्यालय,
पटियाला

राजस्थान

79. जोधपुर विश्वविद्यालय,
जोधपुर
80. मोहनलाल सुखाड़िया विश्वविद्यालय,
प्रतापनगर, उदयपुर-313001
81. राजस्थान विश्वविद्यालय,
जयपुर-302004

तमिलनाडु

82. अन्ना विश्वविद्यालय, गुंडी, मद्रास-600025
83. अन्नामलाई विश्वविद्यालय,
अन्नामलाई नगर-608101
84. भारातियार विश्वविद्यालय,
कोयम्बटूर-641041
85. भाराथिदसन विश्वविद्यालय, तिरुचिरापल्ली
86. मद्रास विश्वविद्यालय, मद्रास-600005
87. मदुराई कामराज विश्वविद्यालय, मदुराई-625021
88. तमिल विश्वविद्यालय, तान्जावूर
89. तमिलनाडु कृषि विश्वविद्यालय,
कोयम्बटूर-641003

उत्तर प्रदेश

90. आगरा विश्वविद्यालय, आगरा-208004
91. अलीगढ़ मुस्लिम विश्वविद्यालय, अलीगढ़-202001
92. इलाहाबाद विश्वविद्यालय, इलाहाबाद-211004
93. अवध विश्वविद्यालय, फैजाबाद-224001
94. बनारस हिन्दू विश्वविद्यालय, वाराणसी-221005
95. बुंदेलखंड विश्वविद्यालय, झाँसी-284003
96. कृषि एवं टेक्नालॉजी चन्द्रशेखर आजाद विश्वविद्यालय, कानपुर-206002
97. गढ़वाल विश्वविद्यालय, श्रीनगर (गढ़वाल)
98. कृषि एवं टेक्नालॉजी जी.बी. पन्त विश्वविद्यालय, पन्तनगर, नैनीताल-263145
99. गोरखपुर विश्वविद्यालय, गोरखपुर
100. कानपुर विश्वविद्यालय, कानपुर
101 काशी विद्यापीठ, वाराणसी-221002
102. कुमायूँ विश्वविद्यालय, नैनीताल-263001
103. लखनऊ विश्वविद्यालय, लखनऊ-226007
104. मेरठ विश्वविद्यालय, मेरठ
105. कृषि एवं टेक्नालॉजी नरेन्द्र देव विश्वविद्यालय, फैजाबाद-224001
106. रोहिलखंड विश्वविद्यालय, बरेली-243001
107. रुड़की विश्वविद्यालय, रुड़की-247672
108. सम्पूर्णानन्द संस्कृत विश्वविद्यालय, वाराणसी

पश्चिम बंगाल

109. विधानचन्द कृषि विश्वविद्यालय, कल्याणी-741246
110. बर्धवान विश्वविद्यालय, बर्धवान-713104
111. कलकत्ता विश्वविद्यालय, कलकत्ता-700073
112. जादवपुर विश्वविद्यालय, कलकत्ता-700073
113. कल्याणी विश्वविद्यालय, कल्याणी जिला नदिया, पं. बंगाल-741235
114. नार्थ बंगाल विश्वविद्यालय, राजाराम मोहनपुर, दार्जिलिंग-734430
115. रवीन्द्र भारती, कलकत्ता-700050
116. विद्यासागर विश्वविद्यालय, मिदनापुर (कैम्प), 88-ए, रास बिहारी एवेन्यू, कलकत्ता-700026
117. विश्व भारती, शान्ति निकेतन-731235

दिल्ली

118. दिल्ली विश्वविद्यालय, दिल्ली-110007
119. जवाहरलाल नेहरू विश्वविद्यालय, न्यू मेहरौली रोड, नई दिल्ली-110067

राष्ट्रीय महत्त्व के संस्थान

आंध्र प्रदेश

1. दक्षिण भारत हिन्दी प्रचार सभा, पी.बी. नं. 68, हैदराबाद-500004

महाराष्ट्र

2. इंडियन इंस्टीट्यूट ऑफ टेक्नोलॉजी, पवई, मुम्बई-400076

तमिलनाडु

3. इंडियन इंस्टीट्यूट ऑफ टेक्नोलॉजी, मद्रास-600036

उत्तर प्रदेश

4. इंडियन इंस्टीट्यूट ऑफ टेक्नोलॉजी, कृषि उद्यान, कानपुर-208016

पश्चिम बंगाल

5. इंडियन इंस्टीट्यूट ऑफ टेक्नोलॉजी,
   खड़गपुर, मिदनापुर-721302
6. इंडियन स्टेटिस्टिकल इंस्टीट्यूट,
   203 बैरकपुर, ट्रंक रोड, कलकत्ता-700035

चंडीगढ़

7. पोस्ट ग्रेजुएट इंस्टीट्यूट ऑफ मेडिकल एजूकेशन एंड रिसर्च,
   सेक्टर-12, चंडीगढ़-160012

दिल्ली

8. अखिल भारतीय आयुर्विज्ञान संस्थान, अंसारी नगर,
   नई दिल्ली-110029
9. इंडियन इंस्टीट्यूट ऑफ टेक्नोलॉजी, हौजखास,
   नई दिल्ली-110016

विश्वविद्यालयों के समकक्ष मान्यता प्राप्त संस्थान

आंध्र प्रदेश

1. सेंट्रल इंस्टीट्यूट ऑफ इंगलिश एंड फौरेन लैंग्वेजिज, हैदराबाद-500007
2. श्री सादया साइ इंस्टीट्यूट ऑफ हायर लरनिंग, परसाथी निलायम-515134

बिहार

3. इंडियन स्कूल ऑफ माइंस, धनबाद-626004

गुजरात

4. गुजरात विद्यापीठ, अहमदाबाद-380014

कर्नाटक

5. इंडियन इंस्टीट्यूट ऑफ साइंस, बंगलौर-560012

महाराष्ट्र

6. टाटा इंस्टीट्यूट ऑफ सोशल साइंसेज, डिओनार, मुम्बई-400088

राजस्थान

7. बिड़ला इंस्टीट्यूट ऑफ टेक्नोलॉजी एंड साइंस, पिलानी-333031

तमिलनाडु

8. गाँधीग्राम रूरल इंस्टीट्यूट, गांधीग्राम, मदुराई-624302

उत्तर प्रदेश

9. दयालबाग एजूकेशनल इंस्टीट्यूट आगरा-282005
10. गुरुकुल कांगड़ी विश्वविद्यालय, हरिद्वार, उत्तर प्रदेश

दिल्ली

11. इंडियन एग्रीकल्चरल रिसर्च इंस्टीट्यूट, पूसा इंस्टीट्यूट, नई दिल्ली-10012
12. जामिया मिलिया इसलामिया, नई दिल्ली-110025
13. स्कूल ऑफ प्लानिंग एंड आर्किटेक्चर, नई दिल्ली-110002

तालिकाएँ

वैज्ञानिक प्रगति के आँकड़े

तालिका-1

विज्ञान एवं टेक्नालॉजी योजनाओं में केन्द्र द्वारा व्यय

(करोड़ रु.)

विज्ञान एवं टेक्नालॉजी विभाग/अभिकरण	सातवीं योजना व्यय	आठवीं योजना परिव्यय	1992-93 वास्तविक	1992-97 अनुमानित व्यय
आणविक ऊर्जा विभाग	248.86	600.00	84.09	663.91
सागरीय विकास विभाग	72.63	130.00	31.18	199.40
साइंस एवं टेक्नालॉजी विभाग	332.90	640.00	121.16	936.71
बायो-टेक्नालॉजी विभाग	142.86	265.00	73.16	395.84
वैज्ञानिक एवं औद्योगिक शोध	400.91	655.00	118.89	774.93
अन्तरिक्ष विभाग	1364.89	1804.00	360.03	3154.85
योग	2599.05	4094.00	788.51	6125.64

तालिका-2

समाजार्थिक मन्त्रालय/विभागों पर योजना व्यय

क्र.सं.	समाजार्थिक सेक्टर	सातवीं योजना 1985-90		आठवीं योजना 1992-97 (करोड़ रु.)	
		परिव्यय	वास्तविक	परिव्यय	वास्तविक
1	2	3	4	5	6
1.	कृषि अनुसन्धान	425.00	438.15	1300.00	1257.71
2.	बायोमेडिकल अनुसन्धान	150.00	141.57	167.70	181.38
3.	रसायन	2.50	2.83	11.50	12.69
4.	नागरिक उड्यन	3.47	1.98	2.10	2.39

1	2	3	4	5	6
5.	नागरिक आपूर्ति	2.78	1.05	1.78	12.79
6.	कोयला	120.00	33.19	87.00	34.20
7.	व्यापार	12.77	19.79	20.00	38.80
8.	संचार	151.00	163.42	423.30	456.76
9.	ड्रग्स एंड फार्मास्यूटिकल्स	7.00	4.65	17.48	28.22
10.	पारिस्थितिक एवं पर्यावरण	0.00	0.00	105.75	143.08
11.	शिक्षा	180.00	528.74	1147.50	1304.63
12.	इलेक्ट्रानिक्स	38.00	62.06	75.00	106.44
13.	उर्वरक	23.15	20.81	70.00	80.09
14.	खाद्य	13.64	6.78	40.00	11.26
15.	खाद्य प्रशोधन	–	–	6.50	1.30
16.	वन एवं वन्य जन्तु	33.00	43.79	145.00	213.53
17.	भारी उद्योग	66.01	76.23	83.70	32.53
18.	गृह	25.00	9.79	25.00	9.19
19.	औद्योगिक विकास	20.95	37.43	92.00	98.51
20.	सूचना एवं प्रसारण	6.25	3.97	20.00	3.10
21.	सिंचाई	10.00	40.49	76.85	60.54
22.	श्रम	1.51	2.03	1.40	4.84
23.	खान	30.24	28.89	34.20	37.08
24.	नेशनल टेस्ट हाऊस (सप्लाई)	14.75	8.40	13.00	19.12
25.	गैर परम्परागत ऊर्जा स्रोत	130.35	162.30	120.80	90.37
26.	पेट्रो रसायन	41.74	47.60	88.20	24.00
27.	पेट्रोलियम एवं प्राकृतिक गैस	150.00	212.61	249.20	365.39
28.	ऊर्जा	76.22	74.58	251.37	320.44
29.	रेल	25.00	27.28	25.00	29.46
30.	ग्रामीण विकास	20.00	14.62	104.00	60.52
31.	जहाजरानी परिवहन	18.17	11.98	20.00	20.77
32.	समाज कल्याण एवं पोषण	0.00	2.96	6.11	5.17
33.	इस्पात	98.94	104.05	144.23	157.38
34.	कपड़ा उद्योग	70.95	67.36	80.75	72.02
35.	नगरी विकास	10.01	6.93	25.25	35.57
36.	एस.एस.टी. एंड वी.एस.आई.	–	9.62	24.30	24.94
	योग :	**1978.49**	**2417.93**	**5105.97**	**5272.97**

तालिका-3

केन्द्रीय मन्त्रालयों/विभागों द्वारा अनुसन्धान (मुख्य वैज्ञानिक अभिकरणों को छोड़कर)

(रु. लाख में)

मन्त्रलाय/विभाग	अनुसन्धान एवं विकास व्यय	
	1992-93	1994-95
1	2	3
कृषि एवं सहयोग	1245.41	2022.02
पशुपालन एवं दुग्ध उत्पादन	674.32	678.09
रयासन एवं पेट्रो-रसायन	1934.23	1939.63
नागरिक उड्डयन	85.60	55.98
नागरिक आपूर्ति	190.16	259.53
कोयला	977.54	1179.24
व्यापार	1309.93	1654.22
सांस्कृतिक	1191.16	1015.23
रक्षा	8.34	12.49
रक्षा उत्पादन एवं आपूर्ति	16090.02	23937.31
शिक्षा	6450.27	7532.01
उर्वरक	1862.73	1474.42
खाद्य	397.75	542.10
खाद्य प्रशोधन	400.59	551.10
स्वास्थ्य एवं परिवार कल्याण	4304.17	5546.06
भारी उद्योग	8471.56	8201.05
गृह	280.45	684.51
औद्योगिक विकास	2867.79	3957.30
सूचना एवं प्रसारण	224.76	359.63
श्रम	440.95	600.62
खान	1696.88	2432.44
पेट्रोलियम एवं प्राकृतिक गैस	7342.18	11549.78
डाक	7.84	15.00
ऊर्जा	4574.40	3897.06
रेल	2970.74	3368.82

1	2	3
ग्रामीण विकास	50.77	230.00
लघु कृषि उद्योग	491.60	650.60
लौह	5003.89	6254.28
आपूर्ति	131.82	206.02
सरफेस ट्रांसपोर्ट	388.83	611.73
दूरसंचार	6121.80	1047.46
कपड़ा	3304.43	4316.46
शहरी विकास	510.42	661.80
जल	1814.56	2317.18
कल्याण	871.36	1059.71
पब्लिक सेक्टर अंडर मेजर साइंटिफिपक एजेंसीज	2915.28	3294.96
राज्य एवं केन्द्र के संयुक्त क्षेत्र	3303.89	4560.55
योग	**91008.42**	**118099.97**

तालिका-4

सहकारी अनुसन्धान संस्थाओं द्वारा वैज्ञानिक टेक्नोलॉजी अनुसन्धान व्यय

(रु. लाख में)

मन्त्रालय/विभाग	**अनुसन्धान एवं विकास व्यय**	
	1992-93	**1994-95**
1	2	3
अहमदाबाद टेक्सटाइल इंडस्ट्रीज रिसर्च एसोसिएशन	266.74	576.88
ऑटोमेटिव रिसर्च एसोसिएशन ऑफ इंडिया	1089.43	1917.59
बाम्बे टेक्सटाइल रिसर्च एसोसिएशन	376.68	417.14
इलेक्ट्रकल रिसर्च एंड डेवलपमेंट एसोसिएशन	35.35	17.87
इंडियन जूट इंडस्ट्रीज रिसर्च एसोसिएशन	211.78	246.40
इंडियन प्लाईवुड इंडस्ट्रीज रिसर्च एसोसिएशन	76.66	92.76
इंडियन रबर मैनूफैक्चरर्स एसोसिएशन	23.76	50.19
मैन मेड टेक्सटाइल रिसर्च एसोसिएशन	54.15	75.46
नार्दर्न इंडिया टेक्सटाइल रिसर्च एसोसिएशन	77.67	147.56

1	2	3
टी रिसर्च एसोसिएशन	476.68	671.93
सिल्क एंड आर्ट सिल्क मिल्स रिसर्च एसोसिएशन	241.08	262.25
साउथ इंडिया टेक्सटाइल इंडस्ट्रीज रिसर्च एसोसिएशन	163.83	377.46
वूल रिसर्च एसोसिएशन	17.14	36.73
योग	**3110.95**	**4890.23**

तालिका-5

सार्वजनिक क्षेत्र में औद्योगिक समूहों पर अनुसन्धान व्यय

क्र.सं.	उद्योग समूह	इकाई '94-'95	आर एंड डी एक्सपेंडीचर (लाख रु. में)		आर एंड डी एक्सपेंडीचर प्रतिशत	
			1992-93	1994-95	'92-'93	'94-'95
1	2	3	4	5	6	7
1.	धातु	16	5863.52	7740.00	0.36	0.37
2.	बायलर्स एंड स्टीम जेनरेटिंग प्लांट्स	2	6128.67	6017.33	0.76	0.60
3.	ईंधन	12	6353.08	9835.77	0.10	0.15
4.	प्राइम मूवर्स	1	17.06	3.53	13.76	1.87
5.	इलेक्ट्रॉनिक एवं इलैक्ट्रिकल इक्विपमेंट	26	3200.71	4588.28	0.55	0.59
6.	टेली-कम्यूनिकेशन	20	4326.53	7527.65	0.07	1.57
7.	ट्रांसपोर्टेशन	3	2038.61	588.17	0.93	0.14
8.	इंडस्ट्रियल मशीनरी	6	177.59	210.54	0.37	0.32
9.	मशीन टूल्स	6	927.63	965.79	1.08	1.21
10.	एग्रीकल्चरल मशीनरी	2	301.53	273.80	0.67	043
11.	अर्थ मूविंग मशीनरी	1	1649.86	1171.09	1.83	1.12
12.	मेकेनिकल इंजीनियरिंग इंडस्ट्री	5	120.05	384.32	0.49	2.02
13.	कॉमर्शियल ऑफिस हाऊस होल्ड इक्यूपमेंट	0	0.00	0.00	0.00	0.00

1	2	3	4	5	6	7
14.	मेडिकल एंड सर्जिकल इक्यूपमेंट	1	8.35	9.65	2.00	1.48
15.	इंडस्ट्रियल इक्यूपमेंट	5	164.89	163.58	0.46	0.42
16.	साइंफिटिक इंस्ट्रूमेंट्स	1	8.22	12.00	1.22	1.02
17.	फर्टिलाइजर्स	9	1521.28	1394.40	0.33	0.23
18.	कैमिकल्स	15	2282.31	2451.93	0.56	0.55
19.	फोटोग्राफिक रा-फिल्म एंड पेपर	1	156.69	200.00	0.88	1.04
20.	ड्रग्स एंड फार्मास्यूटिकल्स	9	796.52	937.26	1.44	1.30
21.	टेक्सटाइल्स	5	232.09	271.20	0.22	0.25
22.	पेपर एंड पल्प	4	97.06	229.51	0.15	0.29
23.	शुगर	1	4.85	4.85	0.08	0.08
24.	फूड प्रोसेसिंग इंडस्ट्रीज	3	38.16	40.53	0.29	0.23
25.	वेजिटेबुल्स ऑयल एंड वनस्पति	0	0.00	0.00	0.00	0.00
26.	सोप्स, कास्मेटिक, टायलेट प्रीप्रिएशन	1	6.32	8.50	0.13	0.10
27.	रबर गुड्स	1	44.32	38.07	1.18	0.68
28.	लेदर, लेदर गुड्स, पिकर्स	1	5.00	5.00	0.45	0.45
29.	सेरामिक्स	2	53.90	57.57	0.53	0.61
30.	सीमेंट एंड जिप्सम	1	16.61	18.55	0.03	0.05
31.	टिम्बर प्रोडक्ट्स	0	0.00	0.00	0.00	0.00
32.	डिफेंस इंडस्ट्रीज	6	14286.98	22676.22	5.93	7.42
33.	मिसलेनियस इंडस्ट्रीज	5	565.50	691.83	1.18	1.22
	योग	**171**	**51394.99**	**68532.76**	**0.44**	**0.50**

तालिका-6

अनुसन्धान एवं विकास में संलग्न पूर्णकालिक जनशक्ति

(संख्या)

	प्राथमिक कार्य	सहायक कार्य	प्रशासनिक कार्य	योग (1+2+3)
वृहद वैज्ञानिक अभिकरण	40947	51512	43597	136065
केन्द्र सरकार के मन्त्रालय/विभाग	7784	7595	10859	26238
राज्य सरकारें	28382	21128	36857	86367
कुल औद्योगिक क्षेत्र (ए)	77113	80235	91313	248661
औद्योगिक क्षेत्र				
पब्लिक सेक्टर	13280	8318	2932	24530
प्राइवेट सेक्टर	24010	10216	7072	41298
कुल औद्योगिक सेक्टर (बी)	37290	18534	10004	65828
कुल (ए+बी)	**114403**	**98769**	**101317**	**314489**

तालिका-7

विज्ञान टेक्नोलॉजी विकास के लिए उपलब्ध कार्मिक

(हजार में)

श्रेणी	1991	1996
इंजीनियर डिग्रीधारी	546.7	726.9
इंजीनियर डिप्लोमाधारी	873.9	1196.4
चिकित्सा स्नातक	310.3	358.4
कृषि स्नातक	168.4	202.3
पशुपालन स्नातक	34.4	40.5
विज्ञान स्नातक	2430.3	3154.8
नर्सिंग स्नातक	5.7	8.4
कुल	**4851.7**	**6313.5**

तालिका-8

अनुमानित स्टाफ डिग्री होल्डर इंजीनियर

	1986	1990	1995	2000
सिविल	94540	119940	153160	186830
मेकेनिकल	108400	131200	164220	197980
इलैक्ट्रिकल	76390	87030	106220	125870
केमिकल	23660	27510	32300	37700
टेलीक्म्यूनिकेशन	25520	41830	67290	96260
मेटलर्जी	11960	13120	14880	16780
माइनिंग	3430	4490	5900	7420
आटोमोबाइल	730	1140	2720	5140
एयरोनाटिकल	1360	1530	1760	1950
एग्रीकल्चर	2590	3060	3650	4220
प्रोडक्शन	2770	4860	8580	14740
शुगर	1240	1250	1430	1670
ऑयल	420	560	770	900
टेक्सटाइल	6640	7930	9220	10610
आर्कीटेक्चर	7570	9590	12980	17080
फूड	740	850	1020	1180
इंस्ट्रमेंटेशन	1510	2680	5960	9810
सिरेमिक	430	560	880	1180
लेदर	520	610	790	990
अन्य	20410	32440	66930	110350
कुल	**390830**	**492180**	**600660**	**848660**

तालिका-9

विज्ञान टेक्नोलॉजी पर प्रकाशित अनुसन्धान पत्रिकाएँ

विषय	1964	1992
1	2	3
सामान्य विज्ञान	53	123
भौतिक विज्ञान	22	104

1	2	3
जियोविज्ञान	21	71
बायोलाजिकल विज्ञान	45	208
चिकित्सा विज्ञान	131	301
इंजीनियरिंग एंड टेक्नोलॉजी	138	339
कृषि एवं पशुपालन	138	327
प्रबन्ध एवं उद्योग	26	109
रसायन टेक्नोलॉजी	60	137
विनिर्माण	45	98
भवन एवं वास्तु फोटोग्राफी	14	33
सिनेमाटोग्राफी	10	3
भूगोल	8	12
कुल	**701**	**1874**

तालिका-10

विज्ञान एवं टेक्नोलॉजी पर्यावरण पर व्यय

(रु. करोड़ में)

	1994-95 वास्तविक	1996-97 वास्तविक	1997-98 पुनरीक्षित	1998-99 पुनरीक्षित	1999-2000 बजट
राष्ट्रीय व्यय					
आयोजनागत	47378	53534	60630	68371	77000
आयोजनेतर	113661	147473	174615	213541	207004
कुल	**160739**	**201007**	**235245**	**281912**	**284004**
विज्ञान, टेक्नोलॉजी एवं पर्यावरण					
आयोजनागत	1098	1793	1965	1718	2177
आयोजनेतर	843	1057	1346	1516	1698
कुल	1941	2850	3311	3294	3875
	1.20	1.42	1.40	1.17	1.36

तालिका-11

विज्ञान, टेक्नोलॉजी एवं पर्यावरण का 1997-98 से 1999-2000 का विषयवार बजट

(रु. करोड़ में)

	1997-98 पुनरीक्षित	1998-99 पुनरीक्षित	1999-2000 बजट
परमाणु ऊर्जा अनुसन्धान			
आयोजनागत	211.75	237.48	325.00
आयोजनेतर	475.17	548.65	580.43
कुल	686.92	786.12	905.43
अन्तरिक्ष अनुसन्धान			
आयोजनागत	850.00	726.95	916.86
आयोजनेतर	194.97	219.50	224.66
कुल	1044.97	936.45	1141.52
सागरीय अनुसन्धान			
आयोजनागत	88.00	88.00	90.00
आयोजनेतर	15.85	18.00	19.27
कुल	100.85	106.00	109.27
अन्य वैज्ञानिक अनुसन्धान			
आयोजनागत	587.32	564.29	667.55
आयोजनेतर	590.17	720.85	797.45
कुल	1177.49	1285.14	1465.00
पारिस्थितिकी एवं पर्यावरण			
आयोजनागत	230.75	111.37	177.65
आयोजनेतर	70.39	9.40	75.78
कुल	301.14	180.77	253.43

तालिका-12

वर्ष 1997-98 से 1999-2000 तक अन्य वैज्ञानिक अनुसन्धान का बजट

(रु. करोड़. में)

	1997-98 पुनरीक्षित	1998-99 पुनरीक्षित	1999-2000 बजट
विज्ञान एवं टेक्नोलॉजी			
आयोजनागत	258.43	215.81	248.57
आयोजनेतर	216.81	195.94	252.49
कुल	475.24	411.75	501.06
वैज्ञानिक एवं औद्योगिक अनुसन्धान			
आयोजनागत	218.96	220.25	283.30
आयोजनेतर	360.20	509.39	529.24
कुल	579.16	729.64	812.54
बायोटेक्नोलॉजी			
आयोजनागत	80.72	99.09	109.45
आयोजनेतर	5.87	6.33	6.38
कुल	86.59	105.42	115.83
अन्य			
आयोजनागत	1.51	1.56	1.80
आयोजनेतर	7.29	8.69	8.77
कुल	8.80	10.25	10.57
कुल			
आयोजनागत	559.62	536.71	643.12
आयोजनेतर	590.17	720.35	796.88
कुल	1149.79	1257.06	1440.00

तालिका-13

कृषि अनुसन्धान, गैरपरम्परागत ऊर्जा स्रोत एवं इलेक्ट्रॉनिकी पर वास्तविक व्यय 1997-98 से 1999-2000 तक

(रु. करोड. में)

मन्त्रालय/विभाग	1997-98 पुनरीक्षित	1998-99 पुनरीक्षित	1999-2000 बजट
कृषि अनुसन्धान एवं शिक्षा			
आयोजनागत	331.17	400.00	573.50
आयोजनेतर	354.32	560.08	637.52
कुल	685.49	960.08	1211.02
गैर परम्परागत ऊर्जा स्रोत			
आयोजनागत	190.00	299.80	353.50
आयोजनेतर	4.15	4.62	4.82
कुल	194.15	304.42	358.32
इलेक्ट्रॉनिकी			
आयोजनागत	145.10	135.00	180.00
आयोजनेतर	20.13	21.57	28.00
कुल	165.23	156.57	208.00

तालिका-14

विज्ञान एवं टेक्नोलॉजी से सम्बन्धित सार्वजनिक उद्योगों का आयोजनेतर ऋण बजट वर्ष 1997-98 से 1999-2000 तक

(रु. करोड़ में)

मन्त्रालय/विभाग	1997-98 पुनरीक्षित	1998-99 पुनरीक्षित	1999-2000 बजट
1	2	3	4
आणविक ऊर्जा भाग			
इलेक्ट्रॉनिक कारपोरेशन ऑफ इंडिया लि.	0.00	12.00	0.00

1	2	3	4
विज्ञान एवं टेक्नोलॉजी मन्त्रालय			
भारत इम्यूनोलोजिकल एवं बायोलोजिकल कारपोरेशन लि.	1.35	0.00	0.00
इलेक्ट्रॉनिकी विभाग			
इलेक्ट्रॉनिक ट्रेड एंड टेक्नोलॉजी डेवलपमेंट कारपोरेशन इंडिया लि.	0.50	0.00	0.00

तालिका-15

विज्ञान एवं टेक्नोलॉजी से सम्बन्धित सार्वजनिक उपक्रमों का वर्ष 1997-98 से 1999-2000 का बजट

(रु. करोड़ में)

मन्त्रालय/विभाग	1997-98 पुनरीक्षित	1998-99 पुनरीक्षित	1999-2000 बजट
1	2	3	4
आणविक ऊर्जा विभाग			
इलेक्ट्रॉनिक्स कारपोरेशन ऑफ इंडिया			
कुल आयोजनागत परिव्यय	22.03	34.00	43.97
इक्विटी	10.03	11.00	11.00
ऋण	10.00	11.00	6.97
इंडियन रेयर अर्थ्स लि.			
कुल आयोजनागत परिव्यय	26.00	32.00	46.00
इक्विटी	1.00	5.00	5.00
ऋण	–	–	–
न्यूक्लियर पॉवर कारपोरेशन			
कुल आयोजनागत परिव्यय	598.52	1022.00	1281.00
इक्विटी	448.52	771.91	795.00
ऋण	27.00	28.00	102.00

1	2	3	4
यूरेनियम कारपोरेशन ऑफ इंडिया			
कुल आयोजनागत परिव्यय	25.48	26.60	13.00
इक्विटी	16.30	26.60	13.00
ऋण	–	–	–
विज्ञान एवं टेक्नोलॉजी मन्त्रालय			
भारत इम्नोलाजिकल एंड बायोलाजिकल कारपोरेशन			
कुल आयोजनागत परिव्यय	3.96	0.05	0.05
इक्विटी	3.96	0.05	0.05
ऋण	–	–	–
सेंट्रल इलेक्ट्रॉनिक्स लिमिटेड			
कुल आयोजनागत परिव्यय	1.00	5.00	5.00
इक्विटी	0.50	2.50	2.50
ऋण	0.50	2.50	2.50
इंडियन वाइसीन कारपोरेशन			
कुल आयेजनागत परिव्यय	–	1.22	–
इक्विटी	–	1.22	–
ऋण	–	–	–
नेशनल रिसर्च डेवलपमेंट कारपोरेशन			
कुल आयोजनागत परिव्यय	0.48	0.50	0.50
इक्विटी	0.24	0.25	0.25
ऋण	0.24	0.25	0.25
गैर पारम्परिक ऊर्जा स्रोत मन्त्रालय			
इंडियन रिन्यूबिल इनर्जी डेवलपमेंट एजेंसी			
कुल आयोजनागत परिव्यय	367.51	404.82	501.30
इक्विटी	33.50	40.00	44.00
ऋण	60.13	70.70	46.19
इलेक्ट्रॉनिक्स विभाग			
कम्प्यूटर मेंटीनेंस कारपोरेशन			
कुल आयोजनागत परिव्यय	22.00	1.70	62.70
इक्विटी	–	–	–

1	2	3	4
ऋण	–	–	–
इलेक्ट्रॉनिक्स ट्रेड एंड टेक्नोलॉजी डेवलपमेंट कारपोरेशन लि.			
कुल आयोजनागत परिव्यय	0.50	0.25	0.01
इक्विटी	–	–	–
ऋण	0.50	0.25	0.01
सेमी-कंडक्टर कारपोरेशन लि.			
कुल आयोजनागत परिव्यय	26.00	12.02	2.67
इक्विटी	26.00	–	0.01
ऋण	–	–	–

तालिका-16

पेटेंटों के आवेदन

वर्ष	भारतीय	विदेशी	कुल
1986-87	983	2506	3489
1987-88	930	2527	3457
1988-89	1077	2516	3593
1989-90	1039	2621	3660
1990-91	1180	2583	3763
1991-92	1293	2259	3552
1992-93	1228	2239	3467
1993-94	1266	2603	3869
1994-95	1741	3589	5330
1995-96	1606	5430	7036
1996-97	1661	6901	8562

तालिका-17

पेटेंट आवेदनों का क्षेत्रवार वितरण

आवेदन/वर्ष	1991-92	1993-94	1995-96	1996-97
रसायन				
आवेदन	1185	1122	1934	1969
स्वीकृत	474	436	470	282
औषधियाँ				
आवेदन	323	273	1000	1124
स्वीकृत	118	145	132	71
खाद्य				
आवेदन	38	82	104	121
स्वीकृत	10	30	34	18
इलैक्ट्रिकल (टेलीकम्यूनिकेशन शामिल है)				
आवेदन	468	426	1131	1677
स्वीकृत	167	132	56	54
मेकेनिकल				
आवेदन	994	895	1599	1656
स्वीकृत	181	215	159	142
सामान्य				
आवेदन	544	1071	1268	2015
स्वीकृत	726	788	682	340
कुल				
आवेदन	3552	3869	7036	8562
स्वीकृत	1676	1746	1533	907

●●●